KB118611

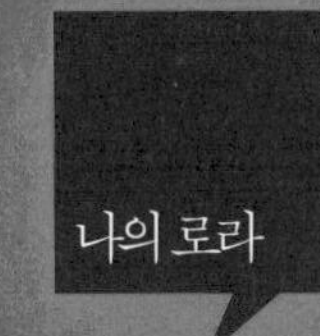
나의 로라

이 은 선

대학에서 중어중문학을, 국제학대학원에서 동아시아학을 전공했다. 편집자, 저작권 담당자를 거쳐 전문 번역가로 활동중이다. 윌리엄 아이리시의 『환상의 여인』, 애거서 크리스티의 『끝없는 밤』, 스티븐 킹의 『11/22/63』, 도로시 B. 휴스의 『고독한 곳에』, 매튜 펄의 『에드거 앨런 포의 그림자』 등을 비롯하여 다양한 소설을 번역하고 있다.

LAURA
by Vera Caspary

Copyright © 1942, 1943 by Vera Caspary
All rights reserved.

Korean translation copyright © 2013 by Munhakdongne Publishing Group.
Korean translation rights arranged with International Creative Management, Inc.,
through EYA (Eric Yang Agency).

/

이 책의 한국어판 저작권은 EYA(Eric Yang Agency)를 통해
International Creative Management, Inc.와 독점 계약한 '엘릭시르, (주)문학동네'에 있습니다.
저작권법에 의하여 한국 내에서 보호를 받는 저작물이므로 무단 전재와 무단 복제를 금합니다.

이 도서의 국립중앙도서관 출판시도서목록(CIP)은 e-CIP 홈페이지(http://www.nl.go.kr/ecip)와
국가자료공동목록시스템(http://www.nl.go.kr/kolisnet)에서 이용하실 수 있습니다.
CIP제어번호 : CIP2013018374

나의 로라

비라 캐스퍼리
이은선 옮김

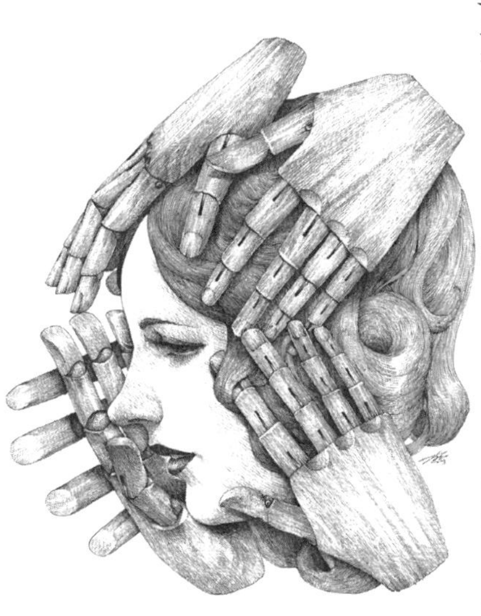

팜파탈 누아르 하드보일드의 진면목

엘릭시르

차례

/

L a u r a

The city that Sunday morning was quiet.
Those millions of New Yorkers who,
by need or preference,
remain in town over a summer week-end
had been crushed spiritless by humidity.
Over the island hung a fog that smelled and
felt like water in which too many sodawater
glasses have been washed. Sitting at my desk,
pen in hand, I treasured the sense that,
among those millions, only I,
Waldo Lydecker, was up and doing.
The day just past, devoted to shock and misery,
had stripped me of sorrow.
Now I had gathered strength for the
writing of Laura's epitaph.
My grief at her sudden and violent death found
consolation in the thought that my friend,
had she lived to a ripe old age,
would have passed into oblivion,
whereas the violence of her passing and the genius o
her admirer gave her a fair chance at immortality.

1

LYDECKER

Laura Vera Caspary

일러두기

본문에 1), 2) 등 반괄호로 표시된 미주는 모두 글쓴이 주이며, 그 외 주는 옮긴이 주이다.

001

☆☆☆

그 일요일 아침, 도시는 고요했다. 자의건 타의건 여름 주말 동안 뉴욕을 지키기로 작정한 수백만 명은 엄청난 습도로 축 늘어졌다. 섬 위로 드리워진 안개는 냄새도 그렇고 느낌도 그렇고, 많은 소다수 잔을 헹군 물과 비슷했다. 나는 펜을 쥐고 책상 앞에 앉아 이 수백만 명 중에서 오직 나, 월도 라이데커만이 열심히 일을 하고 있는 듯한 기분을 만끽했다. 충격과 고통으로 점철됐던 하루가 지나면서 슬픔이 가셨다. 이제는 로라의 비문을 고민할 만한 기운이 돌아왔다. 갑작스럽고 잔인했던 그녀의 죽음에 탄식했지만, 노년까지 살았더라면 망각 속으로 사라졌을 내 친구가 그토록 처참한 죽음과 그녀를 흠모했던 어떤 이의 천재적인 능력 덕분에, 영생의 가능성을 쥐었다고 생각하니 위안이 됐다.

초인종이 울렸다. 소리가 남긴 진동이 막 사라졌을 때 필리핀 출신의 하인 로베르토가 들어와 맥퍼슨 씨가 나를 만나러 왔다고 전했다.

"마크 맥퍼슨이 왔다고!"

이렇게 외친 나는 무솔리니가 오더라도 태연하게 맞이할 것 같은 태도로 로베르토를 통해 잠깐 기다려 달라는 말을 전했다. 마호메트도 달려 나가 산을 맞이하지는 않았으니까.

그의 직책이 무엇이고 어디 소속인지 아직도 잘 모르지만, 경찰청의 주요 인사가 나를 찾아오다니 분명 영광스러운 일이었다. 내가 하찮은 인간이었다면 본부로 호출되는 푸대접을 감수해야 하지 않았겠는가. 그런데 앞날이 창창한 맥퍼슨이 이번 살인 사건과 무슨 관계가 있을까? 그는 범죄판이 아니라 정계에서 더 유명한 인물이었다. 여러 논설위원들이 말하길 뉴욕 시민 대對 낙농 협회 재판에서 그가 발견한 증거 덕분에 우윳값이 일 리터당 일 센트씩 인하되었다고 하지 않는가. 상원에서도 그를 차출해 노동력 착취에 관한 수사를 맡겼고, 얼마 전에는 진보 단체가 국가 차원에서 시작할 방위 산업체 수익 조사를 지휘할 인물로 그를 추천했다.

나는 반만 열어 놓은 서재 문 뒤에 숨어서 응접실을 초조하게 왔다 갔다 하는 그의 모습을 관찰했다. 한눈에 봐도 허세를 경멸하는 척하는 인간임을 알 수 있었다. 소모사로 짠 감색 더블 재킷, 아무 장식도 없는 흰색 셔츠, 칙칙한 넥타이 등 우중충한 차림으로 야위고 굶주린 분위기를 강조하는, 명실상부한 카시우스•였다. 기다란 손에는 힘이 들어갔고, 얼굴은 좁았고, 눈빛은 빈틈이 없었고, 코는 죄의 냄새를 맡느라 하도 킁킁거리는 바람에 콧구멍이 심기를 거스를 정도로 넓어진 음울한 조상들에게서 곧바로 대물림된 모습이었다. 어깨를 추켜세우고, 누가 지켜보고 있지 않은가 의식하는 사람처럼 허리를 뻣뻣하게 편 자세로 걸었다. 내 응접실이 신경에 거슬리는 것이다. 박력이 넘치는 사내의 시선으로 볼 때 이렇게 섬세하게 꾸며진 공간이란 얼마나 진저리 날까. 인정하건대 진가를 알아주기 바라는 건 뻔뻔한 수작이었다. 그에게 안목이 있어 내가 소장한 제법 훌륭한 영국과 미국산 유리그릇들을 그렇게 뚫어져라 쳐다보고 있다고 해석한다면 조금 낙천적인 발상이다.

그는 내가 특히 아끼는 반짝이는 소장품을 노려보고 있었다. 직업상 사소한 부분에도 눈치가 빨라졌나? 공을 받치는 모양으로 만들어진 내 머큐리 글라스 꽃병과 똑같은 한 쌍을 로라의 거실에 있는 벽난로 선반에서 본 모양이다. 그가 선반 쪽으로 손을 뻗었다.

나는 어미 표범처럼 뛰쳐나갔다.

"조심하시오, 젊은이. 아주 값진 물건이니까."

그가 어찌나 잽싸게 몸을 돌렸던지 반질반질하게 닦은 바닥 위에 깔아 놓은 조그만 깔개가 미끄러졌다. 휘청하던 그가 장식장을 붙잡는 바람에 선반에 놓인 사기와 유리그릇들이 춤을 추었다.

• **카시우스** _ 브루투스와 함께 율리우스 카이사르의 암살을 주도한 로마의 군인.

"도자기 가게에 황소를 풀어 놓은 격이로군."

이런 식으로 농담을 던지고 나니 기분이 좋아졌다. 나는 손을 내밀었다.

그는 기계적인 미소를 지었다.

"로라 헌트 건으로 이야기를 나누고 싶어서 찾아왔습니다, 라이데커 씨."

"그러시겠지. 앉으시죠."

그는 가냘픈 의자에 기다란 몸을 조심스럽게 얹었다. 내가 해빌랜드 상자에 담긴 담배를 권했지만, 그는 파이프를 꺼냈다.

"라이데커 씨도 어떻게 보면 범죄 전문가라고 할 수 있을 텐데요, 선생께서는 이 사건을 어떻게 생각하십니까?"

나는 마음이 풀어졌다. 아무리 유명하기로서니 독자를 무시할 작가는 없다. 아무리 미천한 독자라 하더라도 말이다.

"「조만간 더 많이」를 읽었다니 이거, 영광이오."

"신문을 펼쳤는데 딱 그 면이 나와서요."

그의 모욕적인 언사가 불쾌하게 느껴지지는 않았다. 너도나도 아낌없이 개성을 드러내고 우정을 남발하는 세상에 익숙해졌다 보니 그의 시큰둥한 태도가 특이하게 다가왔다. 나는 내 특유의 매력을 발산했다.

"맥퍼슨 씨는 이 라이데커의 팬이 아닐지 몰라도 나는 숨을 죽이고 감탄하며 당신의 활약상을 예의 주시하고 있소이다."

"신문 기사를 전부 믿으시는 건 아니겠죠?"

그가 무미건조한 투로 물었다.

나는 그래도 아랑곳하지 않았다.

"범죄 수사는 당신의 전문 분야가 아니지 않소? 당신 같은 위인이 맡기에는 하찮은 일 아니오?"

"배정을 받아서요."

"그러니까 사내 정치 결과 그렇게 된 거다, 이 말씀인가?"

그가 뻑뻑거리며 파이프 담배 피우는 소리를 제외하면 응접실 안은 고요했다. 나는 생각에 잠긴 투로 중얼거렸다.

"지금은 팔월. 경찰청장은 휴가를 떠났고, 부청장은 예전부터 승승장구하는 당신을 늘 못마땅하게 생각했지. 소소한 살인 사건의 인기는 요즘 들어 한물간 분위기고 초반의 충격이 가라앉으면 2면이나 그 뒷면으로 넘어가니 부청장의 입장에서는 당신의 인지도를 간단하게 떨어뜨릴 수 있는 방편을 찾은 셈이었겠군."

"궁금해하시니 말씀을 드리겠는데요."

그는 이런 식으로 변명을 해야 한다는 데 짜증이 난 얼굴이었다.

"사실은 어제 오후에 열린 다저스 대 보스턴의 경기를 내가 얼마나 보고 싶어 했는지 부청장님이 알아차렸기 때문에 이렇게 된 겁니다."

나는 매료되었다.

"사소한 악감정에서 거창한 모험이 시작된 셈이로군."

"거창한 모험이라고요? 양다리를 걸치던 여자가 자기 아파트에서 살해당했습니다. 그래서요? 남자의 소행이겠죠. 그 남자만 찾으면 되는 겁니다, 라이데커 씨. 장담하지만 오늘 오후 경기는 보고야 말 겁니다. 살인범도 나를 막을 수 없어요."

사랑하는 나의 로라가 이런 식으로 천박하게 매도당하다니 가슴이 아팠다. 나는 빈정거리는 투로 이렇게 이야기했다.

"야구 경기 말씀인가? 경찰이란 직업이 사양길로 접어든 이유를 이제 알겠네. 위대한 형사들은 사냥감을 끈질기게 추격해 잡기 전에는 쉬지도 않고 긴장의 끈을 늦추는 법도 없었는데 말이오."

"저는 남들처럼 정시에 퇴근하고 정시에 출근하는 노동자입니다. 제가 야근까지 해 가면서 이 삼류 사건에 매달릴 줄 알았다면 사람 잘못 보신 거예요."

"일요일에도 범죄는 계속 벌어질 텐데요."

"라이데커 씨, 이제는 고인이 된 당신 여자 친구의 사건을 분석하건대 범인이 누구인지 몰라도 남들처럼 일요일에는 쉴 거라는 데 전 재산을 걸겠습니다. 어쩌면 대낮까지 늘어지게 자고 일어나 브랜디 석 잔으로 잠기운을 없앨지 모릅니다. 게다가 세세한 부분들은 다른 친구들이 조사를 하고 있고요."

"맥퍼슨 씨 정도로 대단한 형사라면 아무리 단순한 살인 사건이라도 경리로 출발해 공인 회계사의 자리에 오른 사람들이 숫자를 대하듯 흥미진진하게 여겨야 하지 않나요?"

그가 이번에는 웃음을 터뜨렸다. 단단한 껍질이 서서히 얇아져 가고 있었다. 그는 앉은 자세를 바꾸었다.

"다리가 그래서 소파가 더 편할지 모르겠소이다."

내가 조심스럽게 충고하자 그는 인상을 썼다.

"관찰력이 있으십니다."

"그 직종에 종사하는 사람들은 보통 코끼리처럼 걷는데, 맥퍼슨 씨는 걸음걸이가 조심스럽기에 말이오. 그런데 예민하게 받아들이니 덧붙이자면 눈에 띄는 수준은 아니올시다. 내가 난시가 워낙 심하다 보니 다른 사람의 장애를 파악하는 데 남들보다 더 뛰어난 편이지요."

"장애는 아닙니다."

그가 쏘아붙였다.

"그럼 직업 후유증인가? 근무중에 얻은 부상이오? 일종의 전리품인가?"

그는 고개를 끄덕였다.

"배빌런에서요."

나는 자리에서 벌떡 일어섰다.

"롱 아일랜드 배빌런 포위 공격 말이오? 내 글 읽어 보았소? 잠깐…… 설마 종아리뼈에 총알이 박혔던 사람이 당신이란 말이오?"

"정강이뼈입니다."

"이렇게 짜릿할 수가! 매티 그레이슨! 정말 대단한 위인이었는데. 요즘 살인범들은 예전 같지가 않아요."

"저는 그래서 좋은데요."

"그자가 해치운 형사가 몇이었소?"

"기관총을 들고 그의 처가를 습격한 사람이 셋이었습니다. 두세 명은 골목길로 그를 쫓아갔고. 셋이 죽었고, 한 명은 폐를 맞았는데 아직 새러낵에 입원해 있죠."

"영광스러운 상처로군요. 민감하게 반응할 필요 없겠소이다. 다시 일선으로 복귀하다니 이렇게 용감할 수가!"

"운이 좋아서 복귀할 수 있었던 거죠. 야간 경비원으로 근사한 미래를 꿈꾸던 시절도 있었으니까요. 용감한 것과는 아무 상관 없는 일입니다. 그냥 직업이니까 하는 거지. 저는 지나칠 정도로 많은 농갓집 딸들과 알고 지낸 외판원만큼이나 총이 두려운 몸입니다."

나는 껄껄대며 웃었다.

"무슨 말씀을. 맥퍼슨 씨로 말할 것 같으면 유머 감각과 좋은 위스키를 볼 줄 아는 안목만 없을 뿐 스코틀랜드인으로서 갖추어야 할 덕목을 모두 갖춘 분 아니오. 위스키 한잔 드릴까요?"

"주시면 사양 않겠습니다."

나는 독한 것으로 한 잔 따라 주었다. 그는 로몬드 호의 청량수라도 되는 양 받아 들더니 단숨에 비우고 한 잔 더 청했다.

"당신의 칼럼을 두고 제가 한 농담, 기분 나쁘게 받아들이지 않으셨으면 좋겠습니다, 라이데커 씨. 솔직히 어쩌다 한 번씩은 읽습니다."

"내 칼럼의 어디가 마음에 안 드는 거요?"

그는 일말의 망설임도 없이 대답했다.

"말은 번지르르한데, 내용이 없잖습니까."

"맥퍼슨 씨, 저 잘난 맛에 사는 속물이로군요. 그냥 속물도 아니고 스코틀랜드 출신의 속물이니, 새커리• 정도 되는 권위자의 표현에 따르면 세상에 그보다 더 불쾌한 존재는 없다죠?"

그가 이번에는 자작을 했다.

"훌륭한 문학의 기준이 어찌 되시오, 맥퍼슨 씨?"

웃음을 터뜨린 그는 죄책감 없이 즐기는 법을 방금 터득한 스코틀랜드 소년처럼 보였다.

"어제 아침에 시신이 발견되고, 로라 헌트가 금요일 저녁에 당신을 바람맞혔다는 사실이 밝혀졌을 때 슐츠 경사가 이리로 찾아와서 신문을 했죠. 당신에게 저녁 내내 무엇을 했느냐고 물었을 텐데……."

"이야기했다시피……."

내가 말허리를 자르고 나섰다.

"나를 버린 여자를 욕하며 혼자 저녁을 먹고, 미지근한 욕조에 앉아 기번••을 읽었습니다."

"예, 그런데 슐츠가 뭐라고 했는지 아십니까? 찬물로 목욕을 하면서 읽을 정도라니 기번이라는 작가의 작품이 엄청 화끈한 모양이

• **새커리** _ 풍자 문학의 대가로 유명한 19세기 영국 소설가. 『속물 열전』 등의 대표작이 있다.

•• **기번** _ 『로마 제국 쇠망사』로 유명한 영국의 역사가.

라고 하더군요."

그는 잠깐 말을 멈추었다 다시 이었다.

"저도 기번의 6부작을 전부 다 읽었습니다. 프레스콧에다 모틀리도, 요세푸스가 쓴 『유대사』도 읽었고요."

"대학에서요, 아니면 취미 삼아?"

내가 물었다.

"형사가 무슨 대학입니까? 십사 개월 동안 입원해 있다 보니 책을 읽는 것 말고 달리 할 일이 있어야 말이죠."

"그때 범죄의 사회적인 배경에 관심을 갖게 된 모양이로군."

"그 전까지는 바보 천치였죠."

그는 겸손하게 시인했다.

"그럼 매티 그레이슨의 기관총 난사 사건이 그렇게 엄청난 비극은 아니었다고 할 수 있겠구려. 그 사건이 없었더라면 아직까지 강력계의 바보 천치 신세를 면하지 못했을 테니 말이오."

"라이데커 씨는 백 퍼센트 완벽하지 않은 사람을 더 좋아하지 않으시던가요?"

"나는 벨베데레의 아폴로 조각상에게 과연 감수성이 있을지 의심하는 사람이올시다."

로베르토가 아침 준비가 끝났노라고 고했다. 천성적으로 예의 바른 친구답게 접시를 하나 더 차려 놓았다. 마크는 손님으로 온 게 아니라 자신은 물론이고 내 입장에서도 힘든 업무를 처리하러 온

길이라며 나의 초대를 사양했다.

나는 웃어넘겼다.

"이것도 업무의 일환이올시다. 살인 사건 얘기는 아직 시작도 안 했는데, 그러다 배가 고파서 쓰러지면 어쩝니까?"

냉소적이지만 심보가 고약하지는 않은 슐츠 경사를 식당에서 만나 로라의 시신이 그녀의 아파트에서 발견되었다는 소식을 들은 지 스물네 시간이 지났다. 나는 평화롭게 아침을 먹다, 나와의 저녁 약속을 취소한 로라 헌트가 이후 총에 맞아 죽었다는 경사의 전언을 듣고 나서부터 지금까지 한술도 뜨지 못했다. 로베르토가 내 입맛을 살릴 요량으로 콩팥과 버섯을 보르도산 적포도주와 함께 뭉근히 삶았다. 식사를 하는 동안 마크가 영안실 풍경을 전했다. 그녀의 가정부로 일했던 베시와 이모 수전 트레드웰이 시신을 확인했다고 한다.

나는 무척 상심하기는 했지만, 맛있게 식사를 하면서 그렇게 끔찍한 이야기를 하는 이 젊은이의 극단적인 태도가 흥미롭게 느껴졌다.

"시신을 대면했을 때……."

그는 이쯤에서 말을 멈추고 포크로 찍은 음식을 입으로 가져갔다.

"두 여자 모두 쓰러졌죠. 그녀를 모르는 사람이라도 견디기 힘든 상황이었어요. 피투성이인데다……."

그가 이번에는 토스트 한 조각을 소스에 적셨다.

"BB탄 구멍에…… 상상이 되시겠지만……."

나는 눈을 감았다. 알몸 위로 파란색 실크 태피터 가운과 은색 슬리퍼만 걸친 채 오뷔송 카펫 위로 쓰러진 그녀를 베시가 발견하는 광경이 그려지는 듯했다.

그는 소스를 떠서 자기 접시로 옮겼다.

"바로 옆에서 쏘았더군요. 트레드웰 부인은 기절했지만 가정부는 백전노장처럼 꿋꿋하게 견뎠어요. 그 베시라는 가정부, 보통내기가 아니에요."

"베시는 단순한 가정부가 아니올시다. 로라의 길잡이이자 철학자이면서 로라의 친한 친구들 입장에서는 최악의 공적이지. 요리 솜씨가 아주 훌륭하지만, 환상의 구이 요리에 씁쓸한 풀을 곁들이는 스타일이라오. 그 아파트를 출입했던 남자들 중에서 베시가 보기에 로라에게 걸맞은 배필감은 없었어요."

"동료들이 도착했을 때 침착하기 그지없었다더군요. 문을 열고 시신이 있는 곳을 가르쳐 주는데 어찌나 차분하던지 살해당한 주인의 시신을 발견하는 게 일상다반사인가 싶을 정도였다고요."

내가 말했다.

"베시답네요. 하지만 흥분하면 보통내기가 아니랍니다."

로베르토가 커피를 들고 들어왔다. 십팔 층 아래에서 오토바이 경적 소리가 들렸다. 일요일 오전에 하는 라디오 콘서트 소리가 열린 창문을 통해 흘러 들어왔다.

"아니지! 아니지! 아니지!"

나는 마크에게 나폴레옹 잔을 건네는 로베르토를 향해 이렇게 외치고, 식탁 너머로 손을 뻗어 내가 그 잔을 받고 조제핀 황후 잔을 손님 몫으로 돌렸다.

마크는 못마땅한 표정으로 아무 말 없이 커피를 마시며, 사카린 조각을 넣어 두는 은색 상자의 홍옥수 마개를 돌리는 나를 관찰했다. 내 비록 브리오슈에는 버터를 듬뿍 바르지만, 커피를 마실 때 설탕 대신 사카린을 넣으면 날씬한 매력남이 될 수 있다고 굳게 믿는 편이다. 그가 지은 냉소를 보자 점잖게 대하고 싶은 마음이 사라졌다.

나는 심통을 부렸다.

"일을 참 여유롭게 하는군요. 나가서 지문도 채취하고 그래야 하는 거 아닌가?"

"사건을 수사하다 보면 얼굴을 관찰하는 게 더 중요할 때도 있거든요."

나는 거울 쪽으로 고개를 돌렸다.

"오늘 아침에 나는 참 천진난만해 보이는걸요! 이렇게 허심탄회한 눈빛을 본 적 있습니까, 맥퍼슨 씨?"

나는 안경을 벗고 아기 천사처럼 동그랗고 발그스름한 내 얼굴을 보여 주었다.

"그나저나 얼굴 이야기가 나왔으니 말인데, 예비 신랑은 만나 보셨소?"

"셸비 카펜터 말씀입니까? 12시에 만나기로 했습니다. 지금 트레드웰 부인의 집에 묵고 있죠."

나는 그 말을 그냥 흘려듣지 않고 와락 덮쳤다.

"셸비가 거기 있다고요? 그게 무슨 가당치 않은!"

"프레이밍햄 호텔이 너무 노출된 공간이라서요. 어떤 남자가 살인 사건의 피해자와 결혼할 예정이었는지 보려는 구경꾼들이 로비에서 기다리고 있으니까요."

"셸비의 알리바이에 대해서는 어떻게 생각하시오?"

"제가 당신의 알리바이에 대해서는 어떻게 생각할까요?"

그가 되받아쳤다.

"기번과 함께 저녁 시간을 보낼 수도 있다고 당신도 인정하지 않았소."

이 청교도의 콧구멍이 벌름거렸다.

"스타디움 콘서트도 마찬가지 아닌가요? 음악 애호가나 미술품 수집가라면 스타디움 콘서트에 간 것도 이상할 것 없는 일이죠."

"예비 신랑을 아는 사람이라면 이십오 센트를 내고 그런 콘서트 표를 사다니 수상하다고 생각할 거요. 그 어떤 친구하고도 맞닥뜨리지 않은 이유를 설명하기에는 간편한 방법일지 몰라도."

"라이데커 씨, 정보를 주시는 건 언제든지 환영입니다만, 제 의견은 제가 알아서 정리하겠습니다."

"알겠습니다, 맥퍼슨 씨. 잘 알겠습니다."

"헌트 양과 알고 지낸 지는 얼마나 됐습니까, 라이데커 씨?"

내가 말했다.

"칠 년, 아니 팔 년인가? 그래, 팔 년이로군요. 1933년에 만났으니까. 어떤 식으로 만났는지 그것도 이야기해야 하나요?"

마크가 파이프 담배를 빼끔거리자 달짝지근하면서도 고약한 냄새가 응접실을 가득 채웠다. 로베르토가 소리 없이 들어와 커피 잔을 채웠다. 라디오 오케스트라가 이번에는 룸바를 연주했다.

"어느 날 그녀가 이 집 초인종을 눌렀지요. 오늘 아침에 맥퍼슨 씨, 당신이 이 집 초인종을 눌렀던 것처럼. 그때 나는 책상 앞에서 글을 쓰고 있었어요. 내가 기억하기로는 어떤 유명 인사를 이 나라의 어버이라고 추켜세우며 생일을 축하하는 글이었죠. 그렇게 상투적인 표현을 쓰다니 안 될 일이었지만 기자가 부탁한 내용이었고, 그때 우리가 금전적으로 조금 까다로운 재협상을 벌이던 중이라 한 발 양보하는 게 이득이겠다 싶었거든. 그런데 나태의 늪을 헤매느라 수입을 상당히 늘릴 수 있는 기회를 포기하려던 찰나, 이 사랑스러운 아가씨가 등장한 거요."

나는 연극배우가 되었어야 하는 사람이었다. 자아도취적인 그 직업에 어울리는 체격 조건을 타고났더라면 지금쯤 당대 최고의 배우라는 평가를 받고 있었을지 모른다. 나는 식어 가는 두 번째 커피 잔을 마주한 마크 앞에서, 지금과 똑같은 스타일의 페르시아 가운을 입고 헐렁한 일본 나막신을 또각거리며 문을 열어 주러 가던 팔년 전의 내 모습을 재현했다.

“로베르토의 전임자였던 카를로는 장을 보러 나가고 없었죠. 내가 직접 문을 연 것을 보고 그녀는 놀랐을 거요. 날씬하고, 새끼 사슴처럼 겁이 많은데다, 젊고 묘하게 우아한 분위기마저 새끼 사슴을 닮은 아가씨였지. 그 가냘픈 몸보다 더 가녀려 보이는 조그만 머리를 한쪽으로 기울인 채 살짝 처진 검은 눈을 수줍은 듯 빛내고 있으니, 숲을 탈출해 이 집까지 열여덟 층의 계단을 달려 올라온 밤비 분위기가 한층 더해졌고.

무슨 일이냐고 물었더니 그녀가 작게 끙끙거렸어요. 겁에 질려서 말을 제대로 할 수가 없었던 거요. 이 건물을 몇 바퀴 돌다 용기를 내서 들어왔고, 복도에서 자기 심장이 쿵쾅거리는 소리를 듣다 겨우 이 집 초인종을 눌렀음을 한눈에 알 수 있었어요.

‘무슨 일인지 말을 해야 알 거 아니오!’

나는 그녀의 수줍은 매력에 넘어간 걸 인정하고 싶지 않았기 때문에 매몰차게 몰아붙였죠. 그때는 지금보다 성격이 좀 더 불같았거든.

그녀가 나지막한 목소리로 마음속에 준비해 두었던 말을 속사포처럼 쏟아 냈어요. 뭐라 그랬는지 지금도 처음부터 끝까지 기억하는데, 이렇게 불쑥 찾아온 걸 용서해 달라는 말로 운을 떼더니 자기네 회사에서 광고를 맡은 만년필을 홍보해 주면 그 대가로 엄청난 홍보 효과를 누릴 수 있을 거라는 거요. 만년필 이름이 바이런이라고 하면서.

나는 폭발했죠.

'이 내가 엄청난 홍보 효과를 누릴 수 있을 거라고? 아가씨, 안타깝게도 이야기의 앞뒤가 안 맞는군. 내 이름 덕분에 그 싸구려 만년필이 특별해지는 거 아닌가? 그리고 어디서 감히 바이런이라는 신성한 이름을 들먹여요? 무슨 권리로? 내가 그 회사에 정식으로 편지를 한 통 보내야겠군.'

나는 반짝이는 그녀의 눈동자를 애써 외면했소이다, 맥퍼슨 씨. 그녀가 만년필의 이름을 지은 장본인으로서 문학적인 분위기가 물씬 풍기는 이름에 자부심을 느끼고 있다는 것을 그때만 해도 몰랐거든. 그런데 그녀는 그대로 물러서지 않고, 홍보에 오만 달러를 쏟아부을 예정이니 내 인지도를 높이는 데 도움이 될 거라고 거듭 강조하지 뭐요.

아무래도 따끔하게 혼을 내 줘야 할 것 같더군요.

'전국으로 배포되는 신문에 내 칼럼이 실리는 자리가 얼마짜리인지 알아요? 오만 달러짜리 수표를 들고 왔다가 이 문 앞에서 퇴짜를 맞는 타자기, 치약, 면도날 업체들이 얼마나 많은지 알아요? 그런데 내 인지도에 도움이 될 거라니!'

그녀는 보기 딱할 정도로 당황스러워하더군. 내가 들어와서 세

리주나 한잔하겠느냐고 물었죠. 그녀야 도망치고 싶었겠지만, 성격이 여리다 보니 거절을 하지 못했어요. 셰리주를 마시면서 그녀의 신변 이야기를 유도했지. 지금 다니는 곳이 첫 회사라는데, 의욕이 대단했어요. 예순여덟 군데 광고 대행사를 돌아다닌 끝에 얻은 일자리라고 하더군. 소심해 보이는 외모 뒤에 엄청난 의지가 숨어 있었던 거요. 로라는 자기가 얼마나 똑똑한지 알고 있었고, 자신의 재능을 증명해 보일 수만 있다면 수백 번이라도 퇴짜를 맞을 준비가 되어 있었어요. 그녀의 이야기가 끝났을 때 내가 물었지.

'이쯤 되면 내가 당신의 이야기에 감동을 받아서 홍보를 해 주겠다고 할 것 같죠?'"

"그렇게 하셨습니까?"

"맥퍼슨 씨, 나로 말할 것 같으면 미국 전체를 통틀어 가장 돈을 밝히는 사람이올시다. 이익이 없겠다 싶은 일에는 절대 움직이지 않아요."

"하지만 홍보를 해 주셨죠."

나는 부끄럽다는 듯이 고개를 숙였다.

"칠 년 동안 열심히 바이런 펜에 찬사를 보냈지. 내 수필집이 십만 부 팔린 것도 그 덕분일 거요."

"헌트 양의 능력이 아주 출중했던 모양입니다."

"그 당시에는 조금 출중한 수준이었지. 하지만 내가 가능성을 알아보고 그다음 주에 저녁을 같이 먹자고 불렀어요. 그게 시작이었지. 내 보호 감독 아래 미숙한 어린아이에서 우아한 뉴욕 아가씨로 성장했으니까. 일 년 만에, 콜로라도스프링스 출신인 걸 아무도 알아차리지 못할 만큼 발전을 했지 뭐요. 그녀는 의리를 지키며 고마워했답니다, 맥퍼슨 씨. 나에게 주어지는 여러 혜택을 함께 나누고 싶은 친구는 그녀밖에 없었어요. 여러 개막 행사에서 그녀는 월도 라이데커의 희끗희끗한 반다이크 수염이나 금띠를 두른 지팡이만큼이나 유명한 존재가 됐죠."

나를 찾아온 손님은 이 말에 아무 대꾸도 없었다. 뚱한 분위기로 되돌아간 것이다. 스코틀랜드 출신 특유의 경건함과 브루클린에서 보낸 가난한 시절이 어우러지면서 멋진 여자들에 대한 반감이 싹텄을 것이다.

"헌트 양이 당신을 흠모했습니까?"

나는 움찔했다. 대답을 하는데 쉰 목소리가 나왔다.

"로라가 나를 좋아하기는 했소이다. 팔 년에 걸쳐 나와의 의리를 지키는 동안 청혼하는 남자들에게 번번이 퇴짜를 놓았고요."

셀비 카펜터만큼은 예외였지만, 부연 설명은 나중으로 미루었다. 마크는 나 같은 달변가를 상대할 때 침묵이 얼마나 중요한 역할을 하는지 알고 있었다.

"로라를 향한 내 사랑은 단순히 젊고 아리따운 아가씨를 향한 성숙한 남자의 욕망이 아니었소이다. 그보다 더 깊은 무언가가 바탕에 깔려 있었지. 로라 덕분에 나는 너그러워졌어요. 인간은 상처를 주며 애정을 키운다는 믿음은 잘못된 거라오. 나중에 뉘우친다고 그게 없던 일이 되는 건 아니거든. 비열했던 과거를 떠올리게 만드는 사람은 피하고 싶은 게 인지상정 아니오? 푸른 월계수처럼 무성하게 자라는 것은 악의가 아니라 너그러운 마음씨올시다. 로라가 나를 이 지구상에서 가장 다정한 사람으로 간주했으니 내가 그 기대에 맞춰 발전할 수밖에. 그녀에게 나는 지성뿐 아니라 인간성에 있어서도 신이나 다름없는 존재였으니까."

나를 흘끗 뜯어보는 그의 눈빛에서 의혹의 기미가 느껴졌다. 그가 자리에서 일어섰다.

"카펜터와 약속이 잡혀 있는데, 이러다 늦겠네요."

"'보라, 예비 신랑이 기다리고 있구나!'라고 해야겠군요."

나는 그와 함께 문 쪽으로 걸어가며 이렇게 덧붙였다.

"셸비가 당신 마음에 들지 모르겠소."

"제가 직업상 누굴 마음에 들어 하고 말고 할 이유가 없죠. 피해자의 친구들에게 관심이 있을 뿐……."

"용의자로서?"

나는 농담처럼 물었다.

"더 많은 정보를 수집할 수 있으니까요. 제가 다시 찾아올 수도 있겠습니다, 라이데커 씨."

"언제든지 환영이오. 그렇게 악랄하고 무익한 참사를 유발한 혐오스러운 존재 — 그런 놈을 인간이라고 부를 수는 없지 않겠소—를 잡을 수만 있다면 어떻게든 돕고 싶은 심정이니까. 아무튼 셸비를 만난 소감은 나중에라도 듣고 싶소이다."

"그자가 탐탁지 않으신 모양이죠?"

나는 문손잡이에 손을 올려놓은 채 발걸음을 멈추었다.

"셸비는 로라의 이면에 해당하는 자요. 내 편견일지 모르지만, 좀 더 평범하고 별 특징 없는 면을 대변하는 자랄까. 판단은 당신에게 맡기리다."

우리는 악수를 했다.

"그녀의 죽음이라는 수수께끼를 해결하려면 먼저 그녀의 삶을 둘러싼 미스터리를 파악해야 할 거요. 간단치 않은 작업이지. 그녀에게 숨겨 놓은 재산이나 보석이 있었던 건 아니올시다. 하지만 미리 경고하건대 요즘 여자들 머릿속에 비하면 사기꾼이나 협잡꾼 들이 저지르는 짓은 단순하게 느껴질 거요."

그가 조바심을 내기 시작했다.

"복잡하고 세련된 요즘 여자들 머릿속에 비하면 말이오. '비밀이 꽃봉오리 속에 숨겨진 벌레처럼 그녀의 분홍빛 뺨에 깃들었나니.'• 내 도움이 필요하면 언제든지 연락 주세요, 맥퍼슨 씨. 그럼 안녕히 가시오."

나는 그가 엘리베이터에 오를 때까지 문 앞에 서 있었다.

● **비밀이 꽃봉오리 속에 숨겨진 벌레처럼 그녀의 분홍빛 뺨에 깃들었나니** _ 셰익스피어의 『십이야』에 나오는 구절이다.

002

☆☆☆

나는 지금까지 살인 사건을 연구하는 데 작업 시간의 상당 부분을 할애해 왔지만, 추리 소설 내레이션이라는 남 보기 부끄러운 짓을 맡은 적은 한 번도 없었다. 그런데 잘난 척하는 것처럼 보일지 몰라도 내가 썼던 글 중에서 한 구절을 이 자리에 인용할까 한다. 중쇄를 거듭한 내 수필 「소리와 분노에 관하여」[1]의 첫 구절이 지금 이 상황에 워낙 잘 어울리기 때문이다.

"1936년 대선 때 대통령이 추리 소설 팬이라는 소리를 듣고 나는 당장 공화당 후보에 한 표를 행사했다."

내 편견은 가시지 않았다. 나는 지금도 전형적인 추리 소설은 소리와 분노가 넘쳐 나고, 독자라고 불리는 소심한 집단 속에 숨어 있는 야만적인 폭력성과 복수욕을 대변하는 작품이라고 생각한다. 마크 맥퍼슨이 살인 사건 수사를 성가시게 여긴다면 나는 살인 사건을 다룬 문학 작품을 아주 지루하게 여긴다고 할 수 있다. 그럼에도 그는 수사를 계속해야만 하고 나는 이 이야기를 풀어 나가야만 하는 이유는 우리가 로라 헌트 사건과 감정적으로 깊이 얽혀 있기 때문이다. 나의 내레이션은 탐정 소설이라기보다 러브 스토리에 가깝다.

마음 같아서는 내가 주인공이었으면 좋겠다. 폭력 속에서 피어나 비극적으로 끝날 수밖에 없는 사랑 속으로 자기도 모르게 빨려 들어가는 수심 어린 내 모습을 상상해 본다. 제삼의 인물이 된 나를 그려 본다. 나는 볼썽사나운 일을 겪을 때마다 『윌도 라이데커의 삶과 생애』를 또 한 회분 근사하게 만들어 내는 것으로 불쾌한 기억을 지우며 회한에서 빠져나오곤 한다. '수만 마리의 성난 사자들이 밑에서 으르렁대는 낭떠러지 끝에 침착하게 서 있는 윌도 라이데커' 어쩌고 하는 거창한 상상을 시작하면 진정제로 거의 언제나 안성맞춤이다.

이런 고백을 하면 내가 어처구니없는 인물로 비칠 수 있음을 나도 알고 있다. 굳이 따지자면 나는 몸집이 지나치게 비대하다. 백구십 센티미터에 달하는 엄청난 골격이 살집에 가려져 있다. 반면에 꿈들은 점점 작아지기만 한다. 하지만 이른바 평범한 인간의 꿈이 달리의 그림처럼 천박한 대중들 앞에서 공개되어야 한다면 인류의 존귀함과 존엄성은 발 딛고 설 땅이 없는 것 아닐까. 예전에는 살집이 있으면 성격이 좋은 걸로 해석되던 때도 있었건만 지금 우리는 운동을 신성시하고, 영웅들은 항상 군살 없는 몸매를 자랑하는 피곤한 시대에 살고 있다. 나는 고리대금업자 샤일록처럼 살 한 덩이에 집착하는 머릿속에 무슨 철학이나 상상이 깃들 수 있겠느냐 생각하며 번번이 운동을 포기한다. 그래서 쉰둘의 나이에 이 육체의 짐을 달관하는 마음으로 받아들이게 되었다. 폭염이나 전쟁 같은 흉측한 소식이 들릴 때 그런 것처럼.

그렇다 하더라도 마크 맥퍼슨의 활약상을 소개하는 이 글 속에서 나를 영웅으로 포장할 수는 없을 것이다. 셸비 카펜터와 더불어 살아야 하는 이 세상에서 좌절하지 않는 법을 일찌감치 터득한 나이지만, 이 젊은 형사는 셸비보다 훨씬 능력이 출중하다. 그는 물렁한 구석이 없다. 자기를 주무르려 드는 사람에게 또렷한 각인을 남기고야 마는, 단단한 동전 같은 인물이다.

그는 호불호는 분명해도 단순한 남자는 아니다. 복잡한 성격 때문에 스스로도 애를 먹는다. 화려함을 경멸하지만, 거기에 매료되기도 한다. 내가 수집한 유리와 사기그릇, 내 비더마이어 가구와 서재를 보고 불쾌해하면서도, 표면에 감도는 광택을 감상하는 경지에 이른 교양을 부러워한다. 나더러 백 퍼센트 완벽하지 않은 사람을 더 좋아하지 않느냐고 물은 것을 보면 얼마나 감수성이 풍부한지도 알 수 있다. 내가 비만으로 비참한 사춘기를 보내면서 깨달은 사실을, 그는 백 퍼센트만 우러러보는 세상에서 어른으로 자란 뒤에야 깨달았다. 내가 사춘기를 보내며 깨달은 사실이 무엇인가 하면, 절름발이와 말더듬이와 장님은 워낙 독을 품고 지내다 보니 그만큼 남들보다 예리할 수밖에 없다는 것이다. 남모를 상처를 가슴속에 간직한 이런 사람들은 타인의 고통과 약점을 열심히 탐색한다. 그런데 무언가를 찾고 싶을 때 가장 확실한 비법도 탐색이다. 나는 나만의 망원경을 통해 남들은 절대 알아차리지 못할 마크의 약점을 간파했다.

단단한 동전 같은 성격은 부럽지 않다. 내가 질투하는 부분은 칼로 베인 뼈, 고문을 당한 근육, 군인처럼 허리를 꼿꼿하게 펴고 뻣뻣하게 걸을 수밖에 없게 하는 흉터다. 나처럼 허약하고 뚱뚱하며 난시인데다 허여멀겋고 물렁물렁한 살로 이루어진 인간은 영웅다운 핑계를 댈 방법이 없다. 그런데 마크는 죽어 가던 악당이 날린 총알이 정강이뼈에 박혔다지 않은가! 그자의 몸속에 영웅담이 새겨진 것이나 다름없지 않은가!

그와 헤어진 후 한 시간 동안 힘없이 소파에 앉아서 질투심을 달랬다. 그렇게 한 시간을 보냈더니 진이 빠졌다. 나는 위안을 얻으려고 로라의 비문으로 다시 관심을 돌렸다. 그런데 운율이 맞지 않고 알맞은 단어도 생각나지 않았다. 마크는 나더러 말만 번지르르하고 내용이 없다고 했다. 나도 가끔 그런 면이 부족하지 않은가 싶긴 했어도 단 한 번도 인정하지 않던 부분이건만. 그 일요일 오후에는 내가 뚱뚱하고, 신경질적이며, 아무짝에도 쓸모없고, 매력적인 구석이 한 군데라도 있는지 의심스러운 중년 남자가 된 것처럼 느껴졌다. 그랬으니 마크 맥퍼슨을 미워했어야 맞다. 그런데 그럴 수가 없었다. 다듬어지지 않은 거친 면이 있긴 해도 그는 이 이야기에서 나를 대신할 주인공이었다.

하지만 주인공이지 해설자는 아니다. 그 전지전능한 역할은 내게 주어졌다. 나는 내레이터 겸 해설자로서 보지 못한 광경을 묘사하고, 듣지 못한 대화를 글로 전할 것이다. 일말의 변명도 없이 그렇게 뻔뻔한 작태를 벌일 것이다. 분위기를 연출하듯 정확하게 움직임을 재현하는 것이 예술가인 나의 일이니까. 워낙 잘 아는 인물들이라 그 목소리가 귓전에 맴돌고, 눈을 감으면 그들의 움직임이 그려진다. 내가 글로 옮긴 대화가 그들이 실제로 내뱉은 대사보다 훨씬 명확하고 간결하며 개성 있을 것이다. 그들은 형식을 만든다든지 긴장감을 고조시킨다든지 하는 의식 없이 횡설수설 되는 대로 말을 늘어놓는 반면, 나는 가감을 할 수 있으니까. 그리고 내가 이야기 속에 등장하는 경우에도 객관적으로 내 단점들을 기록할 수 있도록 각고의 노력을 기울일 것이다. 이 섬뜩한 모험담의 다른 등장인물보다 나를 중요하게 간주하지 않을 것이다.

003

☆☆☆

로라의 이모인 수전은 한때 뮤지컬 배우였다. 그러다 미망인이 되었다. 그 사이 기간, 그러니까 결혼 생활에 대해서는 잊어버리는 게 좋다. 나는 그녀와 알고 지낸 몇 년 동안 고인이 된 남편 호러스 Q. 트레드웰을 그리워하는 소리를 한 번도 들은 적이 없다. 수전은 롱 아일랜드의 여름 별장에서 지내던 도중에 로라가 죽었다는 소식을 듣고 5번가 북쪽에 있는 으리으리한 집으로 허겁지겁 돌아왔다. 험상궂은 핀란드 출신의 하인이 동행했다. 마크가 찾아갔을 때 문을 열어 주고 어두컴컴한 미로를 지나 카펫도 깔지 않은 널찍한 방으로 안내한 하인이 바로 그 헬가였다. 방 안의 모든 가구와 그림과 장식품은 옅은 색의 줄무늬 리넨으로 덮여 있었다.

마크는 5번가의 개인 주택을 찾아간 것이 처음이었다. 그는 기다리는 동안 길쭉한 응접실을 서성였다. 까만 옷을 걸치고 다가오다 멀어지는 그의 호리호리한 모습이 금테를 두른 전신 거울에 비쳐 보였다. 그는 예비 신부를 잃은 예비 신랑을 만날 생각에 여념이 없었다. 로라는 돌아오는 목요일에 셸비 카펜터와 결혼할 예정이었다. 두 사람은 혈액 검사를 마치고, 혼인 허가를 받는 데 필요한 신청서도 작성해 놓은 상태였다.

마크는 이런 제반 사실들을 속속들이 알고 있었다. 셸비가 맨 처음 신문을 실시한 경사의 질문에 순진하리만치 솔직하게 대답한 덕분이었다. 마크의 재킷 주머니에는 연인의 마지막 만남을 기록한 진술서 복사본이 들어 있었다. 그 안에는 평범하지만 상투적이지 않은 내용이 적혀 있었다.

로라는 주말병에 걸렸다. 그래서 오월 첫 주부터 구월 마지막 주까지 주말마다 광신도들과 함께 코네티컷으로 순례를 떠났다. 「와글와글 뉴잉글랜드」[2]에 소개된 곰팡내 나는 집이 로라가 헛간을 개조해서 만든 공간이었다. 그녀의 정원은 악성 빈혈에 시달렸고, 그 돌투성이 땅에 비룟값으로 쏟아 부은 돈을 계산하면 일 년 동안 날마다 보라색 난초를, 일요일에는 오돈토글로숨 그란데로 만든 코르사주를 살 수 있을 만한 수준이었다. 그런데도 그녀는 다섯

달 동안 일주일에 한 번씩만 꽃을 샀으니 엄청난 금액을 절약한 셈이라고 믿어 의심치 않았다.

나는 한 번 다녀온 뒤로 누가 아무리 어르고 달래도 두 번 다시 윌턴행 기차에 오르지 않았다. 하지만 셸비는 기꺼이 희생양을 자청했다. 로라는 가끔 가정부 베시를 데리고 가서 집안일을 맡겼다. 좋아하는 척했지만 사실은 집안일이 귀찮았던 것이다. 그런데 지난 금요일에는 혼자 떠나기로 마음먹었다. 셸비에게는 레이디 릴리스 페이스 크림 홍보를 마치고 신혼여행을 떠나기 전까지 사오일 동안 혼자 고민할 시간이 필요하기 때문이라 설명했다. 신경이 잔뜩 곤두선 채로 신혼을 시작하면 되겠느냐며. 셸비는 토를 달지 않았다. 그녀에게 다른 복안이 있을 줄은 꿈에도 몰랐다. 결혼 전에 마지막으로 나하고 저녁을 먹는 것에 대해서도 왈가왈부하지 않았다. 그녀는 10시 20분 열차 시간에 맞춰 내 집을 나설 생각이라고 셸비에게 말했다.

두 사람은 같은 광고 대행사에서 근무했다. 금요일 오후 5시가 되자 그가 그녀의 방으로 찾아갔다. 그녀는 비서에게 마지막 지시 사항을 몇 가지 전달한 후 콧잔등에 파우더를 두드리고 립스틱을 다시 바른 뒤 그와 함께 엘리베이터를 타고 내려왔다. 두 사람은 트로피컬에 잠깐 들러 마티니를 마셨다. 트로피컬은 광고와 라디오 작가들이 즐겨 찾는 술집이었다. 로라는 그 자리에서 다음 주 계획을 설명했다. 몇 시에 돌아올지 모르겠다며, 셸비에게 기차역으로 마중 나올 필요 없다고 했다. 윌턴을 왔다 갔다 하는 것쯤이야 지하철을 타는 거나 다름없다면서. 그녀는 수요일에 돌아올 생각이라며 돌아오자마자 전화하겠노라고 약속했다.

마크는 밝은색과 어두운색 나무가 체스판처럼 엮인 방바닥을 쳐다보며 이런 사실들을 곰곰이 생각하다, 잠시도 가만히 있지 못하는 자신의 모습을 불안한 눈빛으로 관찰하는 사람을 알아차렸다. 그는 전신 거울을 통해 셸비 카펜터를 처음으로 맞닥뜨렸다. 리넨으로 덮인 가구를 배경으로 서 있는 셸비는 밝은색으로 인쇄한 영화 포스터 속 주인공처럼 보였다. 칙칙한 화강암으로 만든 옛날 옛적 오페라 하우스에 요란한 영화 포스터가 걸린 듯한 형상이었는데, 고인을 추모하는 뜻에서 검은 정장을 입었지만 눈에 확 들어오는 당당한 분위기는 수그러들지 않았다. 구릿빛 피부와 또렷한 회색 눈동자와 불룩한 이두박근에서 남성미가 넘쳤다. 나중에 마크가 이날의 만남에 대해 이야기하면서 나에게 고백하길 친숙함이 파도처럼 밀려드는 바람에 어안이 벙벙했다고 했다. 셸비의 목소리는 귀에 설었지만, 거울 속에 비친 자신의 모습을 보는 것만큼이나 친숙한 미소가 그의 입가에 떠올라 있었다. 마크는 그날도 그렇고 나중에 몇 번 더 만났을 때도 그렇고, 그를 어디에서 본 적이 있는지 기억을 더듬었지만 소용이 없었다. 풀리지 않는 수수께끼 때문에 화가 났다. 머릿속 어느 한구석이 둔해져서 생각이 안 나는 게 아닌가 싶었다. 셸비와 만나면 만날수록 그는 기억력에 자신감을 잃었다.

두 사람은 긴 응접실 안에 마주 보게 놓인 의자에 앉았다. 셸비가 터키산 담배를 권했고, 마크는 고맙게 받아들였다. 5번가의 위용에 압도돼 감히 재떨이를 청하지는 못했다. 기관총을 상대했던 그가 말이다.

셸비는 본부에서도 꿋꿋하게 고초를 견뎌 낸 바 있었다. 그는 남부 사투리가 섞인 부드러운 목소리로 애달팠던 마지막 만남을 다시 한번 자세하게 설명했고, 위로는 사양하겠다는 뜻을 분명히 전달했다.

"그래서 로라를 택시에 태우고, 기사에게 월도 라이데커의 집 주소를 알려 주었습니다. 그녀는 '수요일까지 잘 지내요'라고 말하고 창밖으로 고개를 내밀어 입을 맞추었어요. 그런데 다음 날 아침에 찾아온 경찰이 말하길 베시가 아파트에서 그녀의 시신을 발견했다는 겁니다. 믿을 수가 없었죠. 시골로 내려간다고 했는데. 그렇게 말했는데. 그 전까지 로라는 한 번도 거짓말한 적이 없었어요."

마크가 알렸다.

"택시 운전수를 찾아내 확인했습니다. 모퉁이를 돌자마자 라이데커 씨의 집이 아니라 그랜드 센트럴 역으로 가 달라고 했다더군요. 라이데커 씨와의 저녁 약속은 그날 오후에 전화로 일찌감치 취소했고요. 왜 거짓말을 했을지 짐작 가는 구석이 있습니까?"

셸비의 흠잡을 데 없는 입술에서 흘러나온 담배 연기가 흠잡을 데 없는 동그라미를 그렸다.

"로라가 거짓말을 했다고 믿고 싶지 않습니다. 월도와 저녁을 먹지도 않을 거면서 먹을 거라고 말할 이유가 없잖습니까?"

"그녀는 두 번 거짓말을 한 셈이에요. 첫 번째 거짓말은 라이데커 씨와 저녁을 먹는다고 한 거였고, 두 번째 거짓말은 그날 밤에 시골로 내려간다고 한 거였죠."

"못 믿겠습니다. 우리는 항상 서로에게 감추는 게 전혀 없었거든요."

마크는 그 말에 토를 달지 않았다.

"금요일 밤에 그랜드 센트럴 역에서 근무했던 짐꾼들을 만나 보았더니 몇 명이 그녀의 얼굴을 기억하더군요."

"항상 금요일 밤 기차를 탔으니까요."

"바로 그게 문젭니다. 그날 밤에 로라를 분명히 보았다고 장담한 짐꾼이 딱 한 명 있었는데, 신문에 자기 사진이 실리느냐고 묻지 뭡니까. 거기에서 수사가 난관에 봉착했습니다. 헌트 양은 어쩌면 이스트 42가나 렉싱턴 애버뉴에서 택시를 갈아탔을 수도 있습니다."

셸비는 한숨을 쉬었다.

"왜요? 왜 그렇게 말도 안 되는 짓을 했을까요?"

"이유를 알아내면 쓸 만한 단서를 포착할 수 있을지 모릅니다. 그나저나 카펜터 씨의 알리바이를 짚고 넘어가자면……."

셸비는 신음 소리를 냈다.

"진술을 똑같이 반복하지 않으셔도 됩니다. 세부 사항은 저도 알고 있으니까요. 42가에 있는 머틀 카페테리아에서 저녁을 먹고 5번 가까지 걸어가서 버스를 타고 146가에서 내려 이십오 센트를 내고 콘서트 표를 샀고……."

셀비는 상처받은 아이처럼 입을 부루퉁하게 내밀었다.

"힘든 시기를 좀 겪어서요. 혼자 있을 때는 돈을 아끼려고 최대한 노력하는 편입니다. 이제 막 회복기에 접어들었거든요."

마크가 짚고 넘어갔다.

"절약 정신에 대해 부끄러워할 필요 없습니다. 지금까지 들은 이야기 중에서 가장 수긍이 가는 부분인걸요. 콘서트가 끝난 후 집까지 걸어가셨다고요? 거리가 제법 됐을 텐데."

"돈이 없으니 운동 삼아서요."

셀비는 힘없이 씩 웃었다.

마크는 알리바이 논의를 접고 특유의 기습 공격을 감행했다.

"왜 진작 결혼을 하지 않으셨습니까? 약혼 기간이 상당히 길었다면서요?"

셀비는 헛기침을 했다.

"돈 때문이었겠죠?"

셀비의 얼굴이 어린 소년처럼 빨개졌다. 그가 씁쓸한 투로 입을 열었다.

"'로즈 로 샌더스'에 취직했을 때 제 주급이 삼십오 달러였어요. 그녀는 백칠십오 달러를 받고 있었고요."

그는 말을 하다 말고 머뭇거렸고, 이제는 두 뺨이 너무 익은 복숭아처럼 시뻘게졌다.

"잘나가는 그녀를 보며 분통을 터뜨리진 않았습니다. 워낙 똑똑해서 감탄스럽고 존경스러울 정도였으니까요. 그녀가 능력을 최대한 발휘하면 좋겠다고 생각했습니다. 그것만큼은 믿어 주십시오, 맥퍼슨 씨. 하지만 남자로서 자존심이 상하기는 했죠. 저로 말할 것 같으면 여자는 남자와…… 다르다는 교육을 받고 자랐으니까요."

"그런데 무슨 이유로 결혼을 결심하게 된 겁니까?"

셸비의 표정이 밝아졌다.

"저도 대우가 나아졌거든요."

"그녀가 더 많이 버는 건 마찬가지였잖습니까. 당신 쪽에서 생각을 바꾸게 된 이유가 뭐였나요?"

"별 차이 없었습니다. 제 벌이가 어마어마한 수준은 아니더라도 제법 됐으니까요. 그리고 점점 나아지고 있었고, 빚도 어느 정도 정리했어요. 남자 입장에서는 빚이 있으면 결혼을 꺼리게 되잖습니까."

"결혼할 여자한테 진 빚은 예외로 하고요."

누군가가 카랑카랑한 목소리로 이렇게 거들었다.

금색 테두리의 거울 속에 이쪽으로 걸어오는 어떤 사람의 모습이 비쳐 보였다. 시커먼 상복을 입고, 자기 머리색과 똑같은 적갈색 포메라니안을 오른쪽 옆구리에 안은, 체구가 아담한 여자였다. 그녀는 대리석상과 청동 조각상을 배경으로 문 앞에서 잠깐 발걸음을 멈추었다. 그러자 거울에 달린 금테가 액자 역할을 하면서, 화가 사전트의 아류가 19세기의 품격을 20세기에 재현하려다 실패한 초상화처럼 보였다. 마크는 사인을 규명하는 자리에서 잠깐 그녀를 만났을 때는 로라의 이모라고 하기에 젊다는 인상을 받았다. 그런데 이제 보니 오십 대가 훌쩍 넘은 듯했다. 한 치의 오차도 없이 완벽한 생김새는 인공적이라 할 만한 수준으로 쇠틀 위에다 살색의 벨벳을 씌운 느낌이었다.

셸비가 벌떡 일어섰다.

"이모님! 대단하십니다! 기운을 차리셨군요! 감당하기 힘든 고통을 겪은 뒤인데 어쩌면 이렇게 아름다우실 수 있단 말입니까?"

그가 가장 으리으리한 자리로 그녀를 안내했다.

"악당을 꼭 잡아 주세요."

마크에게 하는 말이었지만, 그녀의 시선은 자기 몸에 걸친 시폰에 고정되어 있었다.

"악당을 꼭 잡아서 눈알을 뽑고, 뜨거운 꼬챙이로 찌르고, 기름에 튀겨 주세요."

그녀는 악담을 퍼붓고 나서 마크를 향해 고혹적인 미소를 발산했다.

셸비가 물었다.

"어디 불편한 데 없으시죠? 부채 부쳐 드릴까요? 시원한 음료 마시고 싶으세요?"

그녀는 개와 놀아 주다 싫증이 난 사람마냥 무심하게 일축하고, 마크에게 물었다.

"어떤 식으로 로맨틱하게 교제를 했는지 셸비한테 들으셨어요? 그 짜릿한 일화를 하나도 남김 없이 들으셨어야 하는데."

"이모님, 로라가 그 소리를 들으면 뭐라고 하겠어요?"

"나더러 질투심에 어쩔 줄 몰라 하는 여우 같다고 하겠지. 어쩌면 맞는 말일지 몰라. 질투심 어쩌고 하는 부분만 빼고. 자네 같은 남편감은 금쟁반에다 얹어 준다고 해도 싫거든."

"수 이모님의 말씀은 신경 쓰지 마십시오, 맥퍼슨 씨. 제가 가난뱅이라고 색안경을 쓰고 보시거든요."

"저 친구, 귀엽지 않아요?"

개를 토닥이며 트레드웰 부인이 소곤거렸다.

셸비는 제단에서 선서라도 하는 투였다.

"로라한테 돈을 바란 적 없습니다. 지금 이 자리에 있었다면 로라도 똑같은 소리를 했을 겁니다. 제가 경제적으로 힘들다는 걸 알고 빌려 준 거예요. 자기는 돈을 쉽게 번다고 하면서."

"그 아이가 얼마나 뼈 빠지게 일을 했는데!"

트레드웰 부인이 외쳤다.

포메라니안이 코를 킁킁거렸다. 트레드웰 부인은 녀석의 조그만 코를 자기 뺨에 대었다가 무릎 위로 내려놓았다. 너도나도 부러워할 자리를 꿰찬 녀석이 두 남자를 의기양양하게 올려다보았다.

"트레드웰 부인, 혹시 조카따님에게……."

마크는 거북해하며 말을 이었다.

"적이 있었습니까?"

그녀는 비명을 질렀다.

"적이라고요? 모두 그 아이를 예뻐했는걸요! 그렇지, 셸비? 그 아이는 돈보다 친구가 더 많았다고요."

"로라의 가장 큰 장점이었죠."

셸비도 진지하게 맞장구를 쳤다.

트레드웰 부인은 불멸의 배우 베르나르 같은 말투로 딱 잘라 말했다.

"난감한 일이 생기면 너도나도 그 아이를 찾아왔어요. 내가 한두 번 경고를 한 게 아니에요. 오지랖이 넓으면 자기가 난감해지기 마련이거든요. 안 그래요, 맥퍼슨 씨?"

"글쎄요. 저는 그 정도로 오지랖이 넓어 본 적이 없어서 잘 모르겠네요."

그는 가식적인 말투가 신경에 거슬려서 퉁명스럽게 대답했다.

짜증 섞인 반응에도 불구하고 연극을 향한 트레드웰 부인의 열망은 꺼질 줄 몰랐다.

"'인간이 저지른 악행은 죽은 뒤에도 남지만 선행은 더러 유골과 함께 묻히나니.'"•

엉뚱한 구절을 읊조린 그녀가 조그맣게 키득거리며 덧붙였다.

"가엾은 그 아이의 유골은 아직 땅에 묻히지 않았지만요. 하지만 죽은 사람에 대해서도 솔직한 평가를 내려야 하지 않겠어요? 로라의 가장 큰 관심사는 돈이 아니라 인간이었어요. 늘 친구들과 어울리며 호의를 베풀고, 잘 알지도 못하는 사람들에게 시간과 기운을 낭비했죠. 셸비, 그 모델 생각나니, 그 이름 거창한 아가씨? 로라가 날 구워삶아서 그 아이한테 표범 코트를 주게 했지 뭐니. 다 떨어진 코트도 아니었는데. 밍크는 아껴 두고 그 코트로 한 해 더 버틸 수도 있었어. 기억 안 나니, 셸비?"

셸비는 개와 수사슴을 끌고 받침대에서 펄쩍 뛰어내리겠노라고 몇 년째 협박중인 디아나(다이애나) 여신 청동상에 심취한 표정이었다.

트레드웰 부인은 놀리는 투로 이야기를 계속 이어 나갔다.

"게다가 셸비의 직업을 보세요! 셸비가 어떻게 취직을 했는지 아세요, 맥퍼슨 씨? 세탁기를 팔다가…… 그게 아니라 프랑크푸르트 소시지 껍질을 팔았던가? 아니면 훌륭한 경영인이 되는 법을 가르치는 학교에서 주급 삼십 달러를 받고 공문을 작성하던 시절이었던가?"

디아나를 쳐다보고 있던 셸비가 반항 조로 고개를 돌렸다.

"그게 부끄러워해야 할 일인가요? 맥퍼슨 씨, 저는 재무 대학에서 공문을 작성하던 시절에 로라를 만났습니다. 그녀는 제가 쓴 공문을 보고 타고난 재능 내지는 솜씨를 낭비하고 있다는 판단 아래

● **인간이 저지른 악행은 죽은 뒤에도 남지만 선행은 더러 유골과 함께 묻히나니** _셰익스피어의 희곡 『줄리어스 시저』에서 안토니우스가 하는 말이다.

특유의 선심을 발휘해…….”

“선심을 발휘한 정도가 아니었지.”

트레드웰 부인이 끼어들었다.

“로 씨에게 제 이야기를 했고, 몇 개월 뒤에 공석이 생겼을 때 로 씨가 저를 부른 겁니다. 저더러 은혜를 잊어버렸다고 하시면 섭섭하죠.”

그는 트레드웰 부인을 용서한다는 듯이 다정한 미소를 지었다.

“자네가 은혜를 잊어버린 것 같다고 말한 사람은 내가 아니라 로라였어.”

“그렇게 악랄한 비난을 하시면 어쩝니까. 맥퍼슨 씨가 단단히 오해하시겠네요.”

셸비는 그녀의 고약한 심보가 남들은 모르는 병이라도 되는 양 웃어넘기면서 간호사처럼 다정하게 트레드웰 부인의 쿠션을 바로 잡아 주었다.

연극 같은 분위기가 느껴지는 광경이었다. 마크는 여자의 관점에서 셸비를 바라보았다. 여자의 행복을 위해 존재하는 듯한, 산뜻한 가면으로 포장된 셸비는 매력적이었다. 그의 태도를 보면 잘 익은 과일 같은 혈색, 깎아 놓은 듯한 이목구비, 기다란 속눈썹이 달린 맑은 눈이 오로지 그녀를 위해 존재한다는 식이었다. 마크에게는 낯선 장면이 아니었다. 어디에선가 본 적이 있었다. 그런데 기억이 가물가물하니 부아가 치밀 지경이었다. 그는 자꾸만 모질게 나오려는 말투를 애써 자제하며 오늘 면담은 이것으로 마치겠다고 이야기하고 자리에서 일어섰다.

셸비도 자리에서 일어섰다.

"저도 나가서 바람 좀 쐬어야겠습니다. 잠깐 제가 없어도 괜찮으시겠죠?"

"당연하지. 자네를 계속 붙잡아 두면 내가 몹쓸 사람이게?"

그녀는 살짝 비꼬듯이 묻는 셸비를 대하고 마음이 누그러진 모양이었다. 진홍색 매니큐어를 바른 하얗고 시들시들한 두 손을 그의 소맷부리에 올려놓았다.

"자네가 얼마나 잘해 주었는지 죽을 때까지 잊지 않을 거야."

셸비는 그녀를 너그럽게 용서했다. 로라와 결혼한 사이라도 되는 양, 자신이 이 집안의 가장이어서 조카를 잃고 상심한 여인을 위로하는 것이 임무라도 되는 양 그녀의 처분에 자신을 맡겼다.

회개하고 연인의 품으로 되돌아온 정부처럼 트레드웰 부인이 셸비를 향해 다정하게 속삭였다.

"자네는 부족한 점이 많지만 그래도 싹싹하잖아. 요즘 자네처럼 괜찮은 남자도 드물지. 고약하게 굴어서 미안해."

그는 그녀의 이마에 입을 맞추었다.

집을 나섰을 때 셸비가 마크를 돌아보았다.

"부인이 한 이야기는 한 귀로 듣고 한 귀로 흘리세요. 말은 고약해도 본심은 안 그러니까요. 제가 조카딸과 결혼하는 걸 반대했는데, 이제 와서 안 그런 척할 수 없으니까 그러시는 겁니다."

"조카딸이 당신과 결혼하는 걸 반대했다고 해야 맞는 거 아닙니까?"

마크가 짚고 넘어갔다.

셸비는 서글픈 미소를 지었다.

"지금 같은 상황에서는 모르는 척 지나갈 수도 있는 거 아닌가요? 아무튼! 어쩌면 수 이모님은 저를 계속 물고 늘어져서 가엾은 로라를 마음 상하게 만들었던 게 미안한데, 자존심 때문에 인정을 못 하는 것일 수도 있습니다. 오늘 아침에 저한테 화풀이를 한 것도 그 때문이었을 거예요."

두 사람은 작열하는 태양 아래 섰다. 얼른 헤어지고 싶은 마음은 굴뚝같은데, 서로 망설이고 있었다. 마크는 충분하게 정보를 얻지 못했고 셸비는 마크에게 하고 싶은 이야기를 충분하게 하지 못했으니 자리를 정리할 수 없었던 것이다.

가물가물한 기억과 최후의 일전을 벌이느라 잠깐 아무 말이 없었던 마크가 헛기침을 했고, 셸비는 아득한 꿈에서 깨어난 사람처럼 발걸음을 옮겼다. 둘 다 어색한 미소를 지었다.

"예전에 어디에서 당신을 보았을까요?"

마크가 물었다.

셸비는 알 길이 없었다.

"제가 워낙 파티다 뭐다 여기저기 많이 돌아다녀서요. 술집이나 레스토랑에서 만났을 수도 있겠죠. 가끔은 모르는 사람의 얼굴이 가장 친한 친구의 얼굴보다 친근하게 느껴질 때도 있고요."

마크는 고개를 저었다.

"칵테일 바는 내 취향이 아닌데."

"다른 생각을 하다 보면 기억이 날 겁니다. 원래 그렇잖습니까."

그러더니 셸비는 똑같은 말투로 이렇게 물었다.

"그런데 맥퍼슨 씨, 로라의 보험금을 받는 수령인이 저라는 거 알고 계시죠?"

마크는 고개를 끄덕였다. 셸비는 조심스럽게 말을 골랐다.

"직접 말씀을 드리고 싶었어요. 안 그러면…… 그러니까…… 형사라는 직업상 모든 동기를 의심하실 수밖에 없잖습니까. 로라가 들어 놓은 연금 보험에 이만 오천 달러의 사망 보험금이 책정되어 있습니다. 원래는 수령인을 동생으로 했었는데, 결혼을 결정한 뒤에 저로 바꾸었어요."

"당신한테 이 이야기를 직접 들었다는 걸 기억하고 있겠습니다."

마크는 약속했다.

셸비가 손을 내밀었다. 마크가 그 손을 잡았다. 두 사람은 맨머리 위로 내리쬐는 햇볕을 받으며 잠깐 머뭇거렸다.

"저를 비열한 작자로 여기지는 말아 주셨으면 좋겠습니다."

셸비가 서글픈 목소리로 말했다.

"저도 흔쾌히 여자한테 돈을 빌린 게 아니니까요."

오르멀루 시계 Ormolu Clock

/

나폴레옹 황제 시대에
유행한 금도금 시계.

004

☆☆☆

벽난로 선반에 놓인 오르멀루 시계가 정확히 4시 12분을 가리키는 순간 전화벨이 울렸다. 나는 일요일 자 신문을 열심히 읽고 있던 중이었다. 로라는 맨해튼의 전설이 되었다. 저질스러운 헤드라인 담당자들은 그녀의 비극을 '독신녀 살인 사건'으로 지칭했고, 순문학을 지향하는 어느 신문에서는 "이스트사이드에서 치정극을 벌인 로미오를 찾습니다"라는 제목으로 독자들의 호기심을 자극했다. 현대 저널리즘이라는 흑마술의 가공을 거치는 순간, 우아했던 아가씨는 파크 애버뉴와 보헤미아가 만나는 이 환상적인 동네에서 간계를 부린 위험한 요부로 둔갑했다. 베풀며 살았던 삶은 술, 욕정, 기만으로 점철된 향연으로 포장돼 대중의 호기심을 자극하고 신문사의 배를 불렸다. 지금 이 순간, 느릿느릿 전화를 받으러 걸어가며 생각해 보니 남자들은 당구장에서 그녀의 이름을 주워섬기고, 여자들은 다세대 주택 창문에서 그녀의 비밀을 목청껏 떠드는 형국이었다.

수화기 너머에서 마크 맥퍼슨의 목소리가 들렸다.

"라이데커 씨, 도움을 받고 싶어서 전화드렸습니다. 여쭈어 보고 싶은 게 몇 가지 있어서요."

"야구 경기는 어쩌고?"

내가 묻자 횡격막을 울리며 터져 나온 부자연스러운 웃음소리가 귓가를 간질였다.

“이미 늦었습니다. 초반 몇 회가 벌써 끝났을 거예요. 이쪽으로 건너오실 수 있겠습니까?”

“어디로 말이오?”

“아파트요. 헌트 양의 집 말입니다.”

“거긴 가고 싶지 않은데. 거기로 와 달라고 하다니 잔인하구려.”

“죄송합니다.”

잠시 냉랭하게 침묵을 지키던 그가 입을 열었다.

“셸비 카펜터한테 도움을 청하는 게 좋겠네요. 그쪽으로 연락해 보겠습니다.”

“무슨 소리. 당장 가겠소.”

이렇게 해서 십 분 뒤에 나는 로라의 거실 퇴창 앞에 그와 나란히 섰다. 이스트 62가는 축제 분위기였다. 팝콘 장수와 손수레를 밀고 다니는 행상인 들이 참사 속에서 돈 냄새를 감지하고, 자극적인 사건이라면 사족을 못 쓰는 비열한 인간들에게 아이스크림 샌드위치, 피클, 오 센트짜리 프랑크 소시지를 팔았다. 일요일을 맞아 데이트에 나선 연인들은 파릇파릇한 센트럴 파크를 저버린 채 팔짱을 끼고 로라의 집 앞을 지나가다가 피살자가 키운 데이지 꽃들이 보이자 입을 떡 벌렸다. 아이 아빠들은 유모차를 밀었고, 엄마들은 독신녀가 살해당한 집 앞을 지키고 선 경찰들을 괴롭히는, 버릇없는 녀석들을 혼냈다.

"코니아일랜드가 이 동네로 자리를 옮긴 형국이로구먼."

마크도 고개를 끄덕였다.

"살인 사건이야말로 이 도시에서 공짜로 즐길 수 있는 최고의 오락거리니까요. 너무 심란해하지 않으셨으면 좋겠습니다, 라이데커 씨."

"헛다리를 짚으셨소이다. 월하향 냄새와 구슬픈 손풍금 소리야말로 나를 우울하게 하지. 축제 분위기는 죽음에 전형적인 의미를 부여하는 것 아니겠소? 그리고 로라로 말할 것 같으면 왁자지껄한 구경거리를 누구보다 좋아했을 성격이고."

그는 한숨을 쉬었다.

"그녀가 살아 있었다면 창문을 열고 창가 화단에서 데이지를 뽑아 인도로 던졌을 거요. 그런 다음 나를 저 아래로 보내 일 센트짜리 피클을 사 오게 했겠지."

마크가 데이지 한 송이를 꺾어 꽃잎을 떼어 냈다.

"로라는 길거리에서 춤추는 걸 좋아했어요. 손풍금을 연주하는 사람들에게 지폐를 찔러주고 그랬다오."

그는 고개를 저었다.

"이 동네에서 그랬다니 상상이 안 되는데요?"

"그런가 하면 사생활도 중요하게 생각했지."

로라의 집은 대저택을 개조한 아파트로, 20세기식 세련미를 추구한답시고 빅토리아 건축 양식 특유의 우아한 분위기를 희생시키지 않았다. 높은 현관에서 세 계단 내려가면 래커로 칠한 문이 나왔다. 유난히 밝은 파란색과 초록색으로 이루어진 창가 화단에는 결핵에 걸린 데이지와 구루병에 걸린 제라늄이 꽃을 피웠다. 월세는 어마어마했다. 로라는 겉멋만 잔뜩 든 파크 애버뉴의 여러 건물 로비를 거부하는 게 좋아서 여기 산다고 했다. 사무실에서 힘든 하루를 보내고 퇴근했을 때 금색 허리띠를 찬 슈퍼맨을 맞닥뜨리거나 깍듯하고 무심한 태도로 일관하는 엘리베이터 안내원과 날씨 이야기를 나누고 싶지 않다는 것이다. 그녀는 열쇠로 건물 현관을 직접 열고 들어가서 개조한 3층까지 계단으로 올라가는 게 좋다고 했다. 그런 식으로 사생활을 중요하게 여긴 게 죽음으로 연결되었다고 볼 수도 있었다. 범인이 들이닥쳤을 때 손님이 오기로 되어 있었느냐고 그녀에게 로비에서 확인하는 사람이 없었으니 말이다.

"초인종이 울렸습니다."

마크가 불쑥 내뱉었다.

"뭐라고요?"

"분명 그랬을 겁니다. 초인종이 울렸습니다. 그때 그녀는 속옷 차림으로 침실에 있었죠. 실크 가운을 입고 슬리퍼를 신었을 때 범인이 다시 한번 초인종을 눌렀을 겁니다. 그래서 그녀가 현관으로 다가가 문을 열자마자, 범인이 쏜 겁니다!"

"그걸 어떻게 알았소?"

내가 따지듯 물었다.

"그녀가 뒤로 쓰러졌거든요. 저기 누워 있었습니다."

우리는 아무것도 깔리지 않은 반질반질한 맨바닥을 물끄러미 쳐다보았다. 마크는 시신과 피로 물든 하늘색 가운과 초록색 카펫 둘레로 줄줄 흐른 피를 직접 확인했었다.

"건물 문이 안 잠겨 있었던 모양입니다. 어제 아침 베시가 출근길에 확인해 보니 안 잠겨 있었다더군요. 관리인을 불러서 문단속 좀 잘하라고 혼을 내려고 했는데, 가족들과 함께 맨해튼 해변으로 주말여행을 떠나고 없더랍니다. 1층과 2층에 사는 사람들도 여름휴가를 가서 아무도 없었다는군요. 시기가 시기이다 보니 양 옆 건물도 비어 있었고."

"아마 범인도 그걸 노렸을 거요."

내가 말했다.

"일부러 열어 놓았을 수도 있습니다. 그녀의 집에 손님이 찾아오기로 돼 있어서요."

"그렇게 생각하시오?"

"라이데커 씨야말로 헌트 양을 잘 아시잖습니까. 어떤 여우였습니까?"

"당신한테 여우라고 불릴 만한 여자가 아니었소."

나는 쏘아붙였다.

"알겠습니다. 하지만 어떤 분이었는지 궁금한데요."

"이 집을 봐요. 이곳을 설계하고 꾸민 사람의 흔적이 남아 있지 않소이까? 당신 눈에는 약혼자에게 거짓말하고 가장 오래된 친구를 속이면서까지 살인범과 밀회하는 천박한 여자가 살았던 공간으로 보입니까?"

나는 화가 난 여호와처럼 그의 대답을 기다렸다. 그가 이 공간을 꾸민 집주인의 진가를 알아차리지 못한다면 문학 작품에 관심을 갖더라도 자기 계발 차원에서 유식하게 보이려는 짓거리이며, 감수성도 고상한 척하는 프롤레타리아 수준이라 단정 지어도 될 것이다. 내가 느끼기에 이 공간에는 아직까지 로라의 온기가 남아 있었다. 어쩌면 밀려오는 추억들 때문일 수도 있을 것이다. 벽난로 앞에서 나누었던 대화, 촛불을 밝힌 식탁에 앉아 웃으며 즐겼던 저녁 식사, 자극적인 간식으로 배를 채우고 김이 모락모락 나는 커피를 연거푸 마시며 밤늦게까지 속삭였던 비밀 이야기……. 로라와의 추억이 전혀 없는 그일지라도 '거실'의 진정한 의미가 무엇인지 느낄 수 있지 않을까.

그는 대답 대신 초록색의 긴 의자에 앉아서 등받이 없는 의자에 다리를 얹고 파이프를 꺼냈다. 해가 떨어지면 쌀쌀해질 것을 대비해 장작을 쌓아 놓은 까만색 대리석 벽난로에서 뜨거운 석양을 가리느라 쳐 놓은 빛바랜 무명 커튼 쪽으로 그가 시선을 옮겼다.

잠시 후 그가 불쑥 내뱉었다.

"우리 여동생한테 이 집을 보여 주고 싶네요. 결혼해서 큐 왕립식물원 근처로 이사한 이래 응접실에서 부엌용 성냥을 쓸 일이 없거든요. 여긴…….”

그는 망설이다 말을 이었다.

“……참 쾌적하네요.”

원래는 ‘격조가 있다’고 하고 싶었을 텐데, 그렇게 사소하지만 유치한 표현이 지적인 속물근성의 자양분이 된다는 것을 알기에 말을 바꾼 게 아닐까 싶었다. 그의 시선이 책장으로 옮겨 갔다.

“책이 많네요. 저 책을 다 읽었을까요?”

“어떻게 생각하시오?”

그는 어깨를 으쓱했다.

“여자들을 어찌 알겠습니까?”

“설마하니 여성 혐오주의자는 아니겠지요?”

그는 파이프 담배를 꽉 물고 반항아 같은 분위기를 풍기며 나를 흘끗 쳐다보았다.

“여자 친구는 있소이까?”

내가 물었다.

그는 무미건조하게 대답했다.

“지겹도록 사귀어 봤죠. 제가 무슨 수도승인 줄 아십니까?”

“사랑도 해 봤고요?”

“워싱턴 하이츠에 살았던 계집애한테 여우 털 코트를 뜯긴 기억이 있네요. 나는 스코틀랜드 출신입니다, 라이데커 씨. 그러니까 알아서 해석하세요.”

"계집애나 여우가 아닌 다른 아가씨는 만난 적이 있고요?"

그는 책장 앞으로 걸어갔다. 그러더니 빨간색 모로코가죽을 씌운 책을 쳐다보다가 만지작거리며 입을 열었다.

"여동생의 친구들과 데이트를 한 적도 있습니다. 그런데 입만 열었다 하면 정식으로 사귀다가 결혼을 하고 싶다는 얘기더군요. 절 가구점에 데리고 가서 응접실 세트를 보여 주고. 그러다 하마터면 한 명한테 낚일 뻔했죠."

"무슨 수로 피했소?"

"매티 그레이슨의 기관총 덕분이었죠. 당신 말이 맞습니다. 절대 비극적인 사건이 아니었어요."

"여자가 기다려 주지 않았단 말이오?"

"첫, 안 기다리기는요. 퇴원하는 날 병원 앞에서 기다리고 있다가 애정 공세를 퍼부으며 미래의 계획을 늘어놓더군요. 자기 아버지가 돈도 많고, 생선 가게도 하나 있고, 혼수도 사 주고, 아파트 첫 달 월세도 내 주겠다고 했다고. 저는 그때까지도 목발을 짚고 있었기 때문에 그녀의 앞길을 막을 수 없다고 했죠."

그는 껄껄 웃음을 터뜨렸다.

"책을 읽고 사색을 하면서 몇 개월을 보내고 났더니 응접실 세트 구경하러 못 다니겠더라고요. 그녀는 결혼해서 아이를 낳고 저지에 살고 있습니다."

"책은 쳐다보지도 않는 여자였고요?"

"아, 장식용으로 몇 질 샀을지 모릅니다. 먼지만 털고 절대 들추어 보지는 않으면서요."

그가 빨간색 모로코가죽을 씌운 책 표지를 들추었다. 팝콘 장수가 부는 카랑카랑한 호루라기 소리가 귀청을 때렸고, 아이들 목소리는 저 아래에서 펼쳐지고 있는 죽음의 축제를 상기시켰다. 로라의 가정부였던 베시 클레어리가 경찰 측에 밝힌 바에 따르면, 맨 처음 시신과 맞닥뜨린 게 벽난로 선반에 놓인 공 모양의 머큐리 글라스에 일그러지게 반사된 모습을 통해서였다고 했다. 부옇게 보이는 공 쪽으로 우리의 시선이 모아졌다. 까만 머리에 까만 피가 엉겨 붙은 채 파란 가운을 입고 꼼짝없이 쓰러져 있는 시신의 형상이 글라스 표면을 언뜻 스치고 지나간 것처럼 느껴졌다. 점을 칠 때 들여다보는 수정 구슬이라도 되는 양.

"나한테 물어보고 싶은 게 있다고 하지 않았소, 맥퍼슨 씨? 날 여기로 부른 이유가 뭐요?"

그는 피정복민으로 수세대를 산 민족 특유의 조심스러운 표정을 지었다. 때가 되어 복수를 하러 나선 자에게 어울림 직한, 당당하면서도 신중한 표정이었다. 언뜻 적의가 느껴졌다. 나는 손가락으로 의자 팔걸이를 두드렸다. 리드미컬하게 토닥이는 소리가 그의 귀에까지 들렸는지 그가 고개를 돌리더니, 기억이 날 듯 말 듯한 꿈속에서 만난 사람이라도 되는 양 내 얼굴을 쳐다보았다. 삼십 초 정도 시간이 흘렀을 때 그가 손때 묻은 가죽으로 덮인 공 모양의 물건을 그녀의 책상에서 집어 들었다.

"이게 뭡니까, 라이데커 씨?"

"워낙에 스포츠를 좋아하시니 그 황홀한 장난감을 본 적 있을 텐데요, 맥퍼슨 형사."

"그녀가 책상 위에 야구공을 놓아둔 이유가 뭐냐는 겁니다."

그가 '그녀'라는 말을 강조하자 그녀가 살아 숨쉬기 시작했다. 잠시 후 그가 너덜너덜한 가죽과 헐거워진 실밥을 살피며 물었다.

"이 공을 1938년부터 소장한 겁니까?"

"그 예술품이 언제 이 집 식구가 되었는지 정확한 날짜는 모르겠소이다."

"쿠키 라버게토•의 서명이 있어서요. 그해에 성적이 최고로 좋았잖습니까. 헌트 양이 다저스 팬이었나요?"

"그녀는 다채로운 면이 있는 여자였지요."

"셸비도 다저스 팬이었나요?"

"그걸 알면 사건을 해결하는 데 도움이 되겠소?"

그는 원래 있었던 자리에 야구공을 내려놓았다.

"그냥 궁금해서 여쭈어 본 겁니다. 대답하기 거슬리신다면……."

나는 쏘아붙였다.

"언짢을 것 뭐 있겠소? 사실 셸비는 팬이라고 할 수 없었어요. 그 친구는 어느 쪽이었는가 하면……. 내가 왜 과거형으로 말하는지 모르겠네. 그 친구는 테니스, 승마, 사냥 같은 귀족적인 스포츠를 더 좋아하는 편이지요."

"그렇군요."

그가 말했다. 시신이 쓰러져 있었던 문가에서 몇 미터 옆에 스튜어트 제이코비가 그린 로라의 초상화가 걸려 있었다. 유진 스파이커의 아류라 할 수 있는 제이코비는 전혀 밋밋하달 수 없는 그녀의 얼굴을 밋밋하게 만들어 놓았다. 그녀의 이목구비 중에서 단연 최고이자 그림 속에서도 단연 최고라 할 수 있는 부분은 눈이었다. 밑으로 처진 눈이 날렵한 선을 그리는 밤색 눈썹과 극렬한 대조를 이루며 수줍어하는 어린 사슴 같은 분위기를 연출했다. 만년필을 홍보해 달라며 찾아온 가녀린 아이에게 마음을 빼앗겼던 것도 그 눈 때문이었다. 제이코비는 한 손에는 노란색 장갑을, 다른 손에는 초록색 사냥 모자를 들고 의자 팔걸이에 걸터앉은 그녀의 자세를 통해 한곳에 머물지 못하는 물 같은 느낌을 주었다. 하지만 부자연스러운 면도 있고 꾸민 티도 나는 작품이라 로라는 죽고 제이코비만 너무 전면에 드러났다.

"외모가 출중한 여우……."

그는 여우라고 말하려다 말고 멈칫하며 서글픈 미소를 지었다.

"……아가씨였군요. 안 그렇습니까, 라이데커 씨?"

"저 초상화는 감정에 치우친 작품이올시다. 당시에 제이코비가 그녀를 사랑했거든."

"그녀를 사랑하게 된 남자들이 많았던 모양입니다."

● **쿠키 라버게토** _ 브루클린 다저스에서 활약했던 삼루수.

"정말로 다정했으니까요. 다정하고 너그러웠지."

"남자들이 그런 데서 매력을 느끼지는 않을 텐데요."

"배려심도 있었어요. 어떤 남자의 모자란 부분을 알아차렸더라도 절대 티를 내는 법이 없었죠."

"거짓말을 잘했다는 겁니까?"

"천만의 말씀, 얼마나 솔직했다고. 빤히 보이는 아부는 하지 않았소. 상대방의 진정한 장점을 파악해서 부각시켰지. 그러면 피상적인 단점과 애정은 역경을 만난 가짜 친구들처럼 떨어져 나갔소."

그는 초상화를 유심히 관찰했다.

"왜 결혼을 안 했을까요? 진작 할 수도 있었을 텐데."

"어렸을 때 실망한 적이 있기 때문이죠."

"어렸을 때는 누구나 그런 경험이 있잖습니까. 그래도 다른 상대를 찾아 나서지 않습니까. 여자들은 특히 더 그렇고요."

"로라는 예전에 당신이 결혼할 뻔했다는 그런 여자하고는 차원이 달랐어요, 맥퍼슨 씨. 응접실 세트도 필요 없었고, 결혼이 지상 최고의 과제도 아니었단 말입니다. 직업도 있겠다, 돈도 많이 벌겠다, 떠받들며 찬양하는 남자들도 넘쳐 나겠다. 결혼을 해 봐야 채워지는 곳은 한 군데뿐인데, 그건 결혼하지 않아도 채울 수 있었으니까."

"그러느라 바빴죠."

그가 무미건조하게 덧붙였다.

"그녀 같은 여자가 수녀처럼 살아야 된다는 거요? 그녀는 남자처럼 일하고 남자처럼 걱정을 했던 여자올시다. 뜨개질에 재능이 있었던 여자가 아니었어요. 당신이 뭔데 이러쿵저러쿵하는 거요?"

"진정하십시오. 제가 언제 이러쿵저러쿵했다고 그러십니까?"

나는 책장 앞으로 다가가 그가 열심히 들여다보았던 책을 치워 버렸다. 그는 알아차린 기미도 없이, 테니스 셔츠를 입은 셸비가 유난히 잘생겨 보이는 스냅 사진만 노려보았다.

땅거미가 졌다. 내가 스탠드를 켰다. 어슴푸레했던 공간이 밝아지는 순간 이해하기 어려웠던 비밀스러운 수수께끼의 실마리가 언뜻 뇌리를 스치고 지나갔다. 이것은 단순한 수사가 아니었다. 그가 오래된 야구공, 너덜너덜한『걸리버 여행기』, 애지중지 보관한 스냅 사진 속에서 단서를 찾는 이유는 살인 사건의 실마리를 찾기 위해서가 아니라 영원히 수수께끼로 남을 어떤 여자의 천성을 파악하기 위해서였다. 그런 것은 눈만으로는 할 수 없는 일이었다. 가슴까지 동원해야 하는 작업이었다. 그는 단호하게 부인하겠지만 나는 그가 셸비의 사진을 보며 분개하는 진짜 이유가 뭔지 예측할 수 있었다. 이 사건을 해결해야 한다는 소명 의식보다 더 깊숙한 곳에, 도저히 해결되지 않는 개인적인 궁금증이 똬리를 틀고 있었던 것이다.

'그녀는 이 친구의 어떤 점에 매력을 느낀 걸까?'

그는 스냅 사진을 노려보며 그렇게 감수성이 풍부하고 똑똑했던 여자가 과연 외모만 완벽한 남자에게 만족할 수 있었을지 궁금해하고 있었다.

내가 농담처럼 말했다.

"이미 엎질러진 물이올시다. 최후의 승자가 이미 결정됐으니까."

부글부글 끓는 심정을 대변하듯 그는 로라의 책상 위에 있던 잡동사니를 홱 하니 낚아챘다. 고무줄로 묶여 있던 주소록과 약속용 수첩과 편지와 청구서, 뜯지도 않은 계좌 입출금 내역서, 수표책, 묵은 일기장, 사진첩이었다.

그가 딱딱거렸다.

"나가죠. 배가 고프네요. 이 쓰레기장 같은 곳에서 나가죠."

005

☆☆☆

"단서를 찾기는 했지만, 공식적으로 발표할 단계는 아닙니다."

월요일 오전, 맥퍼슨은 근엄하고 딱딱하며 조금 초연한 분위기로 기자들을 대했다. 인생의 새로운 전기를 맞이한 것처럼 자부심이 느껴졌다. 일개 사건이 이제는 시시한 사건의 범주를 넘어섰다. 여자라는 점을 이용해 바지를 입은 경쟁자들이 얻지 못한 정보를 얻으려고 작정한 여기자가 외쳤다.

"맥퍼슨 씨 같은 형사가 단서를 찾기 위해 제 신상을 캐러 나선다면 저는 살해당해도 여한이 없겠는데요."

그는 입술을 실룩였다. 어설픈 아부였다.

그의 책상과 머릿속은 온통 로라 헌트의 주소록과 약속용 수첩, 계좌 입출금 내역서, 청구서, 수표 부본, 편지 들로 채워졌다. 그는 이 자료들을 통해 그녀의 풍요로웠던 삶의 이면뿐 아니라 흥청망청했던 이면까지 파악했다. 손님과 저녁 식사, 그녀에게 영원히 이 한 몸 바치겠노라고 고백하는 편지, 시시하고 소모적이며 쓸모없는 데 들인 비용이 너무 많았다. 덕분에 그의 엄숙주의가 발동되면서 질투심의 가능성이 차단됐다. 그는 회색 벽으로 둘러싸인 병실에서 인생의 참맛을 깨달았고, 그 뒤로 몇 년 동안 깨달음에는 반드시 고독이 수반되는 건지 두려워하며 지냈다. 로라의 인생을 요약하는 자료가 해답을 알려 준 셈이었지만, 워낙 엄격한 환경에서 자란 그인지라 해답이 마음에 들지는 않았다. 그는 그녀의 편지를 읽고, 구멍이 난 계좌의 잔고를 확인하고, 체납이 된 청구서 금액을 합산하며, 품위 있는 인생이 외롭지는 않을지 몰라도 상당히 많은 비용이 든다는 사실을 깨달았다. 그녀는 풍요로운 삶에 따르는 부대 비용을 감당하느라 녹초가 될 정도로 일을 해서 결혼 날짜가 다가오는데도 환희나 해방감을 느끼지 못할 정도였다.

사진첩은 셸비 카펜터의 사진들로 가득했다. 로라는 어느 해 여름, 그와 소형 카메라의 매력에 흠뻑 빠졌다. 그래서 테니스 코트에 있거나 그녀의 로드스터 운전석에 앉아 있거나 수영복을 입었거나 작업복을 입었거나 허리까지 오는 장화를 신은 채 어깨 위로 양동이를 걸치고 한 손에는 낚싯대를 들고 있는 그를 전면, 측면, 클로

로드스터 Roadster

/

지붕이 없고 좌석이 두 개인 자동차.

주로 북아메리카 지역에서 사용하는 명칭이다.

즈업, 반신으로 찍었다. 마크는 사냥을 나선 셸비가 죽은 야생 오리들을 둥그렇게 늘어놓고 찍은 사진에서 시선을 멈추었다.

지금쯤 여러분은 내게 너무 뻔뻔한 것 아니냐고 따질지도 모르겠다. 마크의 방에 걸려 있는, 1912년 뉴욕 경찰청 야구단 사진 액자 뒤에 숨어 있기라도 한 것처럼 보지도 않은 광경을 어쩌면 그렇게 잘도 기록하느냐고. 하지만 거짓말 탐지기가 설치된 그 방을 두고 맹세컨대 지금 하는 이야기의 3분의 1은 직접 들었고, 나머지 3분의 2는 눈치로 파악한 내용이다. 월요일이었던 바로 그날 오후, 이발소에 잠깐 갔다가 아파트로 돌아와 보니 마크가 기다리고 있었던 것이다. 그리고 민감하기로 유명한 마크의 방 거짓말 탐지기의 바늘이 널을 뛰겠지만 또 한 번 맹세컨대 그는 묵은 사기그릇의 매력에 넘어간 눈치였다. 내 집 응접실을 두 번째로 찾아 온 그때 내가 가장 아끼는 수집품이 놓인 선반을 향해 손을 내밀고 있었던 것이다. 나는 헛기침을 하고 안으로 들어섰다. 그는 서글픈 미소를 지으며 내 쪽을 돌아보았다.

내가 나무라듯 말했다.

"그렇게 멋쩍어할 것 없어요. 당신에게 고상한 취향이 생겼다고 경찰청에 알리지는 않을 테니까."

그의 눈에서 시뻘건 불꽃이 튀었다.

"수집가들을 놓고 지그문트 프로이트 박사가 뭐라고 했는지 아십니까?"

"월도 라이데커 박사가 프로이트 운운하는 사람들을 어떻게 생각하는지는 아는데."

우리는 자리에 앉았다.

"무슨 변덕으로 예고도 없이 찾아온 거요?"

"지나가다 들렀습니다."

나는 기분이 좋아졌다. 그런 식으로 스스럼없이 들른 거라니 반가웠다. 어제는 못마땅했던 마음이 폭포처럼 쏟아지는 뜨거운 커피를 맞고 화들짝 놀란 얼음처럼 녹아 버렸다. 하지만 얼른 위스키를 준비하면서도 쓸데없이 흥분하지 않게 조심했다. 그가 독특하고 믿음직한 친구일지 몰라도 형사라는 직업상 호기심이 많을 수밖에 없다는 것을 잊지 말아야 했다.

"셸비 카펜터를 만나고 오는 길입니다."

사건 해결을 기원하며 약식으로 건배를 했을 때 그가 말했다.

"그렇군요."

나는 일말의 사생활이라도 소중하게 여기는 품격 있는 시민인 양 무심한 목소리로 대답했다.

"그 친구, 음악에 대해서 뭘 좀 아는 게 있나요?"

"음악 애호가인 것처럼 조잘거리지만 수박 겉핥기 수준이오. 아마 베토벤이라는 이름이 들리면 황홀해하는 눈빛으로 하늘을 쳐다보고, 누가 함부로 에설버트 네빈을 운운하면 불경스럽다는 듯이 치를 떨 거요."

"혹시 그 친구가 이 두 곡이 어떻게 다른지 알까요?"

마크는 수첩을 보고 읽었다.

"시-빌-리-어스의 〈핀란디아〉•하고 요한 제바스티안 바흐의 〈토카타와 푸가〉요."

"시벨리우스와 바흐를 구분 못 하는 자는 반역, 권모술수, 부정부패의 적임자라 할 수 있죠."

"제가 음악이라면 젬병이라서요. 저한테는 듀크 엘링턴이 딱입니다."

그가 수첩을 내밀어 보여 주었다.

"카펜터가 말하길 금요일 밤에 이 곡이 연주되었다고 하더군요. 프로그램은 보지도 않았답니다. 그런데 실제로는 여기 이 곡이 연주됐습니다."

나는 헉하고 숨을 들이쉬었다.

"덕분에 알리바이에 모기장처럼 구멍이 숭숭 뚫렸지만, 그렇다고 그가 범인이라는 증거가 되는 건 아닙니다."

마크가 날카롭게 지적했다.

나는 그에게 위스키를 한 잔 더 따라 주었다.

"자, 이제 셸비 카펜터에 대한 당신의 평가가 궁금해지는구려."

"경찰이 아닌 게 아까운 사람입니다."

나는 신중한 태도를 보이겠다는 다짐일랑 바람에 날려 버리고, 그의 어깨를 잡고 흥분한 목소리로 외쳤다.

• **핀란디아** _ 핀란드 작곡가 시벨리우스의 교향시.

"어허, 이렇게 엄청난 친구를 보았나! 경찰이라니! 그 옛날 켄터키에서는 최고로 치던 직업인데! 남부 연합 장군들 혼령이 떼거리로 일어나 쫓아오겠네. 우리 어머니가 무덤 속에서 뒤척이겠어. 그 말을 기념하는 뜻에서 한 잔 더 하시게, 젊고 유능한 형사 양반. 이런 자리에는 민트 줄렙이 제격인데, 마닐라의 톰 아저씨가 안타깝게도 그 칵테일 만드는 비법을 잊어버렸다오."

껄껄대는 나를 그가 미심쩍은 눈빛으로 바라보았다.

"체격 조건이 완벽하지 않습니까. 게다가 예의범절을 가르칠 필요도 없고요."

"제복을 입은 그 친구의 모습이 그려지는구먼."

나는 상상의 나래를 펼치며 덧붙였다.

"예술과 버그도프굿맨 백화점이 만나는 5번가 모퉁이에 서 있는 그 친구의 모습이. 웨스트체스터에서 남편을 마중 나온 차들이 밀려 들어오는 시각이면 그 일대 교통이 얼마나 혼잡한지 아시오? 1929년 어느 역사적인 날에 폭동 수준이었던 월 스트리트보다 더하면 더했지 덜하지 않아요."

"교육 수준에 비해 머리가 안 따라 주는 사람들이 얼마나 많습니까."

툭 까놓고 이야기하는 그의 목소리에서 부러워하는 기색이 희미하게 느껴졌다.

"그런 사람들의 문제는 일정한 계층과 교육 안에서 자라 왔기 때문에 평범한 직종에서 마음 편하게 일을 할 수 없다는 거죠. 이 주변의 으리으리한 사무실에 앉아 있지만, 주유소에서 일하면 훨씬 더 행복해질 사람들이 얼마나 많다고요."

나도 맞장구를 쳤다.

"나도 정신적인 부담감 때문에 무너지는 사람들을 여럿 보았다오. 평생 매디슨 애버뉴의 칵테일 바를 전전하는 인구가 수백 명에 달하지. 프린스턴 졸업생 문제를 해결할 특별 부서가 워싱턴에 만들어져야 할 텐데. 감히 장담하건대 셀비는 겸손한 척하면서 당신의 직업을 얕잡아 볼 거요."

내 예리한 판단에 그는 무뚝뚝하게 고개를 끄덕이고 그만이었다. 맥퍼슨은 카펜터를 좋아하지 않았지만, 지난번에도 딱 잘라 말했다시피 수사를 하다 만난 사람을 평가하는 게 아니라 관찰하는 것이 그의 임무였다.

"라이데커 씨, 딱 한 가지 걱정되는 부분이 뭔가 하면 그의 정체가 파악되지 않는다는 겁니다. 전에 본 적 있는 얼굴이에요. 그런데 언제, 어디서 만났었는지 모르겠다는 거죠. 저는 사람들 얼굴을 잘 기억 못 하는 편입니다. 사람들 이름과 만난 날짜와 장소는 당장 댈 수 있지만요."

그는 턱을 내밀고 결의를 다지듯 입을 꾹 다물었다.

그가 로즈 로 샌더스 광고 대행사를 찾아갔을 때 받은 객관적인 느낌을 설명했을 때 나는 그럼 그렇지 생각하며 웃었다. 그 후끈한 사무실에서 그는 나이트클럽을 찾은 소작인처럼 이질감을 느꼈을 것이다. 못마땅한 기미를 애써 감추려고 했지만, 인간은 취향이 그렇듯 의견도 태생적으로 타고나는 법이다. 신문 1면을 장식한 악명 높은 살인 사건에 경악하는 척하는 대표 세 명을 묘사하는데, 흥미진진한 편견이 고스란히 드러났다. 그들은 로라의 죽음을 애석하게 생각했지만, 자신들의 명성에 흠집이 가지 않는 선에서 살인 사건이 가져올 홍보 효과도 의식하고 있었던 것이다.

"아마 셋이서 회의를 열고, 품격 있는 살인 사건은 회사에 해가 될 게 없다는 결론을 내렸을 겁니다."

"미래의 고객들과 점심 식사를 하면서 자극적인 뒷이야기를 소곤소곤 들려줄 수도 있고 말이오."

나도 옆에서 거들었다.

마크는 거리낌 없이 적의를 드러냈다. 로라의 상사들은 무식한 그에게 일말의 존경심도 유발하지 못했다. 무산 계급에 속하는 그의 편견은 이른바 사회 상류층의 편견만큼이나 고집스러웠다. 그에게는 로라의 성격과 능력을 높이 산 상사들보다 그녀를 진심으로 칭찬하고 안타까워한 동료들이 훨씬 흐뭇하게 느껴졌다. 똑똑하면 누구든 상사의 눈에 들 수 있지만, 고위 직종에서 여자가 동료들 사이에서 좋은 평가를 받으려면 사람이 진국이라야 하지 않겠느냐며.

"그래서 로라는 진국이었다고 생각하시오?"

그는 내 말을 못 들은 척했다. 나는 그의 얼굴을 유심히 뜯어보았다. 갈등하는 기미가 전혀 없었다. 나는 몇 시간이 지난 다음 그와 나눈 대화를 곱씹고서야 깨달았다. 그가 로라를 두고, 살아 숨쉬는 어떤 아가씨에게 반한 젊은 남자나 할 법한 평가를 내렸다는 걸 말이다. 내가 가장 기세등등하고 자유로워지는 한밤중이라 정신이 맑고 또렷했다. 나는 삼십 분만 열심히 걸으면 불면증의 공포를 극복할 수 있다는 사실을 몇 년 전에 깨달은 이래 피곤하고 날이 궂고 불행한 일을 겪어 실망스러운 하루를 보냈더라도 밤 운동을 게을리한 적이 없었다. 그래서 로라가 그 아파트로 이사한 이래 남다른 의미로 자리 잡은 길거리를 습관적으로 선택했다.

두말하면 잔소리지만 고인의 집에 불이 켜진 것을 보고 내가 얼마나 놀랐는지 모른다. 하지만 잠깐 고민한 끝에 야근이라면 콧방귀를 뀌었던 어떤 젊은 남자가 열심히 일에 매달리게 된 모양이라고 결론을 내렸다.

006

☆☆☆

화요일에는 로라 헌트의 사망과 관련해서 두 가지 의식이 거행되었다. 먼저 그녀와 마지막 며칠을 함께한, 서로 죽이 잘 맞는다고 볼 수 없는 몇 안 되는 사람들이 검시실에 모였다. 나는 막판에 그녀에게 바람을 맞은 주인공으로 영광스럽게 그 자리에 초대되었다.

로라가 죽은 거야 모두 처음부터 알고 있던 사실이지만 그걸 확인한답시고 얼마나 끔찍한 절차가 길게 이어졌는지 이 자리에서 일일이 소개하지는 않겠다. 사인은 미지의 범인에 의한 살인이었다.

그런 다음 두 번째 의식이랄 수 있는 장례식이 그날 오후, W. W. 헤더스톤 선 예배당에서 거행되었다. 헤더스톤은 영화배우, 지역 유지, 유명한 조직폭력배 들을 상대로 오랜 경력을 자랑하는 사람답게, 오전 8시부터 문 앞에서 떠들어 대기 시작한 망측한 구경꾼들 사이에 질서 비슷한 게 유지될 수 있도록 감독하고 나섰다.

마크는 예배당 안이 내려다보이는 발코니에서 만나자고 했다.

"나는 장례식에 참석하지 않을 생각인데요."

"고인의 친구셨잖습니까."

"로라처럼 남을 배려할 줄 아는 아이가, 그 말도 안 되는 시간에 밖으로 나와 남들 앞에서 훌쩍이길 바라지는 않았을 거요. 진심이 담겼다면 너무나도 사적인 감정이잖소."

"하지만 주소록에 이름이 적힌 몇몇 사람들의 신원을 확인해 주셨으면 좋겠는데요."

"그들 중에 범인이 있을 거라고 생각하시오?"

"그럴 가능성도 있으니까요."

"있다 한들 우리가 무슨 수로 알 수 있겠소? 설마하니 관을 본다고 까무러치지도 않을 테고."

"오실 겁니까?"

"가지 않을 거요."

나는 딱 잘라 말하고 이렇게 덧붙였다.

"이번에는 셸비더러 도와 달라고 해요."

"셸비는 상주잖습니까. 당신이 와 주셔야 합니다. 아무도 우릴 보지 못할 겁니다. 옆문으로 들어와서 저를 만나러 왔다고 하세요. 발코니에서 기다리고 있겠습니다."

친구들은 로라를 사랑했고 그녀의 죽음에 참담해했지만, 긴장감을 은근히 즐기는 속마음을 완벽하게 감추지 못했다. 그들도 마크처럼 범인이 밝혀지는 극적인 순간을 기대했다. 비통하고 경건한 마음에 눈을 내리깔고 있어야 함에도 눈동자를 이리저리 굴리며, 얼굴이 벌겋게 달아올랐거나 몸짓에서 죄책감이 느껴지는 사람이 없는지 살폈다. 나중에 '그 음흉한 표정하며, 『시편』 23장을 듣고 손을 비빌 때부터 알아봤다니까!'라고 떠벌리기 위해서였다.

그녀는 하얀색 비단으로 덮인 관 속에 누워 있었다. 연보라색이 살짝 섞인 하얀색의 물결무늬 야회복을 입고(평소에 좋아한 옷이었다), 반지 하나 없는 하얀 손을 그 위로 얹어 깍지를 꼈다. 엉망이 된 얼굴은 견진 성사 베일을 쓰듯 치자나무로 가렸다. 진심으로 괴로워하고 있다는 평가를 받을 만한 조문객은 트레드웰 부인과 셸비 카펜터뿐이었다. 그녀의 언니, 형부, 머나먼 서부에 사는 사촌들은 마음이 없었는지 사정이 여의치 않았는지(잘은 모르겠지만) 이 시각에 열린 장례식에 참석하지 않았다. 장례식이 끝나자 오르간 연주가 점점 희미해지는 가운데 예배당 직원들이 독실로 관을 싣고 갔다. 나중에 그곳에서 화장터로 옮겨질 것이다.

이상은 감상적인 수사를 잔뜩 동원한 신문 기사를 짤막하게 간추린 내용이다. 나는 참석하지 않았다. 마크를 바람맞힌 것이다.

그가 발코니에서 내려와 천천히 움직이는 조문객 틈바구니로 들어갔을 때 까만 장갑을 낀 누군가가 그에게 손을 흔들었다. 베시 클레어리가 사람들을 헤치고 그에게 다가왔다.

"드릴 말씀이 있어서요, 맥퍼슨 씨."

그가 그녀의 팔을 붙잡았다.

"조용한 2층으로 올라갈까요? 이 근처에 있으면 우울하실지도 모르겠지만."

베시가 의견을 내놓았다.

"괜찮으시면 아파트에서 말씀드리고 싶은데요. 보여 드리고 싶은 물건도 거기 있고 해서요."

마크는 차를 몰고 왔다. 베시는 까만 장갑을 낀 손을 까만 실크 원피스 무릎에 얹고 단정하게 조수석에 앉았다.

"무지하게 덥네요."

그녀가 날씨를 화두 삼아 이렇게 운을 떼었다.

"저한테 할 말이 있다고요?"

"그렇게 고함지를 것 없어요. 그래 봐야 경찰 안 무서우니까."

그녀가 최고급 손수건을 꺼내 코를 풀자 나팔 같은 소리가 났다. 코가 반항의 의미를 전달하는 용도로 만들어진 악기인가 싶을 정도였다.

"나는 어렸을 때부터 경찰이 보이면 침을 뱉도록 세뇌당하며 자란 사람이라고요."

마크가 말했다.

"저로 말할 것 같으면 어렸을 때부터 아일랜드 출신을 미워하도록 세뇌당한 사람이지만, 지금은 성인인걸요. 제가 사랑 고백을 한 것도 아닌데 왜 그러십니까, 클레어리 양? 저한테 하고 싶은 말은 뭡니까?"

"클레어리 양 어쩌고 하면서 환심을 사려고 해 봐야 소용없어요. 내 이름은 베시이고, 가정부로서 부끄러운 짓은 저지른 적 없다고요."

두 사람은 말없이 파크 애버뉴를 가로질렀다. 베시는 거만하게 미소를 지으며, 로라의 집 앞을 지키고 선 경관 앞을 지나갔다. 아파트 안으로 들어가자 주인이라도 되는 양 창문을 열고, 커튼을 매만지고, 마크의 파이프 담뱃재로 가득한 재떨이를 비웠다.

"경찰들은 참 무식하기도 하지. 품위 있는 집 안에서는 어떻게 행동해야 하는지 영 모른다니까."

그녀는 머리에 높다랗게 얹은 모자를 고정시켰던 핀을 뽑으며 코를 킁킁거렸다. 그러더니 까만 장갑을 벗은 다음 개어 핸드백 안에 넣은 뒤 등받이가 가장 곧은 의자에 앉아 무표정한 눈으로 그를 똑바로 쳐다보며 물었다.

“경찰은 뭔가 숨기는 게 있는 사람들을 어떻게 처리하나요?”

지금까지 으르렁거리던 것에 비하면 하도 시시한 질문이라 그는 이것을 공격의 기회로 삼았다.

“그러니까 범인을 숨겨 주려고 했던 거로군요. 그게 얼마나 위험한 발상인지 알아요, 베시?”

그녀는 깍지 꼈던 손을 풀었다.

“도대체 왜 내가 범인의 정체를 안다고 생각하는 거예요?”

“증거를 숨기면 사후 방조죄가 적용됩니다. 어떤 증거를 알고 있고, 그걸 숨긴 이유가 뭐죠?”

베시는 하늘의 도움이라도 바라는 양 시선을 들어 천장을 바라보았다.

“내가 꽁꽁 숨기면 절대 모를 거잖아요. 장례식 때 그 음악이 흘러나오지만 않았더라면 끝까지 말 안 했을 텐데. 나는 교회 음악을 들으면 마음이 약해져서 탈이라니까.”

“누굴 감싸고 있는 거예요, 베시?”

“그녀요.”

“헌트 양요?”

베시는 무뚝뚝하게 고개를 끄덕였다.

“왜요? 죽은 사람이잖아요.”

“세간의 평판은 아직 생생히 살아 있잖아요.”

베시는 딱 부러지게 말하고, 로라가 술을 몇 병 넣어 두었던 구석 장식장 쪽으로 걸어갔다.

"이걸 보세요."

마크는 자리에서 벌떡 일어섰다.

"어, 조심해요. 거기 지문이 있을지도 모릅니다."

베시는 웃음을 터뜨렸다.

"지문이 수도 없이 있었을걸요? 어떤 지문이 있었는지 이제 절대 볼 수 없겠지만요!"

"다 닦아 버린 거요? 맙소사!"

베시는 빙그레 웃었다.

"어디 그뿐인 줄 알아요? 경찰들이 오기 전에 침대, 저기 보이는 식탁, 화장실까지 깨끗하게 청소했죠."

마크는 앙상한 그녀의 손목을 잡았다.

"당신을 체포해야겠다는 생각이 드는군요."

그녀는 손을 당겨 뺐다.

"나는 지문 같은 거 안 믿어요. 경찰들이 토요일 오후 내내 이 깨끗한 아파트를 돌아다니며 하얀 가루를 뿌려 대더군요. 그래 봐야 소용없었죠. 금요일에 헌트 양이 출근한 뒤에 내가 가구들을 모조리 닦았으니까. 지문이 남아 있더라도 내 지문일 거예요."

"지문을 안 믿는다면서 침실에 남은 지문은 왜 그렇게 열심히 없앤 거요?"

"경찰들은 머릿속이 시커머니까요. 헌트 양이 침실에서 남자하고 술이나 마시는 그런 여자로 비치면 안 되잖아요. 부디 저승에서 편히 쉴 수 있길."

"침실에서 남자하고 술이나 마신다니? 그게 무슨 말입니까?"

"하늘에 대고 맹세하는데 방 안에 술잔이 두 개 있었거든요."

베시가 말했다. 그는 다시 그녀의 손목을 잡았다.

"이런 이야기를 지어내는 이유가 뭐요? 그렇게 해서 얻는 게 뭐가 있다고."

그녀는 화가 머리끝까지 치민 공작 부인처럼 거만하게 굴었다.

"무슨 권리로 나한테 소리를 지르고 그래요? 내 말을 못 믿겠다, 이거죠? 이봐요, 나는 헌트 양이 오명이라도 뒤집어쓸까 봐 전전긍긍하는 사람이에요. 당신은 헌트 양을 알지도 못하잖아요. 그런데 왜 그렇게 길길이 뛰고 난리람?"

마크는 뒤로 물러섰다. 갑자기 성질을 부린 게 당황스럽기도 하고 부끄럽기도 했다. 그렇게 격분할 일도 아니었는데.

베시가 술병을 꺼냈다.

"내가 이걸 어디서 봤는지 알아요? 바로 저기에서 봤어요."

그녀는 열린 침실 문을 가리켰다.

"침대 옆 협탁에 놓여 있었어요. 지저분한 잔 두 개랑 같이."

로라의 침실은 시와 꿈과 일기를 통해서만 사랑을 경험한 소녀의 방처럼 깨끗하고 평화로웠다. 풀을 먹인 하얀색 모슬린이 주름

하나 없이 침대를 덮고 있었고, 푹신하게 부푼 베개가 반질반질한 소나무 머리판 앞을 단정하게 지키고 있었으며, 하얀색과 파란색 털실로 뜬 담요가 발치에 놓여 있었다.

베시는 코를 훌쩍였다.

"경찰이 도착하기 전에 내가 방을 치우고 잔을 씻었어요. 내가 제때 정신을 차려서 얼마나 다행이었게요. 술병은 아무도 모르게 장식장 안에 넣었죠. 헌트 양한테 어울리는 술이 아니었거든요. 그리고 이거 하나는 분명히 장담할 수 있는데, 내가 금요일에 퇴근할 때까지만 해도 없던 술병이에요."

마크는 술병을 살펴보았다. 검소한 술꾼들이 즐겨 마시는 스리 호시스 버번이었다.

"확실해요, 베시? 어떻게 알았어요? 이 집에서 어떤 술을 많이 마시는지 유심히 관찰한 모양이로군."

베시가 단단하게 생긴 턱을 앞으로 내밀었다. 앙상한 목 위로 힘줄이 솟았다.

"내 말 못 믿겠거든 3번가에서 술집을 하는 마스코니 씨한테 물어봐요. 이보다 훨씬 좋은 술을 항상 그 가게에서 사 가지고 오니까. 헌트 양이 목록을 남겨 놓으면 내가 전화로 주문했어요. 이 집에서 주로 쓰인 술은 이 브랜드였다고요."

그녀가 문을 좀 더 활짝 열자 깔끔하게 정리된 술병들 사이에서 따지 않은 J&D 블루 그래스 버번 네 병이 고개를 내밀었다. 내가 추천한 술이다.

살인 피해자의 마지막 순간을 조명하는 뜻밖의 증거가 등장하면 형사 입장에서는 반색할 일이다. 그런데 마크는 인정하기 싫었다. 베시의 이야기를 믿지 못할 이유가 있었다기보다 워낙 추악한 폭로이다 보니 그의 사고 체계가 어지러워졌기 때문이다. 간밤에 그는 이 아파트에서 로라의 옷장과 서랍장, 화장대, 욕실을 혼자 비과학적인 방식으로 조사했다. 그래서 이성뿐 아니라 느낌으로까지 로라를 파악할 수 있었다. 그의 손가락은 그녀의 몸을 덮었던 천을 만졌고, 귀는 그녀의 실크 가운이 바스락거리는 소리를 들었고, 콧구멍은 다양하고 묵직한 향수 냄새를 맡았다. 스코틀랜드 출신의 이 근엄한 청년은 이런 식으로 여자를 파악한 적이 한 번도 없었다. 서재에서 그녀의 정신 상태를 파악할 수 있었다면 내실에서는 그녀의 여성스러운 성격이 고스란히 드러났다.

상상하기조차 싫었다. 그런 그녀가 호텔을 드나드는 여자처럼 침실에서 남자와 술을 마셨다니.

그는 가장 냉정하고 사무적인 투로 말했다.

"방 안에서 누군가와 함께 있었다면 사건의 양상이 전혀 달라지겠는데."

"신문에 실린 기사를 보니까 초인종이 울려서 문을 열어 주다 변을 당했을 거라고 하셨던데, 그러지 않았을 거라는 말씀인가요?"

"시신의 위치로 볼 때 그랬을 가능성이 가장 높았단 말이죠."

그는 반질반질한 바닥을 덮은 카펫을 쳐다보며 침실에서 거실을 천천히 가로질렀다.

"그런데 어떤 남자와 방 안에 있었다면 남자가 나가려는 찰나 변을 당했을지 모릅니다. 헌트 양은 남자와 문 쪽으로 걸어가던 중이었고요."

그는 시커멓게 흐르던 피가 두툼한 카펫에 막혔던 지점으로 다가가 꼿꼿하게 섰다.

"둘이 말다툼을 하던 중이었는데, 남자가 문을 열다 말고 몸을 돌려 헌트 양을 쏜 겁니다."

"어머나."

베시가 살짝 코를 풀며 말했다.

"소름 끼쳐라."

벽에 걸린 스튜어트 제이코비의 초상화가 웃는 얼굴로 아래를 내려다보고 있었다.

007

☆☆☆

장례식이 끝나고 스물네 시간이 지나서 수요일 오후가 되었을 때 랭커스터 코리가 나를 찾아왔다. 응접실로 들어가 보니 그가 탐욕스러운 눈빛으로 내 사기그릇들을 물끄러미 바라보고 있었다.

"코리, 이 친구야. 이 누추한 집을 다 찾아 주다니 웬일인가?"

우리는 오랜만에 만난 형제처럼 힘차게 악수를 했다.

"괜히 다른 핑계 대지 않겠네, 월도. 볼일이 있어서 찾아왔거든."

"수상한 냄새가 나는군. 자네의 사악한 꿍꿍이를 밝히기 전에 한잔하게나."

그는 하얗고 빳빳한 콧수염을 잡고 배배 꼬았다.

"자네한테 엄청난 기회를 선물하려고 찾아온 걸세. 자네도 제이코비의 작품이 어떤 대접을 받고 있는지 알지? 날이 갈수록 값이 뛰고 있는 거 말일세."

나는 혀를 찼다.

"자네한테 그림을 팔러 온 게 아니야. 사실 살 사람은 이미 있다네. 제이코비가 그린 로라 헌트의 초상화 말일세……. 살인 사건이 여러 신문에 실렸잖은가. 비극적인 사건이지. 그런데 자네라면 그 아가씨를 워낙 아꼈으니 입찰하고 싶지 않을까 해서……."

"좋은 일로 나를 찾아온 줄 알았건만. 이제 보니 자네, 무례하기 짝이 없구먼."

그는 나의 모욕적인 언사에도 어깨를 으쓱할 뿐이었다.

"예의상 온 걸세."

나는 고함을 질렀다.

"어떻게 감히 그럴 수가 있나? 어떻게 감히 내 집을 찾아와서 그 아무짝에도 쓸모없는 그림을 사라고 할 수 있나? 첫째, 내가 보기에 그 그림은 스파이커를 어설프게 흉내 낸 작품일세. 둘째, 나는 스파이커를 개탄하네. 그리고 셋째, 나는 유화 초상화라면 질색하는 사람일세."

"알겠네. 그럼 다른 사람한테 팔아도 되겠군."

그는 벗어 놓았던 페도라를 휙 집어 들었다. 내가 명령조로 말했다.

"잠깐. 어떻게 자네 소유도 아닌 물건을 팔겠다고 할 수 있나? 그 그림은 지금 그녀의 아파트 벽에 걸려 있지 않은가. 그녀가 유언 없이 세상을 떠났으니 변호사들 간의 논의가 우선일 텐데?"

"이모인 트레드웰 부인이 가족을 대표해 처분에 나선 걸로 아네만? 트레드웰 부인 아니면 담당 법률 사무소인 '솔즈베리 해스킨스 워더 본'과 이야기를 나누어 보게나. 오늘 아침에 듣자 하니 집주인이 이달 중으로 집을 비우면 월세를 일부만 받겠다고 했다더군. 그래서 얼른 처리하느라 저렴한 가격으로……."

나는 그의 말에 분노가 치밀었다.

"콘도르들이 몰려들었구먼!"

나는 고함을 지르며 손바닥으로 내 이마를 때렸다. 그러다 잠시 후 놀란 목소리로 외쳤다.

"다른 물건들은 어떻게 처분하기로 했는지 혹시 아는가? 다른 물건들도 판매할 생각이라던가?"

"이번 입찰은 사적인 경로를 통해 이루어진 걸세. 그녀의 아파트에 걸린 초상화를 누군가가 보고 몇몇 업자에게 문의를 했거든. 우리가 제이코비의 대리인인 것을 모르고……."

"보아하니 그림에 대해 전혀 모르는 사람이로군."

코리는 입을 오므렸다.

"모든 사람이 자네처럼 편견을 갖고 있는 건 아닐세, 월도. 내가 예언하건대 언젠가는 제이코비가 금값에 팔릴 날이 올 걸세."

"편할 대로 생각하게나, 이 콘도르 같은 친구야. 자네하고 내가 저세상 사람이 된 다음에나 벌어질 일이니까. 그런데 말이지."

나는 놀리는 투로 말을 이었다.

"자네가 잡았다는 봉 말일세, 일요일 자 타블로이드 신문에 실린 살인 사건 피해자의 초상화를 보고 사겠다고 나선 전문가인가?"

"고객의 이름을 누설하는 것은 상도덕에 어긋나는 짓일세."

"미안하네, 코리. 감수성이 예민한 사업가 입장에서 내 질문이 워낙 충격적이었던 모양이로군. 그럼 어쩔 수 없지만 이름은 밝히지 않고 이야기를 써야겠군."

랭커스터 코리는 토끼 냄새를 맡은 사냥개 같은 반응을 보였다.

"이야기라니?"

나는 흥분한 척 큰 소리로 외쳤다.

"자네 덕분에 엄청난 영감이 떠올랐지 뭔가! 천재성을 인정받지 못하고 고생하던 젊은 화가를 주인공으로 한 풍자 소설인데, 모델 중 한 명이 잔인하게 살해당한 거야. 그러자 그 모델의 초상화를 그린 그가 느닷없이 올해의 화가로 부상한 걸세. 그의 이름이 수집가들뿐 아니라 대중들 입에까지 오르내리면서 그는 배우 미키 루니처럼 누구나 아는 존재가 되지. 몸값이 치솟고, 사교계 여류 인사들이 그의 옆자리에 앉고 싶어 안달을 내고, 《라이프》, 《보그》, 《타운 컨트리》에 사진이 실리고……."

내가 늘어놓는 상상에 군침이 돈 그는 꼬리를 내렸다.

"제이코비란 이름을 넣어야지. 그렇지 않으면 그 이야기에 무슨 의미가 있겠나."

"그의 작품들이 랭커스터 코리의 화랑에 전시되어 있다는 각주도 달아야겠지."

"그러면 좋고."

나는 씁쓸하게 말했다.

"자네는 정말이지 너무하다 싶을 만치 상업적이로구먼. 나는 그런 부분들을 전혀 생각도 못 했는데. 예술은 영원한 법이라네, 코리. 다른 것들은 모두 사라지게 되어 있어. 내가 쓰는 글도 제이코비의 초상화 못지않게 생생하고 독창적인 작품이 될 걸세."

"제이코비 이름을 언급해 주게. 딱 한 번만이라도."

코리가 애원했다.

"그러면 내 작품이 문학의 영역을 벗어나 저널리즘의 영역으로 편입된단 말일세. 그렇게 되면 작품 속에 등장시키지 않는다 하더라도 온갖 사실들을 알고 있어야 해. 진실을 보장하는 측면에서 말일세.”

“자네한테는 못 당하겠군.”

코리가 시인하더니 어떤 미술 애호가의 이름을 나지막이 속삭였다.

나는 비더마이어 소파에 몸을 묻고, 로라가 이 집을 찾아와 나약한 인간의 천성에 얽힌 즐거운 비밀들을 밝힌 이래 처음으로 껄껄대며 웃었다.

그런데 코리는 훈훈하고 흥미진진한 토막 뉴스뿐 아니라 심란한 정보까지 알려 주고 갔다. 나는 그를 내보내자마자 옷을 갈아입고 혐오감을 달래며 지팡이를 챙긴 후 로베르토에게 택시를 불러 달라고 했다.

나는 로라의 아파트로 달려갔다. 트레드웰 부인이야 익히 예상했던 존재지만, 셸비와 포메라니안까지 있었다. 트레드웰 부인은 몇 점 안 되는 진짜 골동품의 가격을 놓고 고민중이었고, 셸비는 목록을 작성하는 중이었고, 개는 킁킁대며 의자 다리 냄새를 맡고 있었다.

“여기는 어쩐 일이세요?”

트레드웰 부인이 외쳤다. 그녀는 나와 자기 조카의 교우 관계를 대놓고 못마땅해했지만, 내 명성이 있다 보니 앞에서는 항상 설레발을 쳤다.

“욕심이 나서 말이죠, 부인. 전리품을 나누고 싶어서 찾아왔습니다."

"얼마나 괴로운 작업인지 몰라요. 그런데 변호사가 하도 성화를 부려서요."

그녀는 덮개를 씌운 의자에 앉아서 시커멓게 칠한 속눈썹 아래로 내 일거수일투족을 관찰했다.

내가 조잘거렸다.

"참 마음씨도 좋으십니다! 그런 괴로움도 마다하지 않으시다니. 가슴 아프고 슬프실 텐데 꿋꿋하게 견디시는군요. 로라의 옷에 달린 단추 개수까지 일일이 확인하실 테지요?"

자물쇠가 돌아갔다. 우리가 경건하게 자세를 가다듬으려는데, 마크가 들어왔다.

트레드웰 부인이 설명하러 나섰다.

"경관들이 집 안으로 들여보내 줬어요. 경찰청으로 전화를 걸었는데 형사님이 안 계시더라고요. 이런 식으로…… 정리를 해도 별문제 없었으면 좋겠네요. 로라가 워낙 무심해서 자기한테 어떤 물건들이 있는지 잘 몰랐거든요."

마크가 말했다.

"찾아오시면 들여보내라고 제가 지시를 내려 두었습니다. 없어진 물건이 없으면 좋겠네요."

"누가 옷장을 뒤졌나 봐요. 원피스 한 벌이 바닥에 떨어져 있고, 향수가 쏟아졌더라고요."

"경찰 수사가 워낙 고압적이잖습니까."

나는 솔직하게 내 의견을 밝혔다. 보아하니 마크는 무심한 척하느라 무진장 애를 쓰는 듯했다.

트레드웰 부인이 말했다.

"값나가는 물건은 없어요. 로라는 돈을 들여 두고두고 쓸 만한 물건을 장만하는 성격이 아니었거든요. 그래도 감상적인 사람들이 관심을 보일 만한 잡동사니나 기념품은 몇 개 있어요."

나를 보며 달콤하게 미소를 짓는 그녀의 표정에서 내가 찾아온 이유가 뭔지 의심스러워하고 있음을 알 수 있었다.

나는 단도직입적으로 행동을 개시했다.

"트레드웰 부인께서 아시는지 모르겠습니다만, 이 꽃병은 로라의 것이 아닙니다."

내가 벽난로 선반에 놓인 공 모양의 머큐리 글라스를 턱으로 가리키며 말했다.

"내가 빌려 준 겁니다."

"어머, 농담도 잘하시지. 크리스마스 때 빨간 리본으로 포장까지 해서 들고 오셨잖아요. 셸비, 자네도 기억하지?"

셸비는 우리의 승강이를 못 들은 양 고개를 들었다. 아무것도 모르는 척 연극을 해야 나의 재치 넘치는 공격과 그녀의 복수를 동시에 막을 수 있다는 사실을 경험을 통해 터득한 것이다.

"죄송해요. 무슨 말씀 하고 계셨는지 못 들었어요."

그는 다시 목록을 작성하는 데 전념했다.

"리본이라니요, 부인. 크리스마스 선물은 끈으로 묶었답니다. 그건 로라가 마음대로 처분할 수 있는 물건이 아니었어요. 그녀는 스페인 사람처럼 워낙 헤퍼서 자기 물건을 탐내는 사람이 있으면 뭐든 다 주었지만, 이건 예외였다고요. 내 컬렉션의 일부이니 들고 가겠습니다. 그래야 맞는 거 아니겠소, 맥퍼슨 형사?"

"그냥 두시는 게 좋을 겁니다. 가져갔다가는 곤란해지실 수 있어요."

마크가 말했다.

"이렇게 쩨쩨할 수가 있나! 누가 형사 아니랄까 봐."

그는 나의 고견을 하찮게 취급하며 어깨를 으쓱했다. 나는 웃음을 터뜨리고, 수사는 어떻게 돼 가느냐고 화제를 돌렸다. 범인을 밝힐 만한 단서는 찾았는지 궁금했다.

"많이 찾았죠."

마크가 빈정거리는 투로 말했다.

"어머, 어떤 걸 찾았는지 들려주세요."

트레드웰 부인이 앉은 자리에서 몸을 앞으로 내밀고 황홀해하는 사람처럼 두 손을 맞잡으며 애원했다. 셸비는 책장 제일 위 칸에 꽂힌 책들의 제목을 적느라 의자 위로 올라간 참이었다. 그 명당 자리에서 대놓고 궁금해하며 마크를 내려다보았다. 포메라니안은 형사의 바짓부리에 코를 대고 킁킁거렸다. 모두 단서가 공개되길 기다렸다. 그런데 마크는 "실례하겠습니다"라며 파이프 담배를 꺼낼 뿐이었다. 공포심을 조성하고 법의 권위를 일깨우기 위한 모욕적인 처사였다.

내가 그때를 놓치지 않고 운을 뗐다.

"나도 단서를 하나 찾은 게 있소만."

나는 트레드웰 부인에게 시선을 고정하고 있었다. 너풀거리는 부인의 베일 너머로 경계하는 마크의 표정이 거울에 비쳐 보였다.

"이 사건에 웬 미술 애호가가 연루돼 있다는 걸 아시오? 트레드웰 부인께서는 상속인으로 지정될 가능성이 높으니 이 소식을 들으면 기뻐하실지 모르겠습니다. 미술관에 어울리는 이 작품을 말이죠."

나는 제이코비 초상화를 손으로 가리켰다.

"사겠다는 사람이 벌써 나타났다더군요."

"그래요? 가격은요?"

"나 같으면 호가를 좀 높이겠습니다. 구매하려는 사람에게 초상화에 얽힌 추억이 있을지 모르잖습니까."

"누군데요?"

셸비가 물었다.

"돈이 있는 사람인가요? 천 달러를 불러도 될까요?"

트레드웰 부인이 따지듯 물었다.

마크는 속내를 감추는 도구로 파이프 담배를 활용했다. 손으로 감싼 파이프 담배 너머에서 그의 얼굴이 점점 벌게지는 게 느껴졌다. 제 발로 고문용 의자에 걸어가 앉은 사람이라고 해도 이렇게 느긋하지는 못할 것이다.

"저희도 아는 사람인가요?"

"단서가 될 수 있을까요? 치정 살인이라면 범인은 감정적인 이유에서 범행을 저질렀을 겁니다. 캐 볼 만한 정보라고 생각하지 않소, 맥퍼슨 형사?"

내가 짓궂게 묻자 그는 신음과 한숨이 반씩 섞인 듯한 소리로 대답을 대신했다.

트레드웰 부인이 말했다.

"정말 두근두근하네요. 누군지 알려 주세요, 월도 씨. 제발요."

나는 어렸을 때 나비 한 마리 괴롭힌 적 없다. 고통스럽게 죽어가는 조그만 물고기를 보며 재미있어 한 적도 없었다. 아무 생각 없이 농장에 놀러 갔다 목이 잘린 닭이 자기 머리 주변을 뱅글뱅글 달리는 것을 보고 충격에 새하얗게 질려 허둥지둥 도망쳤던 때가 생각난다. 심지어 연극에서도 등장인물이 날카로운 칼 한 방에 죽는 걸 더 좋아한다. 그래서 마크가 더 이상 얼굴 붉힐 필요 없도록 진지한 태도를 가장해 얼른 대답했다.

"랭커스터 코리를 배신할 수는 없죠. 화상은 결국 의사나 변호사와 입장이 비슷하지 않습니까? 말을 삼가야 이익을 남길 수 있는 법이죠."

나는 시선을 맞추려 했건만, 마크가 고개를 돌렸다.

그가 말했다.

"일을 하고 왔더니 목이 마르네요. 유산을 관리하고 계신 트레드웰 부인께 허락을 받아야겠죠? 헌트 양의 술을 한 잔 마셔도 될까요?"

화제를 다른 데로 돌리려고 그가 이런 이야기를 꺼낸 줄 알았는데, 나중에 알고 보니 그날 오후에 이 집으로 셸비를 만나러 온 게 이 때문이었다.

"그렇게 물으시면 제가 얼마나 인색한 여자처럼 들리겠어요? 셸비, 나 좀 도와줘. 냉장고가 켜져 있나 모르겠네."

셸비가 자기 횃대에서 펄쩍 내려와 부엌으로 건너갔다. 마크는 구석에 놓인 장식장을 열었다.

"이 아파트 구조를 손바닥 보듯 훤히 아는구먼."

내가 말했다. 그는 내 말을 못 들은 척했다.

"트레드웰 부인께서는 어떤 술을 드십니까? 라이데커 씨는 스카치를 좋아하지요?"

그는 셸비가 돌아올 때까지 기다렸다가 버번을 꺼냈다.

"오늘은 이걸 마셔야겠네. 카펜터 씨는 뭘로 하겠소?"

셸비는 준마 세 마리의 옆모습이 그려진 술병을 흘끗 쳐다보더니 쟁반을 잡은 손에 힘을 주었다. 하지만 그 정도로는 부족해서 그 위에 놓인 술잔들이 덜거덕거렸다.

"말씀은, 감사하지만, 저는, 사양하겠습니다."

나긋나긋했던 그의 목소리는 딱딱하기 그지없었고, 칼로 깎은 듯한 얼굴이 하얗게 질려서 빅토리아 시대에 어느 고인을 위해 만든 대리석상처럼 느껴졌다.

008

☆☆☆

마크가 나더러 그날 저녁을 같이 먹자고 했다.

"나한테 화가 난 거 아니었소?"

"왜요?"

"장례식 때 바람을 맞혔잖소."

"어떤 심정에서 그랬는지 이해합니다."

그는 내 재킷 소맷부리에 손을 잠깐 얹었다.

"그럼 콘도르 같은 부인한테서 꽃병을 수거하려고 했을 때 왜 도와주지 않았소?"

그가 놀리는 투로 대답했다.

"쩨쩨한 공무원답게 구느라고요. 제가 모시겠습니다, 라이데커 씨. 같이 가 주실 거죠?"

그의 재킷 주머니 안에 책이 한 권 들어 있었다. 윗부분 몇 센티미터밖에 안 보였지만, 잘못 본 게 아니라면 내가 익히 아는 저자의

함버르그 모자 Homburg Hat

/

20세기에는 탑 햇보다
함버르그 모자를 주로 썼다.

책이었다.

"이거 영광인데요?"

나는 불룩한 그의 주머니를 턱으로 가리키며 말했다.

내가 착각했을 수도 있지만, 그는 애정 어린 손길로 책을 만지작거렸다.

"읽어 봤소, 맥퍼슨 형사?"

그는 고개를 끄덕였다.

"그런데도 나를 말은 번지르르하지만 내용이 없는 사람이라고 생각하시오?"

"가끔 그럭저럭 괜찮은 글을 쓸 때도 있더군요."

그는 인정했다.

"하도 비행기를 태워서 어지러울 지경이로구려."

나는 이렇게 응수했다.

"저녁은 어디서 먹을 생각이오?"

그의 차에는 지붕이 없었다. 그런 차를 어찌나 난폭하게 모는지 한 손으로는 문을, 다른 손으로는 쓰고 있던 까만색 함버르그 모자를 붙잡아야 할 지경이었다. 빈민가에서도 가장 좁은 골목길을 선택한 이유가 뭔지 궁금하던 찰나, 몬타니노의 대문 위에 달린 빨간색 네온사인이 내 눈에 들어왔다. 몬타니노가 직접 나와 우리를 맞았는데, 놀랍게도 마크를 영광스러운 고객으로 대하는 게 아닌가. 그를 고상한 취향으로 인도하려면 약간의 노력이 필요하겠다는 생각이 들었다. 우리는 토마토 페이스트, 후추, 오레거노 냄새가 물씬 풍기는 통로를 지나 정원으로 향했다. 환상적인 날씨 탓에 부엌보다 아주 조금 서늘한 수준이었다. 몬타니노는 총애하는 평민들에게 특권을 부여하는 카이사르 같은 분위기를 풍기며 인조 라일락이 휘감긴 격자 시렁 옆 탁자로 우리를 안내했다. 먼지가 앉은 나무 격자와 시든 덩굴 사이로 화가 난 구름 떼와 구릿빛 사나운 달님이 벌이는 전투가 엿보였다. 해골처럼 시커멓고 앙상한 이웃집 개오동나무 가지에서 떨어진 낙엽이 무명으로 만든 라일락만큼이나 시들해 보였다. 몬타니노의 부엌에서 흘러나오는 양념 냄새와 빈민가 특유의 악취가 폭풍의 전조를 알리는 유황 냄새와 섞였다.

우리는 키안티 와인에 겨잣잎을 넣은 홍합 요리와 닭고기를 올리브 오일에 튀겨서 노란색의 소복한 탈리어리니 파스타 위에 얹고 버섯과 고추를 곁들인 요리를 먹었다. 술은 내가 고른 라크리마 크리스티(그리스도의 눈물)를 마셨다. 이름도 근사한 라크리마 크리스티는 퀴퀴한 맛이 나는 백포도주였다. 마크는 처음 마시는 포도주라고 하더니 그 매력을 혀끝으로 감지한 순간부터 스카치위스키라도 되는 양 연거푸 들이켰다. 그는 발효시킨 포도주가 증류주보다 훨씬 은근하게 취기가 오른다는 사실을 모른 채 십이 도짜리 알코올을 경멸하는 부류였다. 그가 술에 취한 건 아니었다. 그리스도의 눈물 덕분에 허심탄회해졌다고 해야 할까. 이로써 스코틀랜드 출신이 아니라 개구쟁이에 가까워졌다. 형사라기보다 비밀을 털어놓을 친구가 절실한 청년에 가까워졌다.

나는 로라와 여기서 저녁을 먹은 적 있다는 이야기를 꺼냈다. 바로 이 탁자에서 똑같은 걸 먹었다고. 그때도 시들시들한 모조 이파리가 그녀의 머리 위로 드리워져 있었다. 이 식당은 그녀가 좋아한 곳이었다. 미리 알고서 약속 장소를 잡은 걸까?

그는 어깨를 으쓱했다. 음향 기기에서 흘러나온 노래가 식당 안을 채우고 정원까지 희미한 멜로디를 날려 보냈다. 정확히 뭐라고 했는지는 잊어버렸지만 노엘 카워드는 흘러간 팝송의 거부할 수 없는 매력을 두고 잊지 못할 명언을 남겼다. 조지 거슈윈이 작곡한 노래는 온 국민이 흥얼거리지만, 캘빈 쿨리지 대통령의 업적은 아무도 읽지 않는 책 속의 무미건조한 단어들이 된 것도 그 거부할 수 없는 매력 때문이다. 흘러간 노래는 로라의 인생에서 그녀의 웃음만큼이나 빼놓을 수 없는 부분이었다. 그녀의 머릿속은 시시콜콜한 음악 관련 정보들로 가득했다. 그녀는 거리낌 없고 수준 낮은 철면피처럼 브람스를 들으면서 컨도 들었다. 바흐를 끔찍하게 사랑하게 된 것도 믿거나 말거나, 베니 굿맨의 스윙 음악 음반이 시초였다.

내가 이런 이야기를 들려주었더니 마크는 진지하게 고개를 끄덕였다.

“예, 저도 압니다.”

나는 잘난 척하는 그의 모습에 문득 화가 나서 따져 물었다.

“어디까지 알고 있고, 무슨 수로 그렇게 많은 걸 아는 거요? 오래전부터 로라와 알고 지내던 사이처럼 구는구려."

그가 말했다.

"음반들을 보았습니다. 몇 개 틀어 보기도 했고요. 왜 그랬는지 이유는 마음대로 상상하십시오, 라이데커 씨."

나는 그에게 포도주를 한 잔 더 따라 주었다. 공격적이었던 그의 태도가 누그러드는가 싶더니 잠시 후에는 좀 전에 내가 소개한 일화들을 줄줄이 폭로했다. 베시와 벌인 한판 승부, 어떤 여기자의 어설픈 아부, 갑자기 그림에 관심이 생겨서 랭커스터 코리를 찾아가 제이코비의 초상화 가격을 물어본 것까지. 두 병째로 접어들었을 때는 셸비 카펜터 이야기까지 꺼냈다.

솔직히 고백하건대 그에게 자꾸 술을 권하면서 도발적인 질문을 던지려니 양심의 가책이 느껴지기는 했다. 우리는 보험 증서와 허위 알리바이에 대해 이야기를 나누었다. 나는 셸비가 총기류를 잘 다룬다는 점을 은근히 부각시켰다.

"그자로 말할 것 같으면 스포츠맨이에요. 사냥도 좋아하지, 총도 잘 쏘지. 예전에는 총을 수집한 적도 있었다고 하던데."

마크는 안다는 듯이 고개를 끄덕였다.

"그 총들을 살펴본 거요? 무슨 수로 그런 정보들까지 파악했소? 셸비가 그런 부분까지 이야기하던가요?"

"제 직업이 형사 아닙니까. 근무중에 뭘 하겠습니까? 총기를 파악하는 건 이 더하기 이 수준의 간단한 문제였습니다. 그녀의 앨범에 사진들이 있었고, 프레이밍햄에 있는 그의 집에서는 보관증이 발견되었으니까요. 월요일에 그를 앞세우고 창고를 찾아가 총기류를 살펴보았죠. 아버지가 영국 군복을 입고 여우 사냥하길 즐겼다고 하더군요."

"그런데요?"

나는 뭔가 새로운 사실이 공개되길 기다렸다.

"창고 기록에 따르면 일 년여 동안 손을 댄 적이 없습니다. 총기들도 대부분 녹이 슬었고, 먼지가 두껍게 쌓였고요."

"창고에 넣어 두지 않은 총이 있을 수도 있잖소."

"그자는 총신을 짧게 자른 엽총을 쓸 만한 타입이 아닙니다."

"총신을 짧게 자른 엽총이라! 확실한 거요?"

나는 탄성을 질렀다.

"'확실'한 건 아무것도 없습니다. 하지만 BB탄을 어디 쓰겠습니까?"

그는 확실하다는 단어를 무뚝뚝하게 강조했다.

"나는 스포츠를 좋아하지 않아서 모르겠소."

나는 솔직히 고백했다.

"엽총을 들고 길거리를 돌아다니는 사람이 있다고 상상해 보세요. 그게 과연 가능한 이야기일까요?"

내가 말했다.

"총신을 짧게 자른 엽총은 조직폭력배들이 들고 다니는 거 아닌

총신을 자른 엽총과 BB탄 A Sawed-off Shotgun and BB Shot

/

주로 마피아들이 불법으로

엽총의 긴 총신을 잘라 사용했다.

BB탄은 엽총에 쓰이는 산탄환을 가리킨다.

가? 대중적인 지식의 보고라 할 수 있는 영화를 보고 터득한 바에 따르면 그렇던데."

"헌트 양과 알고 지내던 조직폭력배라도 있습니까?"

"어떻게 보면 우리 모두 조직폭력배 아니겠소, 맥퍼슨 형사. 누구나 같은 편이 있는가 하면 불구대천의 원수도 있고, 충성심이 있는가 하면 원한도 있지 않소. 그런가 하면 떨쳐 버려야 할 과거가 있고, 보호해야 할 미래도 있고."

"광고업계에서 쓰는 무기는 다르죠."

그가 말했다.

"상황이 절박하면 스포츠맨 정신은 잠깐 버리고 신분에 걸맞지 않은 짓을 벌일 수도 있는 거 아니겠소? 그리고 맥퍼슨 형사, 엽총 총신은 어떻게 자르는 거요?"

실질적인 정보를 얻고 싶었건만 묵살당했다. 마크가 다시 경계 태세를 갖춘 것이다. 나는 보험 증서 쪽으로 화제를 돌렸다.

"셸비가 솔직한 척 냉큼 보험 이야기를 털어놓은 것은 당신이 마음 놓게 만들려는 수작 아니겠소?"

"저도 그 비슷한 생각을 했습니다."

음악이 바뀌었다. 나는 포도주 잔을 입으로 가져가다 동작을 멈추었다. 얼굴에서 핏기가 가셨다. 당황스러워하는 동행의 표정을 보니 내 안색이 어떻게 변했는지 짐작할 수 있었다.

사람들이 누런 손을 움직여 커피 잔을 테이블 저쪽으로 밀었다.

옆 테이블에 앉은 여자가 웃음을 터뜨렸다. 구름과의 전투에서 패배해 후퇴한 달님은 불길한 하늘 위로 구릿빛 한 자락도 남기지 않았다. 공기가 묵직해졌다. 근처 다세대 주택 창가에 호리호리한 아가씨가 서 있었는데, 알전구 불빛 때문에 앙상하고 거무스름한 실루엣이 더욱 도드라졌다.

왼쪽 테이블에서 여자가 노래를 따라 불렀다.

나는 웃으며 말하네.
사랑의 불길이 꺼지면서
연기가 눈에 들어온 거라고.•

나는 화가 난 눈빛으로 그녀를 노려보며 최대한 정중하게 이야기했다.

"부인, 타마라의 목소리로 그 황홀한 노래를 맨 처음 알게 된 사람의 고막을 생각해서라도 어설프게 흉내 내려는 시도는 자제해 주시죠."

그녀가 뭐라고 대꾸를 하면서 어떤 동작을 취했는지는 독자 여러분의 비위를 감안해서 굳이 소개하지 않겠다. 마크는 현미경을 들여다보는 과학자처럼 실눈을 뜨고 나를 조심스럽게 살폈다.

나는 웃으며 얼른 말했다.

"저 노래, 의미심장하지 않소? 평범한 듯하면서도 남다른 맛이 있단 말이지. 제리 컨도 두 번 다시 저 노래를 능가하는 곡을 쓰지 못했다는 거 아니오."

"이 노래를 맨 처음 들었을 때 헌트 양이 옆에 있었던 모양이로군요."

마크가 말했다.

"눈치가 빠르기도 하지!"

"라이데커 씨의 어법에 점점 익숙해지고 있거든요."

"내가 보답하는 차원에서 그날 밤의 이야기를 들려 드리리다."

"그러시죠."

"맥스 고든이 〈로버타〉••를 무대에 올린 게 1933년 가을이었소. 앨리스 듀어 밀러의 소설을 원작으로 오토 하바크가 각본을 쓴 작품이었지. 대작이라고 할 수는 없지만, 휘핑크림에도 영양분은 충분히 들어 있지 않겠소? 로라에게는 개봉 첫날 공연을 본 게 그때가 처음이었다오. 어찌나 흥분을 했던지 아이처럼 눈을 반짝였고, 내가 이 사람은 누구고 저 사람은 누군지 가르쳐 주면 사춘기 아이처럼 비명을 질렀지. 콜로라도스프링스에서 살았던 이 아가씨한테는 그 전까지만 해도 베일에 둘러싸인 사람들이었을 테니까. 그날 그녀는 샴페인색 시폰을 입고 비취색 슬리퍼를 신었다오. 눈동자나 머리색과 근사하게 잘 어울렸지.

'로라, 보석 같은 아가씨. 그 드레스를 위해 샴페인으로 건배할까?'

• **그래서~들어온 거라고** _ 제리 컨이 작곡한 노래 〈그대 눈에 비친 우수Smoke Gets in Your Eyes〉의 가사. 러시아 태생 가수 겸 배우인 타마라가 처음 부른 곡이다.

•• **로버타** _ 〈그대 눈에 비친 우수〉가 초연된 뮤지컬이다.

내가 말했지. 로라한테는 그날이 샴페인을 처음 맛본 날이었다오, 맥퍼슨 형사. 어찌나 즐거워하는지 하느님이 삼월의 거센 바람을 사월의 따뜻한 바람으로 바꾸면서 어떤 기분일지 나도 알 수 있었지 뭐요.

그뿐 아니라 공연도 얼마나 화려하고 멋졌는지 아시오? 기타를 들고 나온 러시아 아가씨가 허스키한 목소리로 부른, 달콤쌉쌀한 거품 같은 노래가 압권이었지. 내 손바닥 안에서 따스한 온기가 느껴졌고, 노래가 이어지는 동안 점점 더 가슴이 벅차올랐다오. 부끄러운 고백이라 생각하시오? 베토벤 9번 교향곡 앞에서나 일 센트짜리 막대 사탕 앞에서나 똑같이 환호하기로 유명한 나 같은 성격의 남자는 쉽게 감동하지만 정말로 감격하는 경우는 별로 없어요. 그런데 노래 한 곡을 같이 듣는 이 단순한 행위를 통해, 좀 더 전통적인 방식으로 애정을 표현하는 사람들은 거의 누리지 못하는 감격의 경지에 다다랐다는 거 아니겠소.

그녀의 두 눈에 눈물이 그렁그렁 맺혀 있었어요. 나중에 말하길 얼마 전에 사랑을 고백했다 퇴짜를 맞은 적이 있다지 뭐요. 로라한테 퇴짜를 놓는 사람이 다 있다니. 아마 몰상식한 인간이었을 거요. 안타까운 노릇이지만, 사실 그녀는 남자를 보는 눈이 낮았거든. 나는 무대 위에서 고백이 이어지는 내내 그녀의 손을 꼭 잡고 있었어요. 그녀 입으로 조금 남자 같은 구석이 있다고 표현했을 만큼 남다른 힘이 느껴지는, 그 작고 부드러운 손을. 하지만 우리 둘 사이에는 워낙 복잡한 감정이 얽혀 있어서 그녀가 일어나 온 세상을 향해 '이 사람이야말로 진짜 남자예요!'•라고 외치면 대자연도 셰익스피어를 인용한 그 문구에 얼굴을 붉힐 거요."

하얀 먼지가 내려앉은 격자 시렁을 휘감은 인조 라일락 덩굴 사이로 음악이 흘러나왔다. 나는 그날 밤 로라와 함께 극장을 찾은 이래 머릿속을 가득 메우고 있었던 환상을 지금까지 말로든 글로든 한 번도 고백한 적이 없었지만, 얼굴도 모르는 여자를 그리워하는 남자 앞에서는 털어놓아도 될 것 같은 기분이 들었다.

드디어 음악이 끝났다. 처연한 추억에서 해방된 나는 잔을 비우고 살인 사건이라는 덜 부담스러운 이야기로 다시 화제를 돌렸다. 이 즈음에는 충분히 마음을 추스른 상태라 로라의 침실에서 목격한 광경과 버번 술병을 보고 얼굴이 하얗게 질린 셸비에 대해 짚고 넘어갈 수 있었다. 마크는 지금까지 수집한 단서들이 너무 피상적이고 빈약해서 예비 신랑을 입건하기에는 부족하다고 했다.

"그래도 궁금하오, 맥퍼슨 형사. 당신은 그가 범인이라고 생각하시오?"

속내를 고스란히 보여 주었으니 보답 차원으로 그도 솔직한 대답을 들려줄 거라 기대했다. 그런데 그는 건방진 미소로 화답했다.

나는 그의 감성을 자극하는 작업에 착수했다.

"가엾은 로라."

나는 한숨을 쉬었다.

• **이 사람이야말로 진짜 남자예요** _ 셰익스피어의 『줄리어스 시저』에 나오는 구절이다.

"범인이 셸비라면 이 얼마나 역설적인 일이겠소! 아낌없는 사랑을 바쳤건만 배신을 당하다니. 죽기 전 마지막 순간이 얼마나 끔찍했을까!"

"즉사한 거나 다름없었어요. 몇 초 만에 의식을 잃었을 겁니다."

"그래서 기쁘시오, 맥퍼슨 형사? 그녀가 아낌없이 바친 사랑을 후회할 겨를조차 없었던 걸 다행스럽게 생각하시오?"

그는 차가운 목소리로 대꾸했다.

"내가 언제 그렇다고 했습니까?"

"부끄러워할 것 없어요. 두 명의 스콧만큼이나 강심장이라는 뜻이니까. 월터 스콧 경과 제임스 스콧 경이 당신을 보았더라면 기뻐했을 거요. 언덕과 비석과 조그만 헤더 꽃잎처럼 천성이 냉혹하다고."

그가 앙상한 두 손으로 탁자를 잡았다.

"당신은 불굴의 의지를 자랑하는 미국인이면서 벌레처럼 감상적이로군요. 술이나 한잔 더 하죠."

나는 쿠르부아지에 코냑을 마시자고 했다.

"주문하세요. 나는 발음도 못 하겠네요."

잠시 후 그가 다시 입을 열었다.

"그런데 말입니다, 라이데커 씨. 알고 싶은 게 한 가지 있는데요. 헌트 양이 결혼을 계속 미룬 이유가 뭡니까? 그의 사진으로 온 집안을 장식할 만큼 홀딱 반했으면서 왜 결혼을 미루었을까요?"

"너도 나도 아는 돈의 저주 때문이었지요."

그는 고개를 저었다.

"카펜터하고도 이야기를 나누어 보았습니다. 그 부분에 대해서 상당히 의연하더군요. 여자한테 돈을 받으면서 의연할 수 있을지 모르겠습니다만. 그런데 마음에 걸리는 부분이 있단 말입니다. 두 사람은 아주 오랫동안 사귀었고, 결국에는 결혼하기로 마음먹지 않았습니까. 그래서 헌트 양은 휴가와 신혼여행 계획을 세웠고요. 그런데 결혼식을 거행하기 전에 일주일 동안 혼자 지내려 했다니 뭣 때문에 그랬을까요?"

"피곤해서 쉬고 싶었겠죠."

"모두들 그런 식으로 넘겨짚었고 그게 가장 간편한 답변이기는 합니다만, 헛소리인 걸 당신도 알잖습니까."

"로라가 결혼식을 연기할 핑계를 찾고 있었을지 모른다는 거요? 행복한 예비 신부답게 엄청나게 설레는 마음으로 그날을 기다린 게 아니라?"

"그랬을 수도 있죠."

나는 한숨을 쉬었다.

"희한한 일이로군. 바로 이 자리, 그때처럼 시들시들한 라일락 덩굴 아래 우리 둘이 앉아서 그녀가 좋아했던 노래를 들으며 질투심을 달래고 있다니. 이 얼마나 희한하고 비극적인 상황이오? 그녀는 죽은 사람이오, 맥퍼슨 형사. 죽은 사람이라고!"

그는 브랜디 술잔 굽을 신경질적으로 만지작거렸다. 그러더니 까만 눈으로 거미줄 같은 내 방어벽을 뚫으며 이렇게 물었다.

"헌트 양을 그렇게 사랑했으면서 왜 셸비를 상대로 아무 조치도 취하지 않은 겁니까? 이유가 뭡니까?"

나는 그의 날카로운 지적에 어이없다는 반응을 보였다.

"로라는 다 큰 어른이었소. 자유를 소중히 여기며 철저하게 지키는 성격이었고. 그녀는 자기 마음이 향하는 곳을 알고 있었소. 아니, 안다고 생각했지."

"내가 진작 헌트 양을 알았더라면……."

그는 못하는 게 없는 남자처럼 운을 떼다 말고 말끝을 흐렸다.

"당신 참 앞뒤가 안 맞는 사람이로군, 맥퍼슨 형사!"

"앞뒤가 안 맞는다고요?"

그는 정원 한가운데서도 들릴 만큼 큰 소리로 외쳤다. 몇몇 손님들이 우리를 쳐다보았다.

"예, 나는 앞뒤가 안 맞는 사람입니다. 하지만 다른 사람들은 어떤가요? 헌트 양은요? 고개를 돌리는 곳마다 모순투성인걸요."

"그녀가 살아 있는 사람처럼 느껴지는 이유도 모순투성이기 때문일 거요. 인생 자체가 모순투성이지. 변함없는 것은 오직 죽음뿐."

그는 큰 한숨을 쉬며 또다시 묵직한 질문을 던졌다.

"헌트 양이 당신에게 『걸리버 여행기』 이야기를 한 적이 있습니까?"

나는 얼른 머리를 굴렸다.

"그것도 댁이 좋아하는 작품인 모양이로구려."

"어찌 아셨습니까?"

그가 따져 물었다.

"그렇게 관찰력이 좋다고 자랑하더니 오늘은 실망스럽구먼. 일요일 오후에 그녀의 아파트에서 댁이 무슨 책을 그렇게 꼼꼼하게 뜯어보는지 유심히 관찰했건만 그걸 알아차리지 못했다니. 그 책이야 알다마다. 고서라 내가 빨간 모로코가죽으로 다시 장정을 해서 선물한 거요."

그는 부끄러운 듯 미소를 지었다.

"저를 훔쳐보신 건 알아차렸습니다."

"아주 사소한 데서 단서를 찾고 있는 척하려고 아무 말도 하지 않은 거겠지. 그 작품을 좋아하는 모양인데, 장담하건대 그녀도 댁과 문학 취향이 같았소."

그는 내 말에 아주 고마워했다. 로라를 가리켜 양다리를 걸친 여우라고 했던 게 며칠 전의 일이었건만. 내가 오늘 밤 그 이야기를 꺼냈다간 내 얼굴을 향해 주먹을 날릴 것이다.

맛있는 음식과 포도주와 음악과 브랜디가 기분 좋게 어우러지면서 공감대가 형성되자 그의 방어선이 무너졌다. 그는 아주 솔직하게 이렇게 말했다.

"삼 년이 넘는 시간 동안 제가 헌트 양의 집에서 팔백 미터도 안 되는 거리에 살았지 뭡니까. 어쩌면 같은 버스, 같은 지하철을 타고 다녔고, 길거리에서 수백 번 스쳐 지나갔을 수도 있어요. 그녀도 어딘가 불편하면 슈워츠에서 약을 샀을 테고요."

"이렇게 놀라운 우연의 일치가 있나."

내가 말했다.

그는 내가 빈정거리고 있다는 사실을 알아차리지 못했다. 완전히 무너진 것이다.

"길거리에서 수도 없이 지나쳤을 겁니다."

암울한 사실 속에서 그가 발견한 한 줌 위안이 그것이었다. 내가 너무나도 덧없고 너무나도 뉴욕다운, 이 이루지 못한 연애담을 글로 옮겨야겠다고 마음먹은 때가 바로 그 순간이었다. 완벽한 오헨리식 이야기였다. 시드니 포터•가 그 소리에 놀라 미친 듯 기침하는 소리가 들리는 것 같지만.

그가 혼잣말처럼 중얼거렸다.

"발목이 예뻤죠. 저는 맨 먼저 발목을 보거든요. 참 예뻤어요."

음악이 끝났고, 마당에서 식사를 하던 사람들은 대부분 자리에서 일어섰다. 한 커플이 우리 테이블 앞을 지나갔다. 이제 보니 아가씨의 발목이 예뻤다. 마크는 돌아보지 않았다. 슈워츠의 약국에서 잠시 그녀를 만나는 상상 속으로 빠져 들어갔기 때문이었다. 그는 파이프 담배를 사는 중이었고, 그녀는 우표 판매기에 동전을 넣었다. 어쩌면 그녀가 핸드백을 떨어뜨렸을지 모른다. 아니면 그녀의 눈에 잿가루가 들어갔을지 모른다. 그녀는 '고맙습니다' 한마디를 중얼거리고 그만이었지만, 그의 머릿속에서는 달콤한 종소리가 울려 퍼지고 천상의 하프 소리가 우렁찬 찬가 속으로 녹아 들어갔다. 그녀의 발목을 흘끗 훔쳐보고 그녀와 눈을 마주치고, 함께 영화를 찍다 사랑에 빠진 샤를 부아예와 마거릿 설리번만큼이나 뻔한 상황이었다.

"내가 쓴 콘래드 이야기[3] 읽어 봤소?"

내 질문 때문에 어린 소년에게나 어울림 직한 몽상이 흐트러졌다. 그가 쓸쓸한 눈빛으로 나를 쳐다보았다.

"칠십오 년 전에 필라델피아 사람들이 포트와인을 마시고 시가를 피우면서 저녁을 먹는 동안 태피스트리 액자와 매듭 장식 너머로 속삭였던 이야기라오. 최근에 내 이름으로 출간되었지만, 내가 원작자는 아니올시다. 거짓말 못 하고 상상력이 부족하기로 유명한 둔한 사람들 사이에서 실화로 간주되었던 이야기라는 뜻에서 하는 말이오. 그러니까 펜실베이니아의 암만파•• 교도들 사이에서 말이오.

콘래드가 그런 암만파 교도였소. 미신을 주제로 상상의 나래를 펼치기보다 순무 농사에나 신경 쓰는 충직하고 소박한 친구였지. 어느 날 그가 밭에서 일을 하고 있는데, 길거리에서 쿵 하는 소리가 들리지 뭐요. 괭이를 손에 들고 달려가 보니 사고로 난리가 난 거요. 야채를 싣고 가던 수레와 고급 마차가 부딪치는 바람에, 놀랍게도 콘래드는 괭이 대신 한 여인을 품에 안게 되었지.

소박함을 자칭하는 암만파 교도들 사이에서 단추는 사악한 장

• **시드니 포터** _ 오 헨리의 본명.

•• **암만파** _ 현대 기술 문명을 거부하고 소박한 농경 생활을 고집하는 기독교의 한 교파.

신구로 간주되었다오. 콘래드는 지금까지 아가씨라고 하면 빛바랜 깅엄 원피스의 가슴 부분을 후크로 단단히 여며 입고, 머리는 빳빳하게 잡아당겨 하나로 묶은 부류 말고는 본 적이 없었지요. 그 역시 목까지 잠근 파란색 작업용 셔츠를 입고 그들 교파에서는 신앙심의 상징으로 간주되는, 원숭이 털 비슷한 엷은 구레나룻을 길렀고.

여인이 타고 가던 마차는 금세 고쳐졌지만 망가진 콘래드의 심장은 그렇질 못했다오. 눈만 감으면 피부는 보얗고, 입술은 육감적이고, 들고 있던 라일락색 실크 양산에 달린 흑단 손잡이처럼 까만 눈동자를 장난스럽게 반짝이던 여인이 어른거렸거든. 그날부터 콘래드는 머리를 하나로 묶고 다니는 동네 아가씨들과 순무로는 만족할 수가 없었다오. 트로이로 가서 헬레네를 찾아야겠다는 일념뿐이었지. 농장을 판 그는 흙길을 걸어 필라델피아로 건너갔고, 독실한 사람들이 늘 그렇듯 셈이 빠르다 보니 몇 푼 안 되는 재산이나마 짭짤한 사업에 투자해 사장에게 기술을 전수받았다오.

돈도 없고, 상류층 사회로 들어갈 기회도 없다 보니 레버넌에 있으나 필라델피아에 있으나 그 여인을 만날 수 없기는 마찬가지였지요. 그래도 콘래드는 포기하지 않았소. 악마와 죄를 믿듯 여인을 다시 한번 품에 안을 수 있을 거라고 믿어 의심치 않았지.

그러자 기적이 벌어졌지 뭐요. 오랜 시간이 흘러 성취의 기쁨을 느끼지 못할 만큼 나이를 먹었을 때 그녀를 품에 안게 된 거요. 심장이 어찌나 쿵쾅거렸던지 그 생기에 전염된 주변의 모든 무생물들이 살아 숨쉴 정도였다오. 그리고 무더운 대낮에 그녀를 처음 안았을 때 그랬던 것처럼 그녀의 컴컴한 눈을 커튼처럼 덮고 있던 눈꺼풀이 걷히자……."

마크가 물었다.

"어떻게 그럴 수가 있었죠? 무슨 수로 그녀에게 접근한 겁니까?"

나는 맥을 끊지 말라고 손사래를 쳤다.

"그녀가 그렇게 사랑스러워 보일 수가 없었다오. 그는 도시 사람들이 그녀의 이름을 수군거리는 것도, 그녀에 대한 평판이 좋지 못한 것도 알고 있었지만, 그의 눈에는 그 대리석 같은 눈썹만큼 순수한 것도, 그 움직일 줄 모르는 입술만큼 순결한 것도 존재하지 않는 듯 느껴졌지요. 이렇게 정신을 못 차리는 콘래드를 용서하시오. 그런 순간에 남자들은 이성이 마비되기 마련이니. 여인은 새틴 슬리퍼에서부터 까만 머리에 쓴 화관에 이르기까지 온통 하얀색으로 통일을 했다오. 그리고 시신을 덮은 천에 드리워진 그림자는 라일락색이 돌았고……."

시신을 덮은 천이라는 말에 마크가 움찔했다.

나는 아무것도 모르는 척 그의 얼굴을 빤히 쳐다보았다.

"그 시절에는 시신을 천으로 덮는 게 풍습이었거든."

"그러니까……."

그는 독 사과라도 되는 것처럼 한 단어, 한 단어를 천천히 씹어

가며 물었다.

"죽은 겁니까?"

"그가 장의사의 견습생으로 들어갔다는 이야기를 내가 빼먹은 모양이로구먼. 의사가 사망 선고를 내렸을 때 콘래드가 그 집으로 불려 가서……."

마크의 두 눈이 새하얀 가면 위에서 이글거리는 시커먼 구멍처럼 변했다. 입술은 쓰디쓴 독 사과를 먹기라도 한 것처럼 오므라들었다.

"이게 실화인지 그건 나도 모르오."

나는 그가 동요하는 기색을 감지하고 얼른 교훈 부분으로 넘어갔다.

"하지만 콘래드가 꾸민 이야기를 결코 좋아할 리 없는 교파 출신이니 믿을 수밖에. 그는 레버넌으로 돌아갔지만, 주변 사람들이 전한 이야기에 따르면 죽을 때까지 여자를 가까이하지 않았다고 하오. 만일 그가 산 자를 사랑하고 떠나보냈더라면 시체를 사랑한 짤막한 탈선이 그토록 큰 흔적을 남기지는 않았을 텐데."

가까이서 천둥소리가 들렸다. 하늘이 섬뜩하게 변했다. 나는 함께 정원을 나서며 그의 팔을 살짝 건드렸다.

"맥퍼슨 형사, 하나만 물읍시다. 초상화 대금으로 얼마까지 지불할 용의가 있으시오?"

그는 심술궂게 찌푸린 표정으로 내 쪽을 돌아보았다.

"라이데커 씨, 하나만 물읍시다. 헌트 양이 살해당하기 전에도 아파트 앞을 밤마다 지나다녔습니까? 아니면 그녀가 죽은 뒤에 생긴 습관인가요?"

우리 머리 위에서 우르르 쿵쾅 천둥소리가 들렸다. 폭풍이 점점 다가오고 있었다.

When Waldo Lydecker learned what happened
after our dinner at Montagnino's on Wednesday nigh
he could write no more about the Laura Hunt case.
The prose style was knocked right out of him.
He had written the foregoing between ten o'clock or
Wednesday night and four on Thursday afternoon
with only five hours' sleep, a quart of black coffee,
and three hearty meals to keep up his strength.
I suppose he had intended to fit the story to one of
those typical Lydecker last paragraphs where
a brave smile always shows through the tears.
I am going on with the story.
My writing won't have the smooth professional
touch which, as he would say,
distinguishes Waldo Lydecker's prose.
God help any of us if we'd tried to
write our reports with style.
But for once in my life, since this is unofficial anyw
I am going to forget Detective Bureau shorthand and
express a few personal opinions.

2

MCPHERSON

001

☆☆☆

월도 라이데커는 수요일에 몬타니노에서 저녁을 먹은 뒤 내게 무슨 일이 일어났는지 듣고도, 로라 헌트 이야기를 더 이상 쓰지 못했다. 글길이 막혀 버린 것이다.

그는 다섯 시간만 자고 일어나 블랙커피를 연거푸 들이켜고 든든한 세끼 식사로 원기를 보충해 가며 수요일 밤 10시부터 목요일 오후 4시에 걸쳐 앞서 소개된 이야기를 완성했다. 그는 눈물을 글썽이면서도 씩씩하게 웃는 분위기로 마지막 문단을 장식하는 특유의 글투에 맞게 이야기를 끌고 나갈 요량이었을 것이다.

이제부터는 작중 화자가 나다. 내 글은 그가 입버릇처럼 말하던 월도 라이데커만의 문체처럼 유려하거나 매끄럽지 못할 것이다. 보고서를 쓰며 문체 운운하면 어떻게 되겠는가. 하지만 이건 어디까지나 비공식적인 문건이니 내 평생 처음으로 속기에 가까운 형사과 고유의 스타일을 버리고, 개인적인 의견을 피력해 보겠다. 나는 사회면이라고 불리는 웃기는 지면에 사진이 실리는 사람들과 만난 게 이번이 처음이었다. 의자에 표범 가죽을 씌운 나이트클럽에는 업무상으로조차 드나든 적이 없었다. 그런 부류의 사람들은 상대방을 모욕하고 싶으면 '자기'라고 부르고, 상대방이 마음에 들면 제퍼슨 마켓 법원 청사의 집행관이 포주한테도 쓰지 않을 표현들을 남발한다. 토요일 밤마다 온갖 욕이 난무하는 동네에서 자란 가난한 사람들보다 좋은 집안에서 자란 재수 없는 인간들의 입이 더 험하다. 나도 이 바닥에서 근무하는 어느 누구 못지않게 육두문자를 많이 알고 있고, 내키면 거리낌 없이 쓴다. 그래도 숙녀들 앞에서는 자제한다. 글을 쓸 때도 마찬가지고. 어렸을 때 남의 집 울타리에 끼적였던 낙서를 지면에 고스란히 재현하는 것은 대학 교육을 받은 자들이나 할 수 있는 짓이다.

월도의 이야기가 끝난 곳에서 내 이야기를 시작하도록 하겠다. 몬타니노의 가게 후원에서 브랜디를 세 잔 마신 뒤부터.

식당을 나섰을 때 용광로에서 뿜어져 나온 듯한 열기가 우리를 덮쳤다. 바람 한 점 없었다. 맥두걸 스트리트의 빨랫줄에는 셔츠 한 장 걸려 있지 않았다. 썩은 달걀 비슷한 냄새가 풍겼다. 뇌우가 들이닥치려는 참이었다.

"집까지 태워다 드릴까요?"

"고맙지만 사양하겠소. 좀 걷고 싶어서."

"저 안 취했습니다. 운전할 수 있어요."

내가 말했다.

"언제 댁더러 취했다고 했소? 그냥 걷고 싶다고 했지. 오늘 밤에 글을 쓸 거란 말이오."

그는 지팡이로 인도를 때려 가며 발걸음을 옮기기 시작했다.

"덕분에 즐거웠소."

그가 차를 타고 출발하는 나를 향해 외쳤다.

머리가 계속 무겁기에 속력을 내지 않았다. 네거리에서 애슬레틱 클럽• 쪽으로 방향을 꺾지 않고 그냥 지났을 때 내가 집에 가기 싫은가 보다 싶은 생각이 들었다. 볼링이나 당구도 싫고, 머리가 멍해서 포커도 칠 수가 없었다. 그 클럽에서 사는 이 년 동안 휴게실에서 그냥 시간을 때운 적도 없었다. 내 방에 놓인 철제 가구를 보면 치과가 생각났다. 편안한 의자라고는 하나도 없었고, 소파에 누우면 커버가 이리저리 접혔다. 그러니까 그날 밤 로라의 아파트를 찾을 핑곗거리는 충분했다. 어쩌면 술에 취했기 때문이었을 수도 있지만.

위로 올라가기 전에 차 지붕을 내리고 창문을 닫았다. 그 후에 일어난 일 때문에 내가 정말 제정신이었나 싶었지만, 이런 조치를 취한 것을 보면 정신이 멀쩡했다는 뜻이다. 나는 주머니에 있던 열

• **애슬레틱 클럽** _ 운동 시설이 함께 있는 숙박업소.

쇠로 문을 따고 내 집인 양 태연하게 안으로 들어갔다. 안으로 들어서자 블라인드 사이로 첫 번개가 번쩍였다. 천둥도 내리쳤다. 폭우를 예고하는 정적이 뒤를 따랐다. 땀이 나며 머리가 지끈거렸다. 부엌에서 물을 한 잔 따라 마시고 재킷을 벗은 뒤 옷깃을 풀어 헤친 채 긴 의자에 늘어졌다. 불빛이 눈을 찌르기에 꺼 버렸다. 나는 폭풍이 들이닥치기도 전에 잠이 들었다.

폭격기 한 중대가 지붕 위를 지나가는 듯한 천둥소리가 들렸다. 번개가 번쩍하고 사라져야 하는데 그렇질 않았다. 이제 보니 번개가 아니라 초록색 갓이 달린 스탠드 불빛이었다. 스탠드는 켠 적이 없건만. 줄곧 긴 의자에서 꼼짝도 하지 않았건만.

다시 천둥이 쳤다. 그때 그녀가 보였다. 한 손에는 비 자국이 남은 모자를, 다른 손에는 밝은색 장갑을 들고 있었다. 빗방울이 튄 실크 원피스 위로 몸매가 고스란히 드러났다. 키는 백육십팔 센티미터, 몸무게는 오십팔 킬로그램쯤 되어 보였고, 까만 눈은 끝이 살짝 처졌고, 머리색은 어두웠으며 피부는 까무잡잡했다. 발목도 나무랄 데 없었다.

"여기서 뭐 하시는 거예요?"

그녀가 물었다.

나는 대답을 할 수가 없었다.

"여기서 뭐 하시는 거냐고요."

나는 포도주를 마셨던 게 생각나서 그녀가 허깨비는 아닌지 열심히 쳐다보았다.

그녀가 떨리는 목소리로 말했다.

"당장 나가요. 안 그러면 경찰을 부르겠어요."

"내가 경찰입니다."

내가 말했다.

목소리가 들리는 것은 내가 멀쩡하게 살아 있다는 뜻이었다. 나는 의자에서 벌떡 일어섰다. 그녀는 뒷걸음질을 했다. 로라 헌트를 그린 그림이 바로 뒤에 걸려 있었다.

이제 말을 할 수 있었다. 나는 권위를 담은 목소리로 이렇게 말했다.

"당신은 죽었잖소."

뚫어져라 나를 쳐다보던 그녀는 이상한 헛소리를 하는 것으로 미루어 보건대 저 사람이 위험한 정신병자인 게 분명하다는 결론을 내리고, 문 쪽으로 조금씩 살살 움직였다.

"당신……."

나는 운을 뗐지만, 이름을 입 밖으로 꺼낼 수가 없었다. 그녀는 말을 했고, 비에 젖었고, 겁에 질려서 도망치려고 했다. 이것이 살아 있다는 증거가 아니라 그냥 내가 또 앞뒤 안 맞는 상상을 하는 것이었을까?

우리가 그렇게 서로를 쳐다본 채 이게 어찌 된 일인지 영문을 파악할 수 있길 바라며 얼마나 오랫동안 서 있었는지 모르겠다. 천국에 가면 지상에서 헤어진 사람들을 만날 수 있다고 했던 할머니 말씀이 퍼뜩 머릿속을 스치고 지나간 순간도 있었다. 천둥이 잇따라 집을 뒤흔들었다. 번개가 번쩍하며 창밖을 갈랐다. 밑에서는 땅이 흔들리고, 위에서는 하늘이 갈라지는 듯했다. 이곳은 로라 헌트의 아파트였다. 나는 파이프를 꺼내려고 주머니를 뒤졌다.

들고 온 신문이 잡혔다. 나는 신문을 펼치며 물었다.

"요즘 신문 안 봤어요? 무슨 일이 있었는지 모릅니까?"

이렇게 묻고 났더니 내가 다시 제정신으로 돌아온 것처럼 느껴졌다.

그녀는 두 손으로 테이블을 꼭 붙잡으며 뒷걸음을 쳤다.

내가 말했다.

"그렇게 무서워하지 마요. 설명을 할 테니까. 신문을 안 봤다면……."

"안 봤어요. 그동안 시골에 있었거든요. 라디오도 고장 났고요."

그러더니 퍼즐 조각을 맞추듯 천천히 물었다.

"왜요? 신문에 제가……."

나는 고개를 끄덕였다. 그녀가 신문을 받아 들었다. 1면에는 아무것도 없었다. 동부 전선에서 새롭게 시작된 전투와 처칠의 연설이 그녀를 1면에서 밀어낸 것이다. 내가 4면으로 넘겨 주었다. 거기에 그녀의 사진이 있었다.

바람이 윙윙거리며 집 사이 좁은 골목길을 지나갔다. 빗방울이

유리창을 때렸다. 집 안에서 들리는 소리라고는 그녀의 숨소리뿐이었다. 잠시 후 신문 너머로 나를 쳐다보는 그녀의 두 눈에 눈물이 그렁그렁 맺혀 있었다.

"가엾어서 어떡해요?"

그녀가 말했다.

"가엾어서 어떡해요?"

"누구 말입니까?"

"다이앤 레드펀이요. 제가 아는 친구인데, 이 아파트를 빌려 줬거든요."

002

☆☆☆

나는 그녀와 소파에 앉아서 시신이 발견되었는데, BB탄 때문에 얼굴이 날아가서 그녀의 이모와 베시 클레어리가 영안실에서 신원을 확인했노라고 알려 주었다.

그녀가 말했다.

"네, 그랬겠죠. 다이앤은 저하고 키가 비슷했고, 제 가운을 입고 있었으니까요. 사이즈가 같았거든요. 원피스를 몇 벌 준 적도 있어요. 저보다 머리가 좀 짧기는 했지만, 피를 워낙 많이 흘렸다고 했으니……."

그녀는 더듬더듬 핸드백 쪽으로 손을 내밀었다. 내가 손수건을 건넸다.

그녀는 눈물을 닦은 뒤 나머지 기사를 읽었다.

"마크 맥퍼슨 형사님이신가요?"

나는 고개를 끄덕였다.

"범인은 아직 못 찾으셨고요?"

"그렇습니다."

"범인이 노린 사람은 그녀였을까요, 저였을까요?"

"모르겠습니다."

"제가 이렇게 살아 있으니 앞으로 어쩌실 거예요?"

"다른 여자분을 누가 죽였는지 알아내야죠."

그녀는 한숨을 쉬며 쿠션에 몸을 기댔다.

"술을 한잔하는 게 좋겠네요."

내가 말하고 구석 장식장 쪽으로 걸어갔다.

"스카치? 진? 버번?"

스리 호시스 병이 보였다. 그때, 그녀가 아직 정신을 차리지 못했을 때 그 술병에 대해 물어봤어야 했다. 그런데 나는 수사에 집중하기보다 그녀에게 촉각을 곤두세웠고, 멍해서 내가 멀쩡히 살아 있긴 한 건지, 제정신인지조차 알 수가 없었다.

"제 집에 대해 어떻게 그렇게 잘 아세요, 맥퍼슨 형사님?"

"당신에 대해 모르는 게 거의 없을 정돕니다."

"맙소사."

그녀는 이렇게 말하더니 잠시 후 웃으며 물었다.

"뉴욕에서 제가 살아 있다는 걸 아는 사람이 형사님 한 명뿐이네요? 육백만 명 중에서 형사님 한 명이네요?"

천둥과 번개는 멈추었지만, 유리창을 때리는 빗방울은 여전했다. 그 이야기를 듣자 우리가 특별한 사이처럼 느껴졌고, 비밀을 공유하고 있으니 중요한 인물이 된 것처럼 느껴지기도 했다.

그녀가 잔을 들었다.

"살아 있음을 위하여!"

"부활을 위하여."

우리는 웃음을 터뜨렸다.

내가 말했다.

"들어가서 옷 갈아입어요. 그러다 감기 들겠어요."

"어머나. 저한테 명령을 내리시네요?"

"갈아입어요. 감기 들겠어요."

"아주 고압적인데요, 맥퍼슨 형사님!"

그녀가 안으로 들어갔다. 나는 신경이 잔뜩 곤두서서 앉아 있을 수가 없었다. 핼러윈 때 어두컴컴한 집 안에 혼자 남은 어린아이가 된 듯한 심정이었다. 모든 게 신비롭고 괴이하게 느껴졌다. 그녀가 방 안에서 움직이는 소리를 들어야겠기에, 다시 사라지지는 않았는지 확인해야겠기에 방문 쪽으로 귀를 기울였다. 머릿속이 기적, 생명, 부활이라는 단어들로 가득해서 구름을 헤쳐야 인간적인 차원의 생각을 할 수 있었다. 나는 마침내 의자에 앉아 파이프 담배에 불을 붙였다.

두말하면 잔소리지만 로라 헌트 사건은 증발해 버렸다. 하지만 그 아가씨는 어쩌란 말인가? 시신은 화장 처리되었다. 시신도 없이 무슨 수로 범행을 입증할 수 있을까.

그렇다고 내 임무가 끝난 건 아니었다. 형사과건 검사건 아무 말 없이 사건을 포기할 리 만무했다. 정황 증거를 통해 그 아가씨가 실종됐음을 입증하고, 그녀가 마지막으로 모습을 드러낸 장소가 어디였고 목격자는 누구였는지 알아내는 것이 우리의 임무였다. 살인이 저질러졌다는 확실한 증거를 확보하지 못하면 범인이 자백을 해도 처형하지 못할 수 있었다.

나는 로라에게 물었다.

"그 아가씨에 대해 아는 게 있나요? 이름이 뭐라고 했죠? 둘이 친한 사이였나요?"

방문이 열리면서 로라가 등장했다. 금색에 가까운 길고 헐렁한 가운을 입고 있어서 성당 유리창에 그려진 성녀 같은 분위기를 풍겼다. 그녀는 협탁에 있던 잡지를 들고 나왔다. 뒷면에 이브닝드레스를 입은 여자가 담뱃불을 붙여 주는 남자를 향해 미소를 짓는 사진이 실려 있었다. 광고 문구는 다음과 같았다.

다정한 친구!

랭커스터만큼 다정한 친구는 없습니다.

"아, 모델이었나요?"

"예쁘지 않아요?"

로라가 물었다.

"모델처럼 생겼네요."

내가 말했다.

"예뻤어요."

로라가 우겼다.

"그리고요?"

"뭐가요?"

"어떤 아가씨였나요? 얼마나 잘 아는 사이였죠? 어디 살았습니까? 수입은 얼마나 됐나요? 기혼이었나요, 미혼이었나요, 이혼녀였나요? 나이는요? 가족은 있었습니까? 친구들은요?"

"형사님, 제발 한 가지씩 차근차근 물어봐 주세요. 다이앤이 어떤 아가씨였냐고요?"

그녀는 머뭇거렸다.

"솔직하게 대답할 여자가 있을까요? 그런 건 남자한테 물어봐야죠."

"당신 의견이 더 정확할 수도 있어요."

"저에겐 선입견이 있을 거예요. 저 같은 외모의 소유자는 다이앤 같은 여자한테 객관적일 수가 없는 법이거든요."

"헌트 양의 외모가 어디가 어때서요?"

"됐어요. 얼굴로 먹고살려고 한 적은 없으니까. 그런데 제가 다이앤을 조금 지적이지 못하고, 끔찍할 정도로 얄팍하고, 상당히 비관적인 친구였다고 하면 질투한다고 생각하실 수도 있잖아요."

"그렇게 생각했으면서 아파트는 왜 빌려 준 거죠?"

"손바닥만 하고 찜통 같은 하숙방에서 살았거든요. 며칠 동안 이 집을 쓸 사람도 없고 하니 열쇠를 줬죠."

"철저하게 보안을 유지한 이유가 뭡니까? 베시도 모르던데요."

"보안이고 말고 할 것도 없었어요. 금요일에 다이앤이랑 점심을 먹었거든요. 자기 방이 미치도록 덥다고 하기에 그에 비하면 쾌적한 이 집에서 며칠 지내면 어떻겠느냐고 제가 그랬어요. 금요일 오후에 곧장 퇴근을 하지 않아서 베시를 못 만났기 때문에 말을 못 한 거예요. 어차피 베시가 토요일에 출근하면 알게 될 일이기도 했고요."

"전에도 아파트를 친구한테 빌려 준 적이 있습니까?"

"그럼요. 그럼 안 되나요?"

"사람들이 말하길 당신은 베푸는 걸 좋아하는 성격이었다고 하더군요. 충동적이기도 하고요."

그녀는 다시 웃음을 터뜨렸다.

"수지 이모는 저더러 신세타령만 들으면 정신을 못 차리는 바보라고 하지만, 저는 그러죠, 결국에는 그런 바보가 이기는 법이라고. 상대방의 동기가 뭔지 궁금해하고 나를 이용하려는 건 아닌지 전전긍긍하지 않으면 신경 쇠약증에 걸릴 일이 없으니까요."

"다른 사람으로 오인되는 바람에 총에 맞는 경우도 더러 있긴 합니다. 이번에는 운이 좋으셨네요."

내가 말했다.

그녀는 웃으며 말했다.

"더 물어보세요. 별로 비정하지 않으시네요, 맥퍼슨 형사님. 지금까지 살면서 남한테 준 셔츠가 몇 벌이나 되나요?"

"저로 말할 것 같으면 스코틀랜드 출신입니다."

나는 무뚝뚝하게 말했다. 그녀가 내 성격을 제대로 파악해 준 것이 얼마나 기쁜지 티를 내지 않기 위해서였다.

그녀는 다시 웃음을 터뜨렸다.

"스코틀랜드 사람들이 절약 정신이 투철하다는 건 과대 포장이에요. 우리 커클런드 할머니로 말할 것 같으면 얼마나 자유분방하고 손이 컸다고요."

"할머니가 스코틀랜드 출신이셨습니까?"

"피틀로크리라는 마을이 고향이었어요."

"피틀로크리! 들어 봤습니다. 저는 친가가 블레어애설 출신입니다."

우리는 서로 악수를 했다.

"집안 대대로 독실한 신자인가요?"

로라가 물었다.

"아버지는 아니에요. 하지만 외가에서 원죄가 시작됐죠."

"아하!"

그녀가 외쳤다.

"집안에서 불화가 생겼겠군요. 아버님이 설마 다윈을 탐독하신 건 아니었겠죠?"

"로버트 잉거솔•을 탐독하셨죠."

그녀는 손으로 자기 머리를 쳤다.

"정말 엄청난 어린 시절을 보내셨겠네요!"

"술에 진탕 취했을 때만 읽으셨어요. 평소에는 로버트 잉거솔이 십이 사도 근처에 얼씬도 못 했고요."

"그래도 그 이름이 일종의 주문처럼 남아서 나중에 나이가 들었을 때 몰래 읽으셨군요."

"어떻게 아셨습니까?"

"남들한테 휘둘리지 않게 세상의 모든 지식을 습득하겠다고 결심하셨고요."

이렇게 해서 나의 인생담이 시작됐다. 프랭크 메리웰••과 슈퍼맨을 한데 섞어서 한 권에 오 센트짜리 구십구 권 전집으로 묶은 듯한 내용이었다. 맥퍼슨과 낙농업 조합의 대결. 워싱턴으로 건너간 맥퍼슨. 맥퍼슨과 마약 중독자들 간의 야간 혈투. 마크 맥퍼슨과 함께 무허가 중개소 타도. 맥퍼슨에게 딱 걸린 노동조합 와해 공작. 내가 아는 살인범들. 어쩌다 보니 거기서 마크 맥퍼슨의 어린 시절로 이야기가 거슬러 올라갔다. 무일푼에서 출세한 인간 승리 혹은 브루클린의 맨발 소년. 롱 아일랜드 모호크스 소속 투수로 출전했던 경기까지 일일이 소개했던 것 같다. 별명이 이탈리아 저승사자였던 로코를 내가 나가떨어지게 하자 로코가 이긴다는 데 신문 배달 구역을 걸었던 스파크스 램피니가 복수 차원에서 나를 나가떨어지게 했다는 이야기도 했다. 그리고 우리 가족 소개도 했다. 어머니, 작심하고 직장 상사와 결혼한 뒤 왕재수로 전락한 여동생. 심지어 온 가족이 디프테리아에 걸렸을 때 남동생 데이비가 죽은 이야기까지 했다. 데이비의 이름을 입에 올린 것은 십 년 만의 일이었다.

그녀는 금색 가운 위로 두 손을 포개고 앉아서 모세한테 십계명을 직접 듣는 듯한 표정으로 귀를 기울였다. 이것이 바로 월도가 말한 세련된 배려 아니었을까.

그녀가 말했다.

"형사님은 전혀 형사 같지 않네요."

"아는 형사가 한 명이라도 있나요?"

"추리 소설을 보면 형사가 두 부류로 나뉘잖아요. 항상 술에 취해서 우물우물 말하고 모든 걸 본능적으로 처리하는 매정한 타입.

● **로버트 잉거솔** _ 미국의 정치가. 불가지론자로 유명하다.

●● **프랭크 메리웰** _ 버트 L. 스탠디시라는 필명으로 활동했던 길버트 패튼의 작품 속 등장인물. 미스터리 해결에 능한 만능 스포츠맨으로 그려졌다.

그리고 현미경까지 동원해 가며 별 시시콜콜한 것까지 따지는 차갑고 무뚝뚝한 과학자 타입."

"개인적으로 어느 쪽을 더 좋아하십니까?"

그녀가 말했다.

"둘 다 싫어요. 남의 사생활을 캐는 일로 먹고 사는 사람은 싫거든요. 나는 형사들을 영웅처럼 떠받들지 않아요. 혐오하지."

"감사합니다."

내가 말했다.

그녀는 살짝 미소를 지었다.

"형사님은 달라요. 꼭 폭로해야 하는 사람들만 추격하셨잖아요. 그게 얼마나 중요한 일인데요. 저한테 들려주실 이야기가 백만 개쯤 더 있었으면 좋겠네요."

나는 가슴이 부풀었다.

"좋죠. 내가 아라비안나이트거든요. 나하고 천 일 하고 하룻밤을 보내도 지금까지 벌인 용감한 활약상을 절반도 못 들을 겁니다."

"말투도 형사 같지 않아요."

"매정한 타입도 아니고 과학자 타입도 아닌가요?"

우리는 웃음을 터뜨렸다. 한 여자가 죽었다. 그녀의 시신이 이 집 바닥에 쓰러져 있었다. 로라와 나는 그렇게 만났다. 오랜 친구처럼 계속 깔깔대며 웃었다. 3시 30분이 되자 그녀가 배가 고프다고 했고, 우리는 부엌으로 건너가 깡통을 몇 개 땄다. 한 집안 식구처럼 식탁에 앉아 진한 차를 마셨다. 모든 게 내가 상상했던 그대로 활기 넘치고 따뜻하며 서로에 대한 호기심으로 충만했다.

003

☆☆☆

"저 소리 좀 들어 보세요!"

그녀가 말했다.

빗소리, 벽난로에서 장작이 탁탁거리는 소리, 이스트 강에서 울려 오는 무적霧笛 소리가 들렸다.

"여긴 맨해튼 한복판인데, 우리 둘만의 세상이네요."

그녀가 말했다.

좋았다. 비가 멈추지 말았으면, 해가 뜨지 않았으면 좋겠다는 생각이 들었다. 내 평생 처음으로 마음이 차분하게 가라앉았다.

"제가 죽지 않았다는 소식이 전해지면 사람들이 뭐라고 할지 궁금하네요."

나는 그녀의 주소록에 이름이 적혀 있었던 사람들과 그녀의 고리타분한 직장 동료들을 떠올렸다. 셸비를 떠올렸다. 하지만 "다른 사람들은 몰라도 윌도의 반응만큼은 놓치고 싶지 않네요"라고 말하고는 웃음을 터뜨렸다.

그녀가 말했다.

"가엾은 월도. 충격을 많이 받았나요?"

"어땠을 것 같습니까?"

"그이는 저를 사랑하거든요."

나는 장작을 하나 더 넣었다. 그러느라 등을 돌리고 있었기 때문에 그녀가 셸비에 대해 물으며 어떤 표정이었는지 보지 못했다. 그날은 8월 28일, 목요일이었다. 예정대로라면 둘의 결혼식 날이었다.

나는 그대로 등을 돌린 채 말했다.

"셸비는 괜찮았어요. 솔직했고, 협조적이었고, 당신 이모님을 살뜰히 챙겼죠."

"셸비가 자제력이 뛰어나거든요. 마음에 드셨던 모양이네요."

나는 불이 거의 꺼질 지경에 이를 때까지 장작을 계속 들쑤셨다. 가짜 알리바이, 스리 호시스 버번 술병, 보험금, 사용하지 않은 엽총 컬렉션. 그런데 이제는 전혀 새로운 모순에 직면했다. 이제 이 더하기 이는 사가 아니었다. 이만 오천 달러의 보험금이 범행 동기였을 가능성은 완전히 사라졌다.

지금은 그녀를 상대로 신문을 시작하기 난감한 상황이었다. 피곤해 보였다. 게다가 셸비는 오늘 새신랑으로 탄생할 예정이었던 인물이 아니던가. 나는 딱 한 가지만 짚고 넘어갔다.

"셸비도 이 아가씨와 아는 사이였나요?"

그녀는 일말의 망설임도 없이 대답했다.

"그럼요, 당연하죠. 우리 회사에서 만든 광고에 모델로 나온 적이 몇 번 있었는걸요. 우리 회사에서 다이앤을 모르는 직원은 없었어요."

그녀가 하품을 했다.

"피곤하죠?"

"눈 좀 붙여도 될까요? 아침에, 그러니까 나중에 뭐든 물어보시면 아는 대로 다 말씀드릴게요."

나는 경찰청에 연락해 이 집 현관을 감시할 인력을 보내 달라고 요청했다.

"꼭 그래야 하나요?"

그녀가 물었다.

"당신을 죽이려던 사람이 있었잖습니까. 만전을 기해야죠."

"생각이 깊기도 하시지! 내 편이라는 조건하에는 형사들도 괜찮은 것 같아요."

"헌트 양, 한 가지만 약속해 주시겠습니까?"

"저에 대해 그렇게 많은 걸 아시면서 헌트 양이라뇨, 마크 형사님."

내 심장이 할렘의 댄스 드럼처럼 쿵쾅거렸다.

"로라 양."

이름을 부르자 그녀가 미소를 지어 보였다.

"내 허락이 떨어지기 전에는 바깥출입을 삼가겠다고 약속해 줘요. 전화도 받지 말고요."

"다들 내가 죽은 줄 아는데 전화할 사람이 누가 있겠어요?"

"만일의 경우를 대비해서 약속해 줘요."

그녀는 한숨을 쉬었다.

"알았어요. 안 받을게요. 제 쪽에서 전화를 해도 안 되는 거죠?"

"맞아요."

내가 말했다.

"하지만 내가 살아 있다는 걸 알면 다들 좋아할 텐데. 지금 당장 소식을 알려야 할 사람들이 있다고요."

"지금 이 사건을 해결하는 데 도움이 될 만한 사람이 당신뿐이잖아요. 로라 헌트를 죽이려고 했던 사람은 로라 헌트가 찾아야 하지 않겠어요? 찾으러 나설 거죠?"

그녀가 손을 내밀었다.

어수룩한 나는 그 손을 잡았고 그녀를 믿었다.

004

☆☆☆

나는 거의 6시가 되어서야 클럽에 들어갔다. 맑은 정신으로 하루를 시작해야겠기에 8시에 깨워 달라고 했다. 두 시간 동안 로라 헌트 꿈을 꾸었다. 대여섯 가지 종류였지만, 숨은 의미는 번번이 똑같았다. 그녀는 내가 닿을 수 없는 존재라는 것. 내가 다가가면 그녀는 그 즉시 허공으로 날아갔다. 혹은 달아났다. 아니면 문을 잠갔다. 나는 눈을 뜰 때마다 한낱 꿈 때문에 끔찍해하는 나 자신을 향해 욕설을 퍼부었다. 시간이 흐르고 이 꿈에서 저 꿈으로 허우적거릴수록 간밤에 실제로 있었던 일보다 악몽이 더 실제처럼 느껴졌다. 식은땀을 흘리며 잠에서 깰 때마다 아파트에서 로라를 만난 게 꿈이었고, 그녀는 여전히 죽은 사람이라는 확신이 점점 더 깊어졌다.

데스크 직원이 전화했을 때 나는 침대 밑에서 폭탄이 터지기라도 한 것처럼 벌떡 일어났다. 피곤하고 머리가 지끈거려서 이탈리아 포도주는 두 번 다시 입에 대지 말자고 다짐했다. 로라 헌트의 생환이 워낙 있을 법하지 않은 사건이라 경찰청에 보고를 해야 되는 건가 싶었다. 나는 의자와 책상에 달린 강철 막대, 창문에 달린 갈색 커튼, 거리에 늘어선 굴뚝 등 진짜라고 할 수 있는 것들을 뚫어져라 쳐다보았다. 지갑과 열쇠를 놓아둔 서랍장 위에서 빨간 얼룩이 눈에 띄었다. 나는 침대 밖으로 후다닥 뛰쳐나갔다. 그녀에게 빌려 주었던 손수건에 묻은 립스틱 자국이었다. 그러니까 그녀는 정말 살아 있었던 것이다.

나는 전화기 쪽으로 손을 내밀다 그녀에게 전화를 받지 말라고 했던 걸 떠올렸다. 그녀는 아마 자고 있을 텐데, 그 시각에 전화하는 생각 없는 얼간이가 반가울 리 없었다.

나는 사무실로 출근해 타자기로 보고서를 작성한 뒤 복사를 해서 봉했다. 그런 다음 프레블 부청장을 만나러 갔다.

매일 아침마다 그의 방으로 찾아가 로라 헌트 사건에 대해 보고하면 그는 날마다 똑같은 말을 했다.

"조금만 더 진득하니 기다리면 자네 능력에 걸맞은 엄청난 사건이라는 걸 알게 될지도 모르네."

부청장의 뺨은 자주색 자두 같았다. 주먹으로 그 뺨을 뭉개 버리고 싶었다. 우리 둘은 상충하는 이해관계를 대변하는 인물이었다. 나는 청장의 측근으로, 우리 경찰청의 어느 누구보다 진보적이었다. 프레블 부청장은 이제 한직으로 밀려난 일파의 수장으로서 철저하게 유화책의 일환으로 자리를 보전했다.

내가 방으로 들어서자 그가 평소처럼 야유를 퍼붓기 시작했다. 내게 운을 뗄 겨를조차 주지 않았다.

"그 사건 때문에 우리 경찰청이 얼마나 많은 대가를 치르고 있는지 아는가? 자네 방으로 메모를 보냈네. 속력을 내 주게. 안 그러면 살인 사건을 어떤 식으로 처리하면 되는지 아는 사람한테 넘기는 수밖에 없어."

"진작부터 그렇게 하셨어야죠."

나는 이렇게 대꾸했다. 그의 속셈을 몰랐다는 걸 들키지 않으려고 그런 거였다. 그는 내가 이러지도 못하고 저러지도 못할 지경에 이르면 자기 측근에게 사건을 넘기려고 기다리는 중이었다.

"무슨 소릴 하러 온 건가? 또 장황한 보고나 늘어놓으려고?"

"로라 헌트의 살인범을 못 잡으면 어떻게 하나 걱정하실 필요 없습니다. 그 사건은 해결됐으니까요."

내가 말했다.

"그게 무슨 소린가? 자네가 잡았다는 건가?"

그는 실망한 얼굴이었다.

"로라 헌트가 죽지 않았거든요."

그의 눈이 골프공처럼 휘둥그레졌다.

"지금 로라는 자기 아파트에 있어요. 오늘 아침 8시까지 라이언을 보초로 세워 놓았고, 그 이후에는 베런스와 교대하도록 했습니다. 아직 이 사실을 아는 사람은 아무도 없고요."

그는 손가락으로 자기 머리를 가리켰다.

"아무래도 벨뷰에 연락해야겠군, 맥퍼슨. 정신 병동에 말일세."

나는 어떤 일이 있었는지 짤막하게 설명했다. 혹서기가 지나 공기가 선뜩했는데도 그는 양손으로 부채질을 했다.

"그 아가씨는 누구한테 살해당한 건가?"

"그건 아직 모릅니다."

"헌트 양은 이 사건에 대해 뭐라고 하고?"

"헌트 양이 한 이야기는 제가 보고드린 게 전부입니다."

"숨기는 게 있는 눈치던가?"

"자기 친구가 살해당했다는 소식을 듣고 충격을 받은 상태였습니다. 그러니 주저리주저리 말을 할 상황이 아니었죠."

그는 콧방귀를 뀌었다.

"얼굴이 예쁜가, 맥퍼슨?"

"오늘 오전 중으로 신문할 생각입니다. 그녀가 죽은 줄 아는 몇몇 사람들을 놀라게 할 계획이고요. 제가 계획대로 실행에 옮길 수 있을 때까지 언론에는 비밀로 하는 게 좋겠습니다."

이것은 심지어 《뉴욕 타임스》 1면 감이었고, 전국 방송사에서 위성 중계할 만한 내용이었다. 표정으로 미루어 보아 그는 프레블이라는 이름을 영원히 남기려면 어떤 입장을 취해야 할지 고민하는 눈치였다.

그가 말했다.

"그럼 사건의 양상이 달라지겠군. 이제는 시신이 없지 않은가. 그 아가씨의 살인 사건을 수사해야 할 텐데 고민이 되는 게 뭔가 하면 말이지……."

"저도 마찬가지 고민입니다. 보고서를 보면 아실 겁니다. 사본을 봉해서 청장실로 보냈고, 부청장님께 드릴 보고서는 비서의 책상 위에 두었습니다. 그리고 다른 동료에게 이관하지 않겠습니다. 애초에 저한테 맡기신 사건이니 제가 마무리 지을 겁니다!"

나는 이렇게 고함을 지르며 책상을 내리쳤다. 인간은 자기가 애용하는 수법을 상대방이 동원했을 때 가장 쉽게 겁을 먹는 법이다.

"그리고 제 허락이 떨어지기 전에 언론에 한마디라도 새어 나가면 월요일에 청장님이 돌아오셨을 때 누구든 톡톡히 대가를 치러야 할 겁니다."

내가 로라의 생환을 밝힌 상대가 딱 한 명 더 있었으니 제이크 무니였다. 그는 키가 크고 우울한 표정을 짓고 다니는 프로비던스 출신의 북부 토박이인데, 별명이 로드 아일랜드 조개였다. 어느 기자가 "무니는 조개처럼 말이 없는 형사였다"라고 쓴 걸 보고 불같이 화를 낸 이래 별명으로 굳어져 버렸다. 프레블의 방에서 나와 보니 제이크가 다이앤 레드펀을 모델로 쓴 사진작가 명단을 만들어 놓은 상태였다.

내가 말했다.

"가서 이 친구들을 만나 봐. 그녀와 관련된 정보를 있는 대로 모아. 그녀의 방도 훑어보고. 그녀가 죽었다는 소식은 아무한테도 알리면 안 돼."

그는 고개를 끄덕였다.

"그녀의 방에서 서류와 편지를 있는 대로 모아서 갖다 줘. 집주인한테 그녀가 어떤 남자들과 어울렸는지 물어보는 것도 잊지 말고. 총신을 자른 엽총을 들고 다니던 남자 친구가 있었다고 할지도 모르니까."

전화벨이 울렸다. 트레드웰 부인이었다. 나더러 자기 집으로 당장 와 달라고 했다.

"꼭 말씀드려야 할 게 있어서요, 맥퍼슨 형사님. 원래는 오늘 시골로 돌아갈 생각이었어요. 가엾은 로라를 위해 제가 더 이상 할 수 있는 일이 없으니까요. 그 아이의 재산은 변호사들이 알아서 처리할 테고. 그런데 일이 생기는 바람에……."

"알겠습니다. 당장 달려가겠습니다, 트레드웰 부인."

나는 파크 애버뉴를 운전해 가다 로라의 집에 들른 뒤 트레드웰 부인을 만나러 가기로 결심했다. 로라는 아파트에 틀어박혀서 전화도 쓰지 않겠다고 했는데, 나도 알다시피 집 안에 먹을 게 없었다. 나는 3번가로 차를 돌려 우유, 크림, 버터, 달걀, 빵을 샀다.

베런스가 건물 문 앞을 지키고 있었다. 그는 내 손에 들린 식료품을 보고 눈을 휘둥그레 떴다. 내가 살림을 차렸다고 생각하는 눈치였다.

내 주머니에 열쇠가 있었다. 하지만 집 안으로 들어가기 전 경고 차원에서 그녀의 이름을 불렀다.

그녀가 부엌에서 나왔다.

"초인종 안 눌러 주셔서 고마워요. 형사님한테 살인 사건 이야기를 들은 뒤로……."

그녀는 몸서리를 치며 시신이 쓰러져 있었던 지점을 바라보았다.

"이상한 소리가 들릴 때마다 겁이 나서요."

내가 식료품을 건네자 그녀가 말했다.

"이런 부분까지 신경 쓰는 형사는 이 세상에 마크 형사님밖에 없을 거예요. 아침 드셨어요?"

"듣고 보니 안 먹었네요."

사다 준 식료품으로 그녀가 요리를 하는 동안 부엌에서 어슬렁거리는 게 어색하게 느껴지지 않았다. 멋들어진 차림새에 가정부까지 두고 사는 여자들은 집안일을 나 몰라라 할 줄 알았더니 로라는 그렇지가 않았다.

"우아하게 다른 방으로 들고 가서 먹을까요, 아니면 소탈하게 그냥 부엌에서 먹을까요?"

"저는 성인이 된 이래 부엌 아닌 다른 데서는 식사를 하지 않습니다."

"그럼 부엌으로 해요. 뭐니 뭐니 해도 집 같은 게 최고죠."

그녀가 말했다.

나는 식사를 하면서 부청장에게 그녀의 생환 소식을 알렸다고 전했다.

"놀라시던가요?"

"정신 병원에 입원시키겠다고 협박하던데요? 그러더니……."

나는 그녀의 눈을 똑바로 들여다보며 말을 이었다.

"당신이 그 아가씨의 죽음에 대해서 아는 게 있는 눈치더냐고 묻더군요."

"그래서 뭐라고 하셨어요?"

내가 말했다.

"로라 양. 수많은 질문이 쏟아질 테고, 사생활에 대해 밝히기 싫은 부분까지 밝혀야 할 거예요. 솔직하게 대답할수록 나중에 수월해져요. 내가 이런 소리 한다고 언짢아하지 말고요."

"저를 안 믿으세요?"

"모든 이를 의심하는 게 내 직업 아닙니까."

그녀는 커피 잔 너머로 나를 쳐다보았다.

"제 어떤 부분을 의심하시는데요?"

나는 애써 감정을 배제한 투로 물었다.

"왜 금요일에 월도 라이데커의 집에 저녁을 먹으러 간다고 셸비한테 거짓말을 했습니까?"

"그게 마음에 걸리시는 건가요?"

"거짓말을 한 거니까요, 헌트 양."

"아, 이제는 제가 헌트 양이 됐군요, 맥퍼슨 형사님."

"옥신각신은 그만합시다. 거짓말을 한 이유가 뭡니까?"

"제가 솔직하게 대답해도 이해를 못 하실 것 같은데요."

내가 말했다.

"그래요. 나는 멍청한 형사죠. 우리말도 제대로 모르고요."

"제 말이 기분 나쁘게 들렸다면 죄송해요. 하지만……."

그녀는 빨간색과 하얀색이 어우러진 체크무늬 식탁보에 대고 칼을 문질렀다.

"경찰 조서에 적을 만한 이야기는 아니라서요. 그런 걸 조서라고 부르는 거 맞죠?"

"어디 들어 봅시다."

"제가 오랫동안 독신으로 살았잖아요."

"그게 무슨 소립니까?"

그녀가 말했다.

"남자들은 총각 파티를 열죠. 술을 마시고, 코러스 걸들과 함께 마지막으로 진탕 놀잖아요. 남자들한테는 자유의 의미가 그런 건가 봐요. 그래서 결혼하기 전에 돈을 물 쓰듯 써야 하나 봐요."

나는 폭소를 터뜨렸다.

"불쌍한 월도! 그는 코러스 걸과 비슷한 역할이 맡겨진대도 상관하지 않았을 텐데요."

그녀는 고개를 저었다.

"제가 생각하는 자유는 달라요, 마크 형사님. 이해를 하실지 모르겠는데, 저에게 있어서 자유란 한심하고 쓰잘머리 없는 일상을 유지하고, 습관을 내 스스로 조절하며 주체적으로 사는 거예요. 무슨 뜻인지 아시겠어요?"

"그래서 결혼을 계속 미뤘던 겁니까?"

"담배 좀 갖다 주실래요? 거실에 있는데."

나는 담배를 가져다주고, 내 파이프 담배에 불을 붙였다.

그녀는 하던 이야기를 계속했다.

"제게 있어 자유는 사생활을 지키는 거예요. 이중생활을 하겠다는 게 아니라 그저 간섭이 싫은 거예요. 늘 어디 가는지, 몇 시에 돌아오는지 확인했던 엄마 때문에 그렇게 됐는지도 몰라요. 생각이 바뀌면 죄책감이 들었거든요. 저는 충동적으로 일을 저지르는 걸 좋아해서 남들이 어디에서, 무엇을, 왜, 이런 식으로 물으면 등이 뻣뻣해지고 소름이 돋을 정도로 싫어요."

그녀는 이해해 달라며 우는 어린아이 같았다.

"금요일 저녁에 월도와 총각 파티 비슷한 걸 하고 월턴으로 떠날 생각이었어요. 결혼 전에 이 도시에서 보내는 마지막 밤이라……."

"셸비가 노발대발하지 않던가요?"

그녀는 웃으며 혀를 살짝 내밀었다.

"그랬죠. 당연한 거 아니겠어요? 월도는 셸비를 질색했어요. 그러니 어쩔 도리가 없더라고요. 제가 중간에서 집적거리거나 부추긴 것도 아니었으니까요. 그리고 저는 월도를 좋아해요. 까다로운 할머니 같기는 하지만, 저한테 정말 잘해 줬거든요. 게다가 오랫동안 친구처럼 지냈고요. 그래서 셸비가 어떻게든 받아들이는 수밖에 없었죠. 교양 있는 사람들끼리 서로를 변화시키려고 하면 안 되는 거잖아요."

"셸비에게도 당신이 보기에 마음에 안 드는 습관이 있었던 모양이로군요?"

그녀는 내 말을 못 들은 척했다.

"금요일에 정말로 월도와 저녁을 먹고 10시 20분 열차를 탈 생각이었어요. 그런데 오후에 생각이 바뀌었죠."

"왜요?"

그녀는 내 말투를 흉내 냈다.

"왜냐고요? 그래서 내가 그이한테 말을 안 했던 거예요. 이유를 물을 테니까."

나는 화가 났다.

"편견을 가지고 싶으면 가져도 좋고, 당신 습관을 신성하게 보호하고 싶으면 그래도 상관없지만, 우린 지금 살인 사건 이야기를 하고 있는 거예요. 살인 사건 이야기를요! 생각이 바뀐 데에는 이유가 있을 거 아닙니까."

"제가 원래 그런 성격이에요."

내가 물었다.

"그래요? 사람들 말에 따르면 당신은 이기적인 변덕 때문에 오랜 친구를 바람맞힐 여자가 아니라고 하던데요. 인심이 좋고 인정이 많다고 말이에요. 그게 다 헛소리였군요!"

"어머나, 맥퍼슨 형사님. 성격이 불같으시네요."

"월도와 저녁을 먹으려다 왜 생각을 바꾸었는지 정확한 이유를 알려 주십시오."

"머리가 아파서요."

"그건 나도 알아요. 월도한테도 했던 말 아닙니까."

"못 믿으시겠어요?"

"여자들은 하기 싫은 일이 있으면 항상 머리가 아프다는 핑계를 대죠. 점심을 먹으러 나갔다 무슨 일로 그렇게 머리가 아팠기에 모자도 벗기 전에 월도한테 전화부터 한 겁니까?"

"비서한테 들으신 모양이네요? 끔찍한 사건이 벌어지면 아주 하찮은 부분들도 중요한 단서가 된다니까요."

그녀는 소파 쪽으로 걸어가 앉았다. 나도 그 뒤를 따라갔다. 느닷없이 그녀가 내 팔을 잡으며 다정하게 올려다보는 바람에 나도 모르게 미소 짓고 말았다. 우리가 웃음을 터뜨리자 하찮은 부분들은 다소 의미를 잃었다.

그녀가 말했다.

"제발 믿어 주세요, 마크 형사님. 금요일에 점심을 먹고 났더니 몸이 너무 안 좋아서 월도의 수다를 감당할 자신이 없었고, 셸비하고 저녁도 못 먹겠더라고요. 월도와의 약속을 취소했다고 하면 뛸 듯이 기뻐할 게 뻔했거든요. 그냥 모든 사람들로부터 도망치는 수밖에 없었어요."

"왜요?"

"정말 집요하시네요!"

그녀는 몸을 떨었다. 날이 추웠다. 빗방울이 창문을 때렸다. 하늘은 잿빛이었다.

"불 피워 줄까요?"

"그러실 거 없어요."

그녀의 목소리도 싸늘했다.

나는 책장 아래 수납장에서 장작을 꺼내 불을 피웠다. 그녀는 무릎을 끌어안은 채 소파 한쪽 끝에 앉아 있었다. 무방비한 상태처럼 보였다.

"자, 금세 따뜻해질 겁니다."

내가 말했다.

"제발 부탁이에요, 마크 형사님. 믿어 주세요. 그게 전부예요. 형사님은 겉으로 드러난 행동밖에 못 보는 그저 그런 형사가 아니잖아요. 미묘한 느낌을 감지하는 섬세한 분이잖아요. 그러니까 이해하려고 노력해 주세요, 제발요."

정곡을 찌르는 공격이었다. 허영심을 이길 수 있는 남자가 세상에 어디 있을까. 이런 소리를 듣고도 그녀를 의심한다면 막돼먹은 형사로 비칠 것이다.

내가 말했다.

"알겠습니다. 일단은 그냥 넘어가기로 하겠습니다. 점심때 유령이라도 만났나 보죠. 아니면 친구한테 무슨 소리를 듣고 생각난 게 있었든지. 누구든 가끔 신경이 날카로워질 때가 있는 법이니까요."

그녀는 소파에서 내려오더니 두 손을 앞으로 내민 채 내 쪽으로 달려왔다.

"정말 감사해요. 형사님은 무서워할 필요 없겠다는 걸 어젯밤에 알아차렸다니까요."

나는 그녀의 손을 잡았다. 부드러웠지만, 속은 단단했다. 나는

'이 어수룩한 인간 같으니라고' 하고 속으로 중얼거리면서 당장 무슨 조치를 취해야겠다고 마음을 다잡았다. 내 자존심이 걸린 문제였다. 나는 민중의 공복이자 치안을 상징하는 형사였다.

나는 술병이 있는 장식장 쪽으로 걸어가며 물었다.

"이거, 전에도 본 적 있습니까?"

라벨에 말 세 마리가 그려진 술병이었다.

그녀는 일말의 망설임도 없이 대답했다.

"그럼요. 몇 주 전부터 거기 들어 있던 술병인걸요."

"즐겨 찾는 브랜드가 아니죠? 이것도 마스코니에서 산 겁니까?"

그녀는 숨도 쉬지 않고 긴 문장을 내뱉었다.

"아니 아니 제가 어느 날 같이 저녁을 먹기로 한 사람이 있었는데 그만 버번이 다 떨어지는 바람에 렉싱턴이었는지 3번가였는지 아무튼 기억은 잘 안 나지만 퇴근하고 오는 길에 들러서 사 온 거예요."

그녀는 거짓말을 하는 솜씨가 형편없었다. 내가 확인한 바에 따르면, 금요일 밤에 셸비 카펜터가 마스코니에 들러 스리 호시스를 샀고, 헌트 양 앞으로 달아 놓지 않고 현금으로 지불했다고 했는데.

005

☆☆☆

“왜 이렇게 늦으셨어요, 맥퍼슨 형사님? 서두르셨어야 하는 일인데. 이미 늦었을지 몰라요. 그 친구가 영영 사라졌을지 모른다고요.”

수전 트레드웰 부인은 소매에 털이 달린 분홍색 재킷을 입고 분홍색 침대에 누워 있었다. 나는 의사처럼 수직 등받이가 달린 의자에 앉았다.

“셸비 말인가요?”

그녀는 고개를 끄덕였다. 마사지를 받은 분홍색 얼굴이 푸석푸석한데다 나이 들어 보였고, 두 눈은 부었고, 속눈썹 밑으로 시커먼 무언가가 뭉쳐 있었다. 포메라니안이 분홍색 실크 이불 위에서 낑낑거렸다.

“울프더러 그만 좀 칭얼거리라고 해 주세요.”

그녀는 이렇게 애원하며 실크 상자에 든 화장지를 꺼내 눈을 닦았다.

“신경이 잔뜩 곤두서서 못 견디겠어요.”

강아지가 계속 낑낑거렸다. 그녀는 일어나 앉더니 힘없이 녀석의 엉덩이를 때렸다.

내가 물었다.

“사라졌다고요? 어디로 말입니까?”

“제가 어찌 알겠어요?”

그녀는 다이아몬드 손목시계를 확인했다.

"오늘 아침 6시 30분에 종적을 감추었거든요."

나는 당황하지 않았다. 마스코니에게 버번의 내막을 확인한 이래 셸비에게 미행을 붙여 놓았기 때문이었다.

"그자가 나갔을 때 깨어 있으셨나요? 나가는 걸 들으셨습니까? 그자가 몰래 나간 겁니까?"

"내 차를 빌려 줬단 말이에요."

그녀는 훌쩍거렸다.

"법망을 피해 도망친 거라고 생각하십니까, 트레드웰 부인?"

그녀는 코를 풀고 다시 눈을 훔쳤다.

"바보 같았다는 거 나도 알아요, 맥퍼슨 형사님. 하지만 형사님도 알다시피 셸비가 요령이 좋잖아요. 뭘 부탁하면 거절할 수가 없어요. 그러고 나면 굴복한 내 자신이 싫어지죠. 셸비가 말하길 생사가 걸린 문제라고 하더라고요. 차를 빌려 달라고 한 이유를 알면 고마워할 거라면서."

나는 그녀가 우는 동안 잠깐 기다렸다가 물었다.

"그가 범인이라고 생각하십니까? 그러니까…… 그가 부인의 조카를 살해한 범인일까요?"

"아뇨! 아뇨! 그렇지는 않을 거예요, 맥퍼슨 형사님. 그럴 만한 인물이 못 돼요. 원하는 걸 집요하게 추구하는 성격이라야 범행도 저지르는 거지, 셸비는 허우대만 멀쩡하지 어린애인걸요. 미안하다는 말만 입버릇처럼 늘어놓고. 가엾은 우리 로라!"

나는 로라의 생환에 대해 함구했다.

"셸비를 별로 안 좋아하시죠, 트레드웰 부인?"

그녀가 말했다.

"착한 아이예요. 하지만 로라의 배필감은 아니죠. 로라가 그 아이를 먹여 살릴 만한 능력이 못 됐거든요."

"아."

그녀는 내가 오해를 할까 싶은지 얼른 덧붙였다.

"기둥서방은 아니에요. 집안은 훌륭하니까요. 그런데 어떻게 생각하면 기둥서방보다 돈이 더 많이 들 거예요. 무슨 뜻인지 아시죠? 셸비 같은 남자랑 살면 돈을 꿍칠 수가 없거든요."

나는 지금까지 여자들과 연루된 사건을 거의 안 맡았던 게 다행이라는 생각이 들었다. 그들의 논리는 도무지 이해가 되지 않았다.

"로라는 그의 자존심을 위해서라면 황당한 짓까지 마다하지 않았답니다. 담뱃갑만 해도 그래요. 정말 전형적인 사례였죠. 그러더니 그걸 들고 나가서 잃어버리기나 하고."

이쯤 되자 무슨 말인지 도무지 알 수 없는 지경이었다.

"로라는 당연히 그런 걸 사 줄 만한 능력이 못 됐죠. 내 이름으로 달아 놓고 월말에 나더러 계산을 하게 했다고요. 그이가 진짜 금 담뱃갑을 들고 다녀야 한다고, 그래야 클럽에서 점심을 같이 먹는 사람들이나 거래하는 고객들 앞에서 열등감을 느끼지 않을 거라며 말이에요. 이해가 되세요, 맥퍼슨 형사님?”

나는 솔직히 시인했다.

“아뇨. 안 됩니다.”

“하지만 로라다운 짓이라니까요.”

나는 하마터면 맞장구를 칠 뻔했지만 참았다.

“그런데 그걸 잃어버렸다고요?”

나는 그녀가 딴 데로 새지 않게 붙잡았다.

“예. 사월에, 로라가 대금을 치르기도 전에요. 정말이에요.”

그녀는 이렇게 말해 놓고 뜬금없이 협탁에서 스프레이를 집어 자기 몸에 향수를 뿌렸다. 그러더니 립스틱을 바르고 머리를 빗었다.

“셸비가 내 차 열쇠를 들고 나가자마자 담뱃갑이 생각나더라고요. 내가 어찌나 한심하게 느껴지던지!”

“그 심정, 이해가 됩니다.”

내가 말했다.

그녀의 미소가 향수와 립스틱에 숨겨진 의도를 밝히는 단서였다. 나도 남자였으니 환심을 사려는 꿍꿍이였던 것이다.

“그 친구한테 차를 빌려 주었다고 저를 나무라진 않으실 거죠? 정말로 그땐 아무 생각이 없었어요. 그 친구가 워낙 요령이 좋다니까요.”

“그런 친구인 줄 아셨으면 빌려 주지 말았어야죠.”

나는 험상궂은 투로 말했다.

그녀는 깜빡 속아 넘어갔다.

"내가 바보 같았어요, 맥퍼슨 형사님. 그런 짓을 저지르다니 내가 정말 바보 같았어요. 방심하지 말았어야 하는 건데. 그런 전화까지 들어 놓고 그러면 안 되는 거였는데."

"전화라뇨, 트레드웰 부인?"

나는 요령 있게 추궁한 다음에서야 진상을 파악할 수 있었다. 들은 그대로 옮기면 한도 끝도 없을 만큼 이야기가 장황했기 때문이다. 그녀는 그날 새벽 5시 반에 울린 전화벨 소리를 듣고 잠에서 깼다. 마침 2층에서 자고 있던 셸비와 동시에 수화기를 든 덕분에 그가 프레이밍햄 호텔 당직 직원과 나누는 대화를 들을 수 있었다. 직원이 말하길 이 시간에 전화를 해서 미안하지만, 생사가 걸린 문제로 그와 통화를 하고 싶어 하는 사람이 있다고 했다. 그 사람이 지금 다른 회선에서 기다리고 있는데, 카펜터 씨의 번호를 알려 주어도 되느냐고 물었다.

셸비는 "내가 십 분 뒤에 다시 전화를 할게요. 그쪽에다 다시 호텔로 연락을 달라고 하세요"라고 대답하더니 옷을 갈아입고 까치발로 계단을 내려갔다.

트레드웰 부인이 말했다.

"전화를 하러 나가는 거였어요. 내가 다른 전화기로 엿들을까 봐서 말이죠."

6시 20분에 그가 계단을 올라오는 소리가 들렸다. 그가 그녀의 침실 문을 두드리더니 깨워서 미안하다며 차를 좀 쓸 수 있겠느냐고 했다.

"그럼 제가 종범인지 뭔지가 되는 건가요, 맥퍼슨 형사님?"

눈물이 그녀의 뺨을 타고 흘러내렸다.

나는 사무실로 전화해 셸비 카펜터의 미행을 맡은 경찰이 보고한 게 있는지 확인했다. 자정에 투입된 경찰은 아무 연락이 없었고, 오전 8시에 교대하기로 한 경찰이 계속 대기중이라고 했다.

수화기를 내려놓았을 때, 개가 짖기 시작했다. 셸비가 들어왔다.

그는 곧장 침대맡으로 다가갔다.

"잘 주무셨어요? 좀 쉬신 것 같아서 다행이에요, 이모님. 그 이른 시각에 깨우다니 제가 너무했죠? 그런데 잠을 설친 티가 전혀 나지 않으시네요? 얼굴에서 빛이 나요."

그는 그녀의 이마에 입을 맞추고 나서 고개를 돌려 내게 인사를 건넸다.

"어디 다녀온 거니?"

그녀가 물었다.

"모르시겠어요?"

셸비가 개를 쓰다듬었다. 나는 의자에 기대고 앉아 가만히 지켜보았다. 그에게는 어딘지 모르게 낯이 익으면서도 현실감이 떨어지는 구석이 있었다. 나는 그와 한방에 있으면 항상 마음이 불편했다. 어디서 그를 보았는지 기억을 더듬느라 늘 괴로웠다. 기억이 꿈과 같아서 뜬구름처럼 손에 잡히지 않았다.

"그 시각에 갈 만한 데가 어디 있겠어? 자네 때문에 내가 얼마나 불안했는지 알아?"

셸비는 그 불안감 때문에 경찰이 출동했음을 알아차렸는지 영리하게도 더 말하지 않았다.

"로라네 집에 다녀왔어요. 추억 여행 삼아서요. 우리가 결혼하기로 한 날이 오늘이었잖아요."

그가 말했다.

"어머, 내가 깜빡했네."

트레드웰 부인이 그의 손을 잡았다. 그는 편안하고 자신만만한 모습으로 침대가에 앉아 있었다.

"잠이 안 와서요. 황당한 전화 때문에 잠을 설치고 나니 심란해서 방 안에 못 있겠더라고요. 로라가 너무 보고 싶어서 그녀가 애지중지했던 곳에 가 보고 싶었어요. 그 집에 정원이 있거든요. 로라가 직접 가꾼 거예요, 맥퍼슨 형사님. 어슴푸레한 아침 햇살이 비치면 얼마나 예쁜지 몰라요."

트레드웰 부인이 말했다.

"자네 말을 믿어도 좋을지 모르겠네. 맥퍼슨 형사님은 어떻게 생각하세요?"

"이모님 때문에 저분이 당황스러우시겠어요. 저분 직업이 형사인 걸 깜빡하셨어요?"

셸비가 말했다. 부인이 나환자 앞에서 나병을 운운하기라도 한 것 같은 투였다.

트레드웰 부인이 물었다.

"왜 밖으로 나가서 전화를 한 거니? 내가 치사하게 다른 전화기로 엿듣기라도 할까 봐?"

"제가 공중전화를 걸러 나간 것도 다른 전화기로 통화 내용을 들었기 때문에 아신 거 아니에요?"

그가 웃으며 말했다.

"왜, 내가 들을까 봐 걱정했던 거야?"

셸비가 내게 담배를 권했다. 담배를 담뱃갑 없이 그냥 주머니에 넣고 다녔다.

"여자였니?"

트레드웰 부인이 물었다.

"모르겠어요. 남자였는지 여자였는지…… 번호를 안 남겼대요. 프레이밍햄 호텔에 세 번 연락했는데, 그쪽에서 답이 없네요."

그는 담배 연기로 도넛을 만들어 천장으로 띄웠다. 그러더니 광부의 오두막을 방문한 영국 국왕이라도 되는 양 나를 향해 미소를 지으며 이렇게 말했다.

"시골집에 다녀오는 동안 택시 한 대가 계속 따라오더군요. 그 시각에 시골길이다 보니 잘 숨지를 못하더라고요. 저한테 들켰다고 그 딱한 친구를 너무 나무라지는 마십시오."

나는 자리에서 일어섰다.

"전부터 당신 담당이었어요. 오로지 따라다니는 게 목적이었으니 당신이 알아차렸든 못 알아차렸든 상관없습니다. 나는 3시에 헌트 양의 아파트로 갈 생각입니다. 거기로 와 주셨으면 합니다, 카펜터 씨."

"꼭 가야 합니까? 다른 날도 아니고 오늘은 좀 그런데요. 아시다시피 결혼하기로 했던 날이라……."

"추억 여행이라 생각하십시오."

트레드웰 부인은 내가 나가는 것도 몰랐다. 자기 얼굴을 만지느라 여념이 없었다.

경찰청으로 복귀했더니 셸비의 추억 여행 때문에 왕복 다섯 시간짜리 택시비가 로라 헌트 사건 수사 비용에 추가되었다는 보고가 나를 기다리고 있었다. 새롭게 밝혀진 사실은 없었다. 셸비는 집 안에 들어가지도 않고 비를 맞으며 정원에 서서 열심히 코만 풀었다고 했다. 우는 것 같기도 했다면서.

006

☆☆☆

무니가 다이앤 레드펀에 대한 보고서를 들고 내 방에서 기다리고 있었다.

그녀의 모습이 마지막으로 목격된 날은 금요일이었다. 집주인이 그날 월세를 받았기 때문에 기억하고 있었다. 5시에 퇴근한 그녀가 지하에 있는 주인집으로 찾아와 돈을 주고 4층 자기 방으로 올라가서 옷을 갈아입고 다시 나갔다는 것이다. 집주인은 그녀가 7번가와 크리스토퍼 스트리트가 만나는 모퉁이에서 택시를 부르는 걸 보았다고 했다. 다이앤 같은 여자한테 택시라니 범죄에 가까운 사치라 생각했기 때문에 기억하고 있었다.

그녀가 금요일 밤 늦게 들어와 토요일 아침 일찍 다시 나갔을 수도 있지만, 집주인은 보지 못했다. 다른 방에 사는 사람들에게도 탐문해봐야 하는데 다들 어디에서 일을 하는지 알 수 없어 6시에 다시 찾아가 보아야 된다고 했다.

"다이앤이 금요일부터 안 보인다는 이야기를 듣고 집주인이 놀란 눈치던가?"

"사람들이 방을 빼지 않고 월세만 꼬박꼬박 내면 그러거나 말거나 상관없다고 하던데? 그런 데서 사는 아가씨들은 외박이 잦대."

내가 말했다.

"하지만 닷새나 지났잖아. 그녀가 사라졌는데 궁금해하는 사람이 아무도 없단 말인가?"

"그런 아가씨들이 어떻게 사는지 잘 알잖아, 마크. 오늘은 여기서, 내일은 저기서. 누가 관심을 두겠나?"

"친구는? 그녀를 만나러 온 사람이나 전화를 한 사람도 없고?"

"전화가 몇 통 왔었다고 하더군. 화요일과 수요일에. 확인했더니 모델로 쓰려고 연락한 사진작가들이었어."

"사적인 전화는 없었고?"

"다른 전화가 몇 통 있었을지 몰라도 메시지를 남긴 사람은 없었어. 집주인 말로는 수첩에 적어 놓은 거 말고는 아무것도 기억 못한다고 하고."

나도 뉴욕에 사는 그런 여자들이라면 알고 있었다. 집도 없고, 친구도 없고, 돈도 별로 없는 여자들. 다이앤은 미인이었지만, 그 정도 미모라면 8가에서 96가에 이르기까지 5번가 양쪽으로 쌔고 쌨다. 무니의 보고서는 모델 협회에서 알려 준 수치를 근거로 산정한 다이앤의 예상 수입이 적혀 있을 만큼 정확하고 자세했다. 일을 꾸준히 하면 남편과 아이들을 먹여 살릴 수 있는 수준이었지만, 일감이 늘 있는 게 아니었다. 그리고 무니의 짐작으로는 옷장에 걸린 옷들이 고가였다. 구두만 스무 켤레였다. 로라처럼 책상에 청구서가 쌓여 있지는 않았다. 상류층이 아니다 보니 다이앤은 현금으로 계산했기 때문이었다. 한마디로 초라하고 변변찮은 인생이었다. 야간 업소에서 값비싼 저녁을 먹고 집으로 들고 온 선물들이 고작해야 비싼 향수병, 큐피 인형, 동물 모양 완구 들이었다. 뉴저지 주 패터슨에서 평범한 노동자로 지내는 가족은 야간 학교에서 배웠음 직한 영어를 통해 강제 해고와 금전적인 어려움을 토로했다.

그녀의 본명은 제니 스워보도였다.

무니가 그 방에서 들고 나온 것은 편지뿐이었다. 그는 방문에 특수 잠금장치를 설치하고, 집주인에게는 입 벙긋하면 철창신세를 질 줄 알라고 으름장을 놓았다.

그가 나에게 복사한 열쇠를 주었다.

"자네도 직접 둘러보고 싶을 것 같아서. 나는 6시에 다시 찾아가서 다른 세입자들과 이야기를 나눌 생각이야."

나는 그 당시 제니 스워보도, 즉 다이앤 레드펀의 삶을 들여다볼 시간적 여유가 없었다. 대신 로라의 아파트를 찾아갔을 때 살해당한 모델이 남긴 핸드백이나 옷가지가 없느냐고 물었다.

로라가 대답했다.

"있어요. 베시가 옷가지를 살펴보았다면 다이앤의 원피스를 발견했을 거예요. 그리고 핸드백은 서랍장 안에 들어 있었어요. 자기 소지품을 모조리 깔끔하게 치웠더라고요."

서랍 하나가 핸드백들로 가득했다. 그 안에 다이앤이 들고 다녔던 까만색 실크 가방이 있었다. 가방 안에는 십팔 달러와 그녀의 방 열쇠, 립스틱, 아이섀도, 파우더, 작은 깡통에 든 향수, 걸쇠가 부러진 밀짚 담뱃갑이 들어 있었다.

다이앤의 소지품을 검사하는 동안 로라는 나를 말없이 지켜보았다. 내가 거실로 돌아가자 어린아이처럼 뒤를 졸졸 따라왔다. 황갈색 원피스로 갈아입고 굽이 높은 갈색 슬리퍼를 신은 예쁜 발목이 그대로 드러났다. 귀걸이는 금색 종 모양이었다.

"베시를 불렀습니다."

"친절하기도 하셔라!"

나는 위선자가 된 듯한 기분이 들었다. 순전히 이기적인 이유에서 베시를 부른 거였다. 돌아온 로라를 보고 그녀가 어떤 반응을 보일지 확인하고 싶었던 것이다.

내가 이유를 설명하자 로라가 물었다.

"그런데 가엾은 베시를 의심하시는 건 아니죠?"

"용의자가 아닌 사람은 이 상황을 어떻게 받아들이는지 확인하고 싶을 따름입니다."

"비교하는 차원에서요?"

"글쎄요."

"그럼 용의자가 있단 말씀인가요?"

"설명을 들어야 할 거짓말이 몇 가지 있긴 하죠."

그녀가 움직일 때마다 금종이 딸랑거렸다. 그녀의 얼굴은 마치 가면 같았다.

"파이프 담배 좀 피워도 될까요?"

금종이 다시 딸랑거렸다. 나는 성냥을 그었다. 숫돌처럼 긁히는 소리가 났다. 나는 로라가 한 거짓말을 떠올리며 셸비 카펜터를 위한답시고 바보짓을 하고 있는 그녀를 원망했다. 나를 바보로 만들고 있는 그녀를 원망했다. 초인종이 울렸을 때 그렇게 반가울 수가 없었다. 나는 로라에게 방에서 내 신호를 기다리라고 이야기했다.

베시는 수상한 낌새를 바로 알아차렸다. 거실을 둘러보고, 시신이 쓰러져 있던 자리를 빤히 쳐다보고, 각종 장식품과 가구를 하나씩 열심히 들여다보았다. 가정부의 시선으로 둘러보자 아무렇게나 접힌 채 커다란 식탁 위에서 나뒹구는 신문, 소파 옆 커피 테이블에 놓인 로라의 점심 쟁반 위의 빈 접시와 커피 잔, 펼쳐진 책, 철망 뒤에서 이글거리는 장작불, 재떨이를 가득 채운 담배꽁초들이 내 눈에도 들어왔다.

내가 말했다.

"앉아요. 무슨 일이 생겼어요."

"뭔데요?"

"앉아요."

"서서 들어도 돼요."

"이 집에서 살게 된 사람이 생겼어요."

나는 이렇게 말하면서 방문 쪽으로 걸어갔다.

로라가 방에서 나왔다.

나는 남편에게 얻어맞은 아내가 악을 쓰는 소리, 죽거나 다친 아이를 앞에 두고 엄마가 흐느끼는 소리는 들은 적 있지만, 베시가 로라를 보고 지른 비명처럼 그렇게 섬뜩한 소리는 처음이었다. 핸드백을 떨어뜨린 베시가 성호를 그었다. 그러더니 의자 쪽으로 아주 천천히 뒷걸음질해서 자리에 앉았다.

"저거, 맥퍼슨 형사님도 보여요?"

"걱정 마요, 베시. 유령을 보는 게 아니니까."

베시는 기적이 벌어졌다며 하느님, 예수님, 성모 마리아에 이어 자기 수호성인인 엘리자베스까지 불렀다.

"베시, 진정해요. 나 멀쩡해요. 그냥 시골에 다녀온 거예요. 내가 아닌 다른 사람이 살해됐고요."

기적이라고 믿는 쪽이 더 마음 편했다. 베시는 로라에게 자기가 시신을 발견했으며 시신이 로라의 최고급 네글리제와 은색 슬리퍼를 신고 있었던 것으로 보아 로라 헌트가 맞다고 자신이 신원을 확인했다는 사실을 밝혔다. 그러면서 카운티 골웨이의 어느 과수원에서 죽은 애인을 만난 자기 삼촌의 처제의 사촌처럼 자기도 유령을 만나고 있는 게 분명하다고 고집을 부렸다.

아무리 설득해도 소용이 없었지만, 로라가 "저녁 메뉴는 뭐예요, 베시?"라고 묻자 분위기가 달라졌다.

"아이구, 성모 마리아님. 로라 양한테서 이 소릴 다시 듣게 될 줄이야."

"메뉴 뭐냐고 묻잖아요, 베시. 스테이크랑 감자튀김, 사과 파이 어때요?"

베시의 얼굴이 환해졌다.

"유령이 감자튀김하고 사과 파이를 달라고 할 리 없겠죠? 살해당한 사람은 누구였나요, 로라 양?"

"레드펀 양이었어요. 베시도 기억하겠지만…… 그……."

"그 여자라면 당해도 싸죠."

베시는 이렇게 말하고 옷을 갈아입으러 부엌으로 들어갔다.

나는 그녀에게 피살자의 집에서 일한 가정부인 줄 모르는 상점에서 장을 보아야 하며 로라의 생환이라는 기적에 대해 입도 벙긋하면 안 된다고 경고했다.

"베시는 다이앤을 못마땅하게 생각했던 모양이네요. 이유가 뭔가요?"

우리 둘만 남았을 때 내가 로라에게 물었다.

그녀가 말했다.

"베시가 워낙 독선적이거든요. 특별한 이유는 없어요."

"특별한 이유는 없다?"

"예."

로라는 딱 잘라 말했다.

다시 초인종이 울렸다.

내가 속삭였다.

"이번에는 여기 그대로 있어요. 다른 방식의 기습 공격을 시도해 보게요."

그녀는 소파 끝에 뻣뻣하게 앉은 채 기다렸다. 내가 문을 열었다. 셸비일 줄 알았는데, 월도 라이데커였다.

007

☆☆☆

자기중심적인 사람들은 자기가 보고 싶은 것만 본다. 그가 로라를 보지 못한 건 난시 때문이었다고 핑계 댈 수는 있겠지만, 나는 탐욕 때문이었을 거라 생각한다. 골동품 유리 꽃병만 쳐다보고 있었으니 거실의 나머지 부분은 그에게 하늘 아니면 사막이나 다름없었던 것이다.

"경찰청에 전화를 했더니 자네가 여기 있다고 해서 말일세, 맥퍼슨 형사. 변호사와 상의를 해 보았는데, 그 여자가 소송을 걸건 말건 상관 말고 꽃병을 들고 나오라고 하더군."

소파를 지나야 벽난로 선반으로 갈 수 있었다. 로라가 고개를 돌리자 금종들이 딸랑거렸다. 월도가 유령의 경고라도 들은 것처럼 걸음을 멈추었다. 그러더니 자신의 상상력에 질겁해 제 힘으로 두려움을 떨칠 수 있는 사람임을 증명해 보이기로 결심한 것처럼 반짝이는 공 모양의 꽃병을 향해 손을 내밀었다. 로라가 내 반응을 살피려고 고개를 돌렸다. 금종들이 워낙 날카로운 소리를 내는 바람에 월도도 발뒤꿈치를 딛고 빙그르르 몸을 돌려 그녀를 마주 보는 수밖에 없었다.

그의 안색은 시체보다 더 하얬다. 비틀거리거나 쓰러지지는 않았지만, 꽃병을 향해 팔을 뻗은 자세 그대로 얼어붙었다. 딱하면서도 우스운 캐리커처 같았다. 반다이크 수염, 팔에 건 지팡이, 맵시 있는 양복, 단추 구멍에 꽂힌 꽃들이 시체를 꾸민 장식품 같았다.

우리는 서로 아무 말도 하지 않았다. 시계 소리만 째깍거렸다.

"월도."

로라가 조심스럽게 이름을 불렀다.

그는 들리지 않는 눈치였다.

그녀가 그의 뻣뻣한 팔을 잡고 소파로 인도했다. 그는 기계인형처럼 움직였다. 그녀가 그의 팔을 살짝 밀어 소파에 앉히고 나에게 그의 모자와 지팡이를 건넸다.

"월도, 월도."

그녀가 다친 아이를 달래는 엄마 같은 목소리로 말했다.

그는 태엽으로 움직이는 기계 장치처럼 고개를 돌렸다. 전혀 이해하지 못하겠다는 듯 멍한 눈으로 그녀의 얼굴을 뚫어져라 바라보았다.

"걱정 마십시오, 라이데커 씨. 헌트 양이 멀쩡하게 살아 있었습니다. 착오가 있었어요."

내 말이 그의 머릿속으로 전달되기는 했지만, 엉뚱한 부분을 건드렸다. 소파 위에서 뒤로 휘청하던 그는 벌떡 일어났는데, 의도적인 반응이 아니라 기계적인 반응에 가까웠다. 어찌나 심하게 부들부들 떠는지 몸을 흔드는 모터가 배 속에 들어 있나 싶을 지경이었다. 이마와 윗입술에 맺힌 땀이 반짝였다.

"장식장 안에 브랜디가 있어요. 그거 좀 갖다 주세요, 마크 형사님. 얼른요."

로라가 말했다.

내가 브랜디를 가져왔다. 그녀가 술잔을 들어 그의 입술에 대고 기울였다. 술이 거의 대부분 그의 턱을 타고 흘러내렸다. 잠시 후 그가 오른손을 들어 쳐다보더니 이번에는 왼손을 들었다. 자기 근육을 마음대로 움직일 수 있는지 시험해 보는 듯했다.

로라가 그 옆에 무릎을 꿇고 앉아서 두 손을 그의 무릎에 얹고는, 살해당한 사람이 다이앤 레드펀이었고, 장례를 치르는 동안 자기는 시골집에 있었노라고 부드러운 목소리로 설명했다. 그가 그 설명을 들었는지 아니면 그녀의 목소리를 듣고 진정이 됐는지 모르겠지만, 침대에서 좀 쉬는 게 어떻겠느냐는 그녀의 말에 순순히 소파에서 일어섰다. 로라가 그를 데리고 방 안으로 들어가 침대에 눕히고 다리 위로 파란색과 하얀색 이불을 덮어 주었다. 그는 어린아이처럼 시키는 대로 했다.

거실로 돌아온 그녀가 의사를 부르는 게 좋겠느냐고 묻기에 내가 대답했다.

"글쎄요. 젊은 나이도 아니고 비만이니까요. 하지만 내가 지금까지 목격한 뇌졸중하고는 양상이 다른데."

"전에도 이런 적이 있어요."

"전에도 이랬던 적이 있다고요?"

그녀는 고개를 끄덕였다.

"어느 날 밤에 극장에서요. 그때 의사를 불렀더니 화를 냈어요. 그냥 쉬도록 내버려 두는 게 나을지 모르겠어요."

우리는 병실 앞 복도를 지키는 사람처럼 앉아 있었다.

내가 말했다.

"미안하게 됐습니다. 월도인 줄 알았더라면 사전에 경고를 했을 텐데."

"셸비한테 이런 작전을 동원하겠다는 생각은 변함이 없는 거로군요?"

"셸비가 훨씬 침착하잖아요. 월도보다는 담담하게 받아들일 겁니다."

그녀가 노여움에 눈살을 찌푸렸다.

"당신도 알다시피 셸비는 거짓말을 했어요. 살인을 저질렀다는 게 아니라 뭔가를 숨기고 있는 것만큼은 분명하단 말이죠. 설명을 들어야 할 부분들이 몇 군데 있어요."

"분명 이유가 있었을 거예요. 셸비가 전부 다 설명할 수 있을 거예요."

그녀는 월도가 좀 괜찮아졌는지 살피러 방에 들어갔다 나왔다.

"잠이 들었나 봐요. 쌔근쌔근 숨을 쉬고 있네요. 그냥 저대로 두는 게 좋겠어요."

서로 아무 말 없이 앉아 있는데, 다시 초인종이 울렸다.

로라가 말했다.

"형사님이 먼저 만나서 이야기하세요. 그런 충격은 누구에게든 두 번 다시 안겨 주고 싶지 않으니까."

그녀는 부엌과 연결된 여닫이문 뒤로 사라졌다.

다시 초인종이 울렸다. 문을 열었더니 셸비가 나를 밀치며 안으로 들어왔다.

"어디 있습니까?"

그가 큰 소리로 외쳤다.

"하, 이미 알고 있는 거요?"

뒷문이 열리는 소리가 들렸다. 그가 계단에서 베시를 만난 모양이었다.

"여자라는 족속이란!"

잠시 후 로라가 부엌에서 나왔다. 나는 욕을 먹어도 싼 사람이 베시가 아니라는 것을 한눈에 알아차릴 수 있었다. 두 연인의 재회가 지나치게 완벽했던 것이다. 두 사람은 끌어안고 입을 맞추며 서로 떨어질 줄 몰랐다. 리허설을 열 몇 번은 반복한 배우라야 그처럼 얼빠진 태도로 손수건을 찾느라 주머니를 뒤질 수 있을 것이다. 그녀를 그렇게 멀찌감치 붙잡고 성가대원 같은 표정으로 물끄러미 쳐다보는 것은 연기하는 사람이라야 가능한 반응이었다. 모든 광경이 사전에 조작된 냄새를 풀풀 풍겼다. 다정하기 그지없는 그와 기뻐하는 그녀.

나는 등을 돌렸다.

로라의 목소리는 흘러내리는 시럽 같았다.

"행복해요?"

그가 소곤소곤 뭐라고 대답했다.

파이프 담배가 꺼져 있었다. 내가 만약 이 상태에서 몸을 돌려 테이블에 놓인 성냥을 집으면 두 사람을 쳐다보고 있었던 것 같은 인상을 줄 수 있었다. 나는 차가운 담뱃대를 씹었다. 두런두런하는 속삭임이 계속 이어졌다. 나는 손목시계를 따라 움직이는 분침을 바라보았다. 그러자 그의 애인의 집이 생각났다. 10시 무렵에는 사도를 가리켰던 수은주가 자정에는 영하로 떨어진 날이었다. 나는 눈밭에서 기다리며 뚱뚱한 창녀의 따뜻한 품 안에 안겨 있을 깡패를 떠올렸었다. 고개를 돌려 보니 셸비가 황갈색 원피스를 따라 움직이며 로라의 몸을 더듬거리며 만지고 있었다.

"이 얼마나 한없이 감동적인 장면인가! 어찌나 다정해 보이는지 말로 다 표현할 수가 없구먼! 줄리엣이 무덤 속에서 살아난 셈이니! 어서 오게, 로미오!"

두말하면 잔소리지만 월도가 한 말이었다. 원기만 회복한 게 아니라 허세까지 되살아난 모양이었다.

그가 말했다.

"내가 잠깐 실례를 했소이다. 살짝 간질을 일으켰지 뭐요. 우리 집안 내력이라."

그는 홱 하니 로라를 떼어 양쪽 뺨에 입을 맞추고, 둘이서 왈츠라도 추는 것처럼 그녀를 잡고 빙글빙글 돌았다.

"환영하네, 우리 아가씨! 그래, 무덤에서 살아 돌아온 기분이 어떠신가?"

"어색하게 왜 이래요, 월도."

"지금 그 어느 때보다 자연스러운 모습을 보여 주고 있는걸, 아름다운 좀비 아가씨? 나도 부활을 한 몸이거든. 당신이 죽었다는 소식을 듣고 저승의 문턱에 다녀왔으니 말이지. 우리 둘 다 다시 태어났으니 삶이라는 기적을 자축해야지. 술 한잔할까?"

그녀가 술병이 든 장식장 쪽으로 발걸음을 옮겼지만, 그가 막아섰다.

"아니, 오늘 밤에 위스키는 사절이야. 샴페인을 마셔야지."

그는 부산스럽게 부엌으로 달려가 마스코니에서 얼른 포도주를 한 병 사 오라고 베시에게 큰 소리로 외쳤다. 쪽지에 적어 주어야 할 만큼 이름이 복잡한 포도주였다.

008

☆☆☆

로라와 세 남자가 함께 샴페인을 마셨다. 그들 입장에서는 익숙한 광경이었다. 마치 뿔뿔이 흩어졌다 고향에 다시 모인 친구들 같았다. 심지어 베시마저 능숙하게 대처했다. 그들은 지난주에 하다만 이야기를 이어서 할 태세였다. 하지만 그들이 마지막으로 만난 이래 초인종이 울리고 잠시 후 누군가가 BB탄으로 어떤 아가씨의 얼굴을 날려 버린 사건이 벌어졌고, 제삼자인 내가 이 자리에 낀 이유도 그 때문이었다.

그들이 로라를 위해 건배를 하는 동안 나는 포도주를 한 모금 홀짝였다. 나머지는 거품이 사라질 때까지 그대로 두었다.

"안 마실 거요?"

월도가 내게 물었다.

"근무중이라서요."

내가 대답했다. 월도가 말했다.

"고지식하기는. 청교도적인 양심으로 무장한 프롤레타리아 속물이라니까."

나는 근무중이고 로라가 옆에 있었기 때문에 그를 표현하기에 알맞은 유일한 단어를 내뱉지 않았다. 간단하면서도 정곡을 찌르는 단어였건만.

로라가 말했다.

"이해해 주세요. 이 두 사람은 세상에서 나랑 가장 친한 친구예요. 그런데 내가 죽지 않고 이렇게 살아 있으니 축하 파티를 열고 싶지 않겠어요?"

나는 다이앤 레드펀 살인 사건은 여전히 오리무중이라고 다시 한번 짚고 넘어갔다.

"하지만 그 사건에 관한 한 저희는 아는 게 없는걸요."

셸비가 말했다.

"어이쿠!"

월도가 말했다.

"찬물을 아주 제대로 끼얹는구먼! 그런 자네한테 경의를 표하는 뜻에서 건배할까?"

로라가 잔을 내려놓고 말했다.

"월도, 그만해요."

"취향 한번 고약하시군요."

셸비가 말했다.

월도는 한숨을 쉬었다.

"분위기가 왜 이렇게 경건해진 건가! 자네 때문일세, 맥퍼슨 형사. 내가 살아 움직이는 시체 협회 대표로서……."

"제발 그만하라고요!"

로라가 외쳤다.

그녀가 셸비 옆으로 더욱 바짝 다가가자 그가 그녀의 손을 잡았다. 월도는 생쥐 가족을 앞에 둔 고양이 같은 표정으로 이 광경을 지켜보았다.

"행복한 마음으로 재회의 기쁨을 누리려고 했네만. 맥퍼슨 형사, 자네가 흥을 제대로 깼으니 수사는 어떤 식으로 진행되고 있는지 어디 한번 들어 볼까? 버번에 얽힌 수수께끼는 풀렸는가?"

로라가 나지막이 대답했다.

"스리 호시스는 내가 산 거예요, 월도. 당신은 그런 싸구려 술은 사지 말라고 가르쳤지만, 그날 저녁은 너무 바빠서 그냥 그걸 사 가지고 집으로 들고 왔어요. 셸비, 당신도 기억하죠?"

"그럼, 기억하지."

셸비는 이렇게 대답하며 그녀의 손을 꼭 잡았다.

두 사람은 점점 바짝 붙어 앉으면서 월도를 찬밥으로 만드는 눈치였다. 그는 자기 잔에 샴페인을 한 잔 더 따랐다.

"맥퍼슨 형사, 그 모델의 사생활에 얽힌 수수께끼라도 있던가? 사악한 친구는? 그리니치 빌리지의 화려한 생활에 숨겨진 비밀은?"

월도는 나를 이용해 셸비를 공격하는 중이었다. 어떤 의도에서 이러는 건지 불을 보듯 뻔했다. 영문학의 걸작을 섭렵했다고 할 수 있는 작자이건만 이렇게 한심할 수가. 나로서는 대환영이었다. 그는 지금 번데기 앞에서 주름을 잡는 격이었다.

"레드펀 양에게 적이 있었는지 동료 형사가 추적하는 중입니다."

나는 공식적인 입장을 전하는 듯이 말했다.

월도가 포도주를 마시다 사레들렸다.

"적이라고요?"

로라가 되물었다.

"그 친구한테 적이 있었다고요?"

"그 친구한테 당신이 모르는 부분이 있었을지 모르잖아."

셸비가 말했다.

"그럴 리가요!"

로라가 외치자 셸비가 딱 잘라 말했다.

"그런 여자들은 대부분 수상한 구석이 있기 마련이야. 가엾은 다이앤도 온갖 부류의 사람들과 얽혔을지 모르잖아. 나이트클럽에서 만난 남자들도 있었을 테고."

"자네가 무슨 수로 그렇게 잘 아는가?"

월도가 물었다.

"저도 잘 모릅니다. 그냥 가능성을 말하는 거죠."

셸비는 이렇게 대답하고 내 쪽을 돌아보며 물었다.

"모델들은 암흑가의 위인들과 가깝게 지내는 경우가 많지 않습니까?"

로라가 말했다.

"가엾은 다이앤. 다이앤은 누구에게든 미움을 살 만한 친구가 아니었어요. 그러니까…… 뭐랄까…… 열정이 넘치는 그런 성격이 아니었거든요. 예쁘장한 얼굴과 막연한 꿈이 전부였죠. 그런 친구를 미워할 사람이 있다니 말도 안 돼요. 워낙…… 뭐랄까…… 옆에서 챙겨 주고 싶은 그런 친구였는데."

월도가 물었다.

"셸비가 그런 식으로 설명하던가? 순전히 박애주의적인 차원에서 관심을 가졌던 거라고?"

로라의 두 뺨이 붉게 물들었다.

"예, 맞아요!"

그녀가 발끈하며 외쳤다.

"내가 그 친구한테 잘해 주라고 했어요. 그렇죠, 셸비?"

셸비는 벽장으로 건너가 장작을 꺼냈다. 자리를 피할 핑곗거리가 생긴 데 기뻐하는 눈치였다. 로라가 그런 그를 눈으로 좇았다.

"지난주 수요일에도 특별히 잘 챙겨 달라고 당신이 신신당부한 모양이지?"

월도는 아무것도 모르는 척 시치미를 떼며 이렇게 물었지만, 호기심 어린 눈빛으로 내 쪽을 흘끗흘끗 훔쳐보았다.

"수요일요?"

그녀는 멍하니 되묻는 척했다.

"지난주 수요일. 아니, 화요일이었던가? 스타디움에서 토카타와 푸가 공연이 열렸던 날인데. 그게 수요일 아니었나?"

그는 벽난로와 셸비를 향해 눈을 부라렸다.

"이 집에서 칵테일 파티가 열렸던 게 무슨 요일이었지, 로라?"

그녀가 말했다.

"아, 그거요? 수요일요."

월도가 말했다.

"자네도 참석했어야 하는 건데, 맥퍼슨 형사. 정말, 정말 유쾌한 파티였거든."

로라가 말했다.

"실없는 소리 하지 마요, 월도."

하지만 월도가 공연을 펼치기로 작정했으니 그 무엇도 그를 막을 수 없었다. 그는 샴페인 잔을 들고 자리에서 일어나 파티에 참석한 수많은 손님들을 맞이하는 로라를 흉내 내기 시작했다. 그런데 대부분의 남자들이 여자를 흉내 낼 때 그러는 것처럼 가성으로 말을 하고 엉덩이를 좌우로 흔드는 수준에 그치지 않았다. 그는 연기에 소질이 있었다. 정말로 파티를 주관한 안주인으로 변신해 샌드위치가 담긴 쟁반을 들고 이 손님에서 저 손님으로 자리를 옮겨 가며 낯선 사람들을 소개하고, 잔이 비지는 않았는지 확인했다.

"안녕하세요. 와 주셔서 감사해요…… 소개할게요…… 정말 마음에 드실 거예요…… 술은 사양하겠다는 말씀은 하지 마세요…… 안 먹겠다는 말씀도! …… 자, 자, 이 손톱만 한 캐비아 샌드위치는 철갑상어 한 마리에서 몇 개 나오지도 않아요…… 초면이시죠? 그런데 월도 라이데커는 모르는 분이 없으니 정말 대단하죠? 월도는 헤비급 노엘 카워드나 다름없다니까요? 월도, 당신을 존경하는 이 분께서……."

훌륭한 연기였다. 잘난 체하는 고리타분한 남자들과 고상한 여자들이 눈앞에 보이는 듯했고, 로라가 쟁반을 들고 거실 이곳저곳을 돌아다니면서도 그러는 내내 퇴창 근처에서 벌어지는 광경을 예의 주시하고 있었다는 사실을 알 수 있었다.

월도가 이번에는 퇴창 쪽으로 깡충깡충 건너가 몸놀림과 손동작을 남자답게 바꾸었다. 깍듯하고 조심스러운 셸비로 변신한 것이다. 그런가 하면 눈을 깜빡이며 그를 올려다보고 옷깃을 잡아당기는 아가씨이기도 했다. 그는 셸비의 목소리를 완벽하게 따라 했고, 나는 다이앤의 목소리를 한 번도 들은 적이 없었지만 그가 흉내 내는 사람처럼 이야기하는 인형 같은 여자들이라면 알고도 남았다.

"'하지만 셸비, 이 집 안에서 당신만큼 잘생긴 남자는 없는걸요? 그런 소리도 못 해요?' '취했군요. 목소리 낮춰요.' '내가 속으로만 당신을 흠모하면 안 될 것 없잖아요.' '제발 좀 조용히 해요. 여기가 어딘지 몰라요?' '셸비, 나 안 취했어요. 나는 취한 적 없는 사람이라고요. 그리고 내 목소리가 뭐가 크다고 그래요?' '쉿, 모두 당신을 쳐다보고 있잖아요.' '볼 테면 보라죠. 난 상관 안 해요.'"

인형 같았던 목소리가 분노로 카랑카랑하게 변했다. 취한 아가씨들은 술집에서 늘 그런 식으로 소리를 지른다.

벽난로 앞에 서 있던 셸비가 발걸음을 옮겼다. 주먹을 꽉 쥔 채 턱을 앞으로 내밀었는데, 얼굴이 핼쑥했다.

로라는 부들부들 떨고 있었다.

월도가 거실 한가운데로 걸어가 이번에는 자기 목소리로 이렇게 말했다.

"그 뒤로 끔찍한 정적이 흘렀다네. 모두들 로라만 쳐다보았지. 그 전채 요리가 담긴 쟁반을 들고 있는 로라를."

모두 로라를 딱하게 여겼을 것이다. 일주일 하고 하루 뒤면 결혼할 사이가 아닌가.

월도가 이번에는 퇴창을 향해 고양이처럼 여성스러운 발걸음으로 거실을 가로질렀다. 나는 다이앤이 셸비와 함께 퇴창 앞에 서 있기라도 한 것처럼 그쪽을 쳐다보았다.

"다이앤이 그의 옷깃을 잡고 있었는데……."

로라가, 황갈색 원피스를 입고 소파에 앉아 있었던 진짜 로라가 말했다.

"미안해요. 대체 미안하다는 소리를 몇 번 더 들으면 직성이 풀리겠어요?"

셸비가 주먹을 들었다.

"맞아요, 라이데커 씨. 이젠 지긋지긋합니다. 당신의 광대 짓이라면 이젠 지긋지긋하다고요."

월도는 내 쪽을 쳐다보았다.

"이것 참 안타깝게 됐구려, 맥퍼슨 형사! 이제 클라이맥스만 남았는데."

"헌트 양이 무슨 짓을 했기에요?"

"내가 말해도 되겠나?"

월도가 물었다.

"말씀하시죠. 안 그러면 형사님이 훨씬 더 끔찍한 상상을 할 테니까요."

셸비가 말하자 로라가 웃음을 터뜨렸다.

"내가 전채 요리가 담긴 쟁반으로 그 친구의 머리를 때렸어요. 그 친구의 머리를 때렸다고요!"

우리는 그녀의 히스테리가 잦아들 때까지 기다렸다. 그녀는 울다 웃다 했다. 셸비가 손을 잡아 주려고 했지만, 그녀가 뿌리쳤다. 그러더니 창피한 얼굴로 나를 쳐다보았다.

"그런 짓은 난생 처음이었어요. 내가 그럴 수 있을 거라고는 상상도 못 했는데. 죽고 싶었어요."

"그걸로 끝입니까?"

내가 물었다.

"예!"

셸비가 대답했다.

"내 집에서 그런 짓을 저지르다니."

"그 뒤에 어떻게 됐는데요?"

"방으로 들어가서 아무도 못 들어오게 했어요. 창피해서 견딜 수가 없었거든요. 잠시 후에 셸비가 들어와서 다이앤이 갔다고, 나와서 손님들을 챙겨야 하지 않겠느냐고 했죠."

"어쨌든 그래야 하니까요."

셸비가 말했다.

"모두들 눈치껏 처신해서, 그래서 더 참담했어요. 그런데 고맙게도 셸비가 나가서 술을 좀 마시자고 하더라고요. 그러면 그 일에 대해서 잊어버릴 수 있고 자책도 하지 않을 거라고."

"참 다정하기도 하지!"

내 입에서 이 소리가 절로 나왔다.

"셸비가 너그럽고 남의 잘못을 쉽게 용서하는 성격이긴 하지."

월도까지 옆에서 거들었다.

로라는 다른 둘을 무시한 채 나를 상대로 해명을 늘어놓았다.

"다이앤이 제멋대로 자길 사랑하게 된 걸 셸비가 무슨 수로 막을 수 있었겠어요. 원래 성격대로 다정하고 깍듯하고 세심하게 챙겨 줬더니 그렇게 된걸요. 다이앤은 여자들을 두들겨 패는 그런 집안에서 자란 딱한 친구였어요. 그러니까 그 전까지…… 신사를 만난 적이 없었던 거죠."

"맙소사!"

월도가 외쳤다.

"다이앤은 더 나은 삶을 원했어요. 그때까지 정말 비참하게 살았거든요. 가명도 유치하게 들릴지 몰라도 더 나은 삶을 원했던 그 애의 바람이 반영된 부분이었고요."

"눈물 없이는 들을 수 없는 이야기로구먼."

월도가 말했다.

로라가 담배를 집었다. 손을 부들부들 떨고 있었다.

"나도 크게 다를 바 없어요. 나도 뉴욕으로 건너왔을 때는 친구도 없고 돈도 없는 가엾은 아이였잖아요. 나한테 잘해 준 사람들이 있었기에……."

그녀는 이렇게 말하면서 담배로 월도를 가리켰다.

"다이앤 같은 아이들을 보면 의무감 비슷한 게 느껴져요. 그녀한테는 친구가 나밖에 없었어요. 셸비하고요."

언뜻 듣기에는 단순하고 인간미 넘치는 이야기였다. 그녀가 내 옆에 어찌나 바짝 붙어 있었던지 향수 냄새가 풍겨 올 정도였다. 나는 뒤로 물러섰다.

그녀가 물었다.

"내 말 믿어 주시는 거죠, 마크 형사님?"

"금요일 점심은 뭐였죠? 일종의 휴전 협정이었나요?"

내가 물었다.

그녀는 미소를 지었다.

"예, 예, 휴전 협정이었죠. 수요일 저녁부터 금요일 아침까지 얼마나 참담했는지 몰라요. 다이앤을 만나서 사과하지 않으면 휴가를 망칠 게 뻔했고요. 제가 정말 한심하다고 생각하세요?"

"물러 터진 칠뜨기지."

월도가 말했다.

셸비가 부지깽이를 집었다. 하지만 불씨를 살리려고 집은 것이었다. 나는 신경이 곤두서서 누가 담배에 불을 붙일 때마다 긴장했다. 폭력을 갈망하는 마음 때문이었다. 두툼한 목을 조이고 싶어서 손이 근질거렸다.

나는 두 걸음 앞으로 다가가 로라와의 거리를 다시 좁혔다.

"그러니까 점심을 같이 먹으면서……."

나는 말끝을 흐렸다. 그녀의 얼굴이 다이앤의 수의로 쓰인 하얀 원피스보다 더 하얗게 변했다.

"예?"

그녀가 속삭이듯 물었다.

내가 말했다.

"화해를 했군요. 그런 다음 아파트를 쓰라고 했고요."

"예, 그랬죠."

로라가 말했다. 그녀는 다시 생기를 되찾았다. 두 눈을 반짝였고, 두 뺨은 발그스름하게 빛났다. 그녀가 가늘지만 단단한 손가락을 내 재킷 소맷부리에 얹었다.

"믿어 주세요, 마크 형사님. 제가 아파트를 쓰라고 했을 때까지만 해도 아무 일 없었어요. 제발, 제발 믿어 주세요."

셸비는 아무 말도 하지 않았다. 하지만 빙그레 웃고 있었던 것 같다. 월도는 껄껄대고 웃으며 이렇게 말했다.

"조심해, 로라. 그 사람, 형사라고."

내 소맷부리에 얹혀 있던 그녀의 손이 미끄러져 내려갔다.

009

☆☆☆

나는 그날 또다시 월도와 함께 저녁을 먹었다. 왜 그랬을까. 골든 리저드에서 제비집 수프 너머로 그의 투실투실한 얼굴을 쳐다보며 자문했다. 비가 내리고 있었다. 나는 외로웠다. 이야기를 하고 싶었다. 로라 이야기를 하고 싶었다. 그녀는 셸비와 함께 스테이크와 감자튀김을 먹고 있었다. 나는 월도를 붙잡았다. 놓치면 어떻게 하나 두려워하면서. 나는 경멸해 마지않았던 이 작자에게 매료되었다. 이 사건을 파고들면 들수록 내가 점점 싫어졌고, 내가 새로운 세상의 애송이가 된 것처럼 느껴졌다.

머릿속이 혼란스러웠다. 어디론가 가고 있었는데 길을 잃어버렸다. 단서에 대해서 자문했던 기억이 난다. 이 사건에는 어떤 단서들이 있으며, 다른 사건에서는 어떤 식으로 단서를 찾았는지. 미소를 법정 증거로 제시할 수는 없는 법이었다. 떨었다는 이유로 어떤 남자를 체포할 수는 없는 법이었다. 눈이 갈색인 사람이 눈이 회색인 사람을 훔쳐봤다 한들 그래서 뭐? 말이 끝나면 그와 더불어 사라지는 것이 말투였다.

중국인 웨이터가 에그롤 접시를 들고 왔다. 월도가 무료 급식소 앞에 줄을 서 있는 사람처럼 접시를 향해 손을 뻗었다.

그가 운을 뗐다.

"그래, 로라를 직접 만나 보니 어떻소?"

나도 에그롤을 집었다.

“저는 직업상…….”

그가 나를 대신해 말을 맺었다.

“사실에만 집중하고 사적인 의견은 배제해야 된다 이거요? 그 소릴 내가 어디서 들었더라?”

웨이터가 이번에는 뚜껑 덮인 그릇들을 쟁반 가득 들고 왔다. 월도가 돼지고기는 이쪽에, 오리고기는 저쪽에, 국수는 닭고기 아몬드 볶음 밑에, 달짝지근하면서 매콤한 돼지갈비는 바닷가재 옆에, 소스가 섞일 수가 있으니 중국식 라비올리는 다른 접시에, 이런 식으로 음식을 배치했다. 그가 때때로 비틀 주스를 홀짝여 가며 각 요리의 맛을 보는 동안 대화가 끊겼다.

마침내 그가 한숨을 돌리며 이렇게 말했다.

“일요일 아침에 자네가 날 찾아와서 했던 말이 생각나는군. 뭐라고 했는지 자네가 기억할지 모르겠지만.”

“일요일 아침에 나눈 이야기가 좀 많아야 말이죠.”

“자네가 말하길 이번 사건에서 연구하고 싶은 건 지문이 아니라 얼굴이라고 했지. 나는 그 소리를 듣고 참 멍청한 형사라는 생각을 했었고.”

“그런데 그걸 기억하고 있는 이유가 뭡니까?”

“극히 평범한데 자기가 남들과 전혀 다른 줄 아는 어느 한심한 젊은이를 보고 있으려니 가슴이 아팠거든.”

"그래서요?"

그가 손가락을 튕겼다. 웨이터 둘이 달려왔다. 웨이터들이 볶음밥을 깜빡한 모양이었다. 필요 이상으로 많은 대화가 오갔고, 접시에 어떤 식으로 각 요리를 담을지 다시 정해야 했다. 그는 웨이터들에게 지시 사항을 전달하고 저녁을 먹는 절차가 헝클어졌다고 투덜거리면서, 틈틈이 엘웰, 닷 킹, 스타 페이스풀 등 몇 건의 유명한 살인 사건에 대해 이야기했다.

"이번에는 미궁에 빠진 다이앤 레드펀 사건이 될 거라는 말씀인가요?"

내가 물었다.

"이 친구야, 레드펀 사건이 아니지. 대중과 신문들은 영원히 로라 헌트 사건으로 기억할 걸세. 로라는 미궁에 빠진 살인 사건에서 목숨을 건진 희생양으로 영원히 기억될 거라고."

그는 나를 도발하려는 심산이었다. 대놓고 주먹을 날리지는 않고 동에 번쩍, 서에 번쩍 하면서 쿡쿡 찌르는 식이었다. 그의 얼굴은 외면한다 치더라도 그 능글맞은 미소는 피할 방법이 없었다. 내가 고개를 돌리면 그도 덩달아 움직였다. 그럴 때마다 그 투실투실한 머리가 빳빳하게 풀을 먹인 칼라 위에 얹힌 볼 베어링처럼 흔들거렸다.

"그런 꼴을 보느니 차라리 죽는 게 낫겠지, 용감한 형사 나리? 아무 죄 없는 딱한 아가씨가 평생 그런 수모를 겪게 생겼으니 자네의 소중한 목숨을 걸고 나서는 게 낫겠지, 안 그래?"

그는 껄껄 웃음을 터뜨렸다. 웨이터 둘이 주방에서 고개를 내밀었다.

"그 농담, 별로 안 웃긴데요."

내가 말했다.

"왈! 왈! 오늘 밤에 우리가 참 사납게 짖고 있구먼. 자네, 뭣 때문에 그렇게 괴로워하는 게야? 실패에 대한 두려움 때문인가, 아니면 벨베데레의 아폴로과 불길한 경쟁을 벌이고 있기 때문인가?"

얼굴이 점점 벌겋게 달아오르는 게 느껴졌다.

"이것 보십시오."

이번에도 그가 말허리를 자르고 나섰다.

"자네야말로 이것 보시게. 괜한 말을 했다가 자네라는 값진 친구를 잃을 수도 있겠지만…… 믿거나 말거나 자네처럼 존경스러운 친구를 잃는 건 내 입장에서도 가슴 아픈 일일세……."

"거두절미하고 단도직입적으로 말씀하시죠."

"내 젊은이에게 충고 한마디 하지. 정신 차려. 그녀는 자네에게 걸맞은 사람이 아니야."

"당신이 상관할 바 아니잖습니까."

"언젠가는 나한테 고마워할 날이 올 걸세. 내 충고를 귀담아 듣는다면 말이지. 다이앤이 셸비한테 반했다는 이야기를 하면서 로라가 뭐라고 했는지 못 들었는가? 신사라고 하지 않던가, 맙소사! 다이앤이 영영 저세상 사람이 되었기로서니 기사도 정신도 덩달아 사장되어야 하는 건가? 자네가 좀 더 눈치 빠른 친구였더라면 로라가 다이앤이고 다이앤이 로라였다는 걸 알아차렸을 텐데……."

"그녀의 본명은 제니 스워보도였습니다. 저지의 공장에서 일을 했고요."

"싸구려 소설 같은 이야기지."

"하지만 로라가 바보도 아니고, 그가 얼마나 비열한 인간인지 몰랐을까요?"

"교양의 본질이 사라진 뒤에도 껍데기는 한참 동안 남는 법이라네. 고등 교육을 받은 여자나 가엾은 공장 아가씨나 로맨스라는 족쇄에서 벗어날 수 없기는 매한가지야. 희미하게 썩은 내를 풍기는 귀족적인 전통이랄까? 로맨틱한 사람들은 어린애와 같아서 절대 철이 들지 않는 법이지."

그는 닭고기, 돼지고기, 오리고기, 볶음밥을 또 한차례 떠먹었다.

"처음 만난 날 내가 그러지 않았던가? 셸비는 로라의 말랑말랑하고 평범한 측면을 대변하는 인물이라고. 완벽을 향한 갈망을 그녀가 어떤 식으로 해결했는지 이제 알 것 같은가? 간장 좀 주게."

로맨스는 사랑을 운운하는 노래 아니면 영화에나 등장하는 소재였다. 내 주변에서 평소에 로맨스를 운운했던 사람은 여동생 한 명뿐이었는데, 로맨스를 먹고 자란 그녀는 상사와 결혼했다.

"한때는 나도 로라가 철이 들어서 셸비를 정리하길 바라는 마음이 있었지. 그랬더라면 엄청난 여자가 될 수 있었을 텐데. 그런데 꿈을 포기하지 못했어. 어린애 같은 마음으로 영원히 사랑할 영웅이 있을 거라고, 워낙 나무랄 데가 없어서 그녀의 동정이나 지적 능력을 발휘할 필요가 없는 완벽함의 상징이 있을 거라고 생각하면서."

나는 이제 그의 이야기가 지겨워졌다.

"그러지 말고 이 쓰레기 같은 데서 나갑시다."

내가 말했다. 그의 이야기를 듣고 있노라면 모든 게 암담하게 느껴졌다.

나는 거스름돈을 기다리는 동안 그의 지팡이를 집었다.

"이건 뭐하러 들고 다니는 거예요?"

내가 물었다.

"마음에 안 드나?"

"가식적이잖습니까."

"잘난 체하기는."

"뭐라고 말씀하시건 이건 가식이에요."

내가 말했다.

"뉴욕 사람이라면 누구나 월도 라이데커의 지팡이를 알아. 지팡이를 들고 다니면 권위가 실린단 말일세."

나는 화제를 돌리고 싶었지만, 그가 자기 지팡이를 자랑하고 싶어 했다.

"나는 이 지팡이를 더블린에서 손에 넣었지. 업주 말로는 거만하고 성격 급하기로 그 일대에서 명성이 자자했던 아일랜드 준남작이 들고 다니던 거였다고 하더군."

"자기 땅에서 토탄을 캔 딱한 백성들을 그 지팡이로 두들겨 팼을 겁니다."

나는 할머니에게 다혈질 귀족들의 이면에 대해 들으며 자랐던 터라 그들에게 별로 호의적인 입장이 아니었다. 그 지팡이는 지금까지 내가 들어 본 것 중에서 가장 무거운 축에 속했다. 무게가 적어도 일 킬로그램은 됨 직했다. 구부러진 손잡이 밑부분을 두 개의 금띠가 칠팔 센티미터 간격으로 두르고 있었다.

그가 내 손에 들린 지팡이를 낚아챘다.

"이리 주게."

"왜 이러십니까? 그깟 지팡이 탐내는 사람이 있을까 봐서요?"

중국인 웨이터가 거스름돈을 들고 왔다. 월도가 흘끗 훔쳐보는 바람에 팁으로 이십오 센트짜리 동전 하나를 더 얹었다. 그런 내가 싫었지만, 그에게 비웃음거리를 제공하고 싶지 않았다.

그가 말했다.

"비죽거리지 말게나. 지팡이가 필요한 처지가 되면 내가 하나 사 줌세. 끝에 고무가 달린 걸로."

나는 그 투실투실한 비곗덩어리를 들어 공처럼 던져 버리고 싶었다. 하지만 그랬다가 우정에 금이라도 가면 큰일이었다. 지금은 그럴 때가 아니었다. 그가 행선지를 묻기에 시내로 간다고 했더니

라파예트까지 태워다 달라고 했다.

그가 말했다.

"그렇게 고약하게 굴 것 뭐 있나. 나하고 기품 있는 대화를 십오 분 더 나눌 수 있게 되었으니 고마워해야지."

4번가를 따라 달리고 있었을 때 그가 내 팔을 잡았다. 그 바람에 하마터면 차가 차로를 이탈할 뻔했다.

"뭡니까?"

내가 물었다.

"차 세우게! 제발 부탁일세. 이번만큼은 부디 내 부탁을 들어주게."

나는 그가 흥분한 이유가 궁금해서 차를 세웠다. 그는 클로디어스 씨의 골동품 가게를 향해 허둥지둥 왔던 길을 되짚어 갔다.

클로디어스 씨는 성이 코헨•이었다. 그런데 유대인이라기보다 북부 토박이에 가까워 보였다. 키는 백팔십 센티미터에 몸무게는 많아 봐야 육십팔 킬로그램이었고, 눈동자는 색깔이 옅었고, 대머리는 정수리가 뾰족해서 서양배 비슷하게 생겼다. 한때 장물아비와 동업을 한 적이 있었기 때문에 나도 아는 위인이었다. 그는 순진하고 칠칠찮고 골동품이라면 환장하는 성격이라 동업자의 배신에 대해 전혀 몰랐다. 내 덕분에 구속을 면했을 때 그가 감사의 뜻에서 브리태니커 백과사전을 한 질 선물해 주었다.

그와 월도는 서로 아는 사이일 수밖에 없었다. 둘 다 오래된 찻

• **코헨** _ 유대교 제사장이라는 의미.

주전자 하나로 무아지경에 빠질 수 있는 인물이었으니 말이다.

월도가 차를 세우라고 한 이유도 그가 로라에게 선물한 꽃병을 본떠 만든 모조품이 클로디어스의 가게 쇼윈도에 있는 걸 봤기 때문이었다. 받침대 위에 둥그런 공을 얹은 모양으로 만든 꽃병이었다. 내 눈에는 울워스 백화점 크리스마스트리에 걸린 은색 공 비슷하게 보였다. 여러 수집가들에게 황홀경을 선물하는 수많은 작품들처럼 귀하고 비싼 꽃병도 아니었다. 월도가 그 꽃병을 애지중지하는 이유는 속물스러운 상류층 사이에서 머큐리 글라스 열풍을 주도한 주인공이 자신이기 때문이었다. 그는「왜곡과 굴곡」[4]이라는 글을 통해 이렇게 말했다.

> 유리 방울을 얇게 불어서 만드는 유리 제품은 거울처럼 반짝이도록 안쪽 면에 수은을 한 겹 바른다. 체온계에서 수은이 체온을 알리는 역할을 하듯 유리 공의 굴곡은 딱한 손님들의 불같은 기질을 드러내는 역할을 해서 맨 처음 내 응접실로 들어섰을 때 그들은 그 둥그런 표면에 흉측한 난쟁이로 비쳐진다.

"클로디어스, 이 멍청한 친구야. 조사이어 웨지우드•의 성스러운 이름을 걸고 묻건대 도대체 이걸 왜 나한테 안 보여 주고 있었던 건가?"

클로디어스가 꽃병을 쇼윈도에서 꺼냈다. 월도가 꽃병과 사랑을 나누는 동안 나는 구제 권총을 몇 점 구경했다. 내 등 뒤에서 대화가 이어졌다.

"어디서 구한 게야?"

월도가 물었다.

"비컨에 있는 어느 집에서요."

"그 대가로 나한테서 얼마를 우려낼 작정인가, 이 도둑놈 같은 친구야."

"팔려고 내놓은 게 아닙니다."

"팔려고 내놓은 게 아니라고! 하지만 여보게……."

"이미 팔렸거든요."

클로디어스가 말했다.

월도는 오래된 테이블에 달린 가느다란 다리를 자기 지팡이로 때렸다.

"나한테 먼저 보여 주지도 않고 자네가 무슨 권리로 팔아넘긴 건가? 내가 이걸 얼마나 간절히 원하는지 알면서."

"손님의 요청으로 구해 온 거라서요. 머큐리 글라스가 보이기만 하면 얼마가 됐든 적당하다 싶은 금액을 주고 사 오라고 제게 부탁한 손님이 있었습니다."

"쇼윈도에 전시했으니 팔겠다는 거 아닌가?"

"절대 아닙니다. 사람들한테 근사한 물건을 보여 주고 싶어서 전시해 놓은 거예요. 쇼윈도에 뭘 놓든 그건 제 권리 아닙니까, 라

• **조사이어 웨지우드** _ 영국의 유명한 도자기 제조업자.

이데커 씨."

"필립 앤서니를 대신해서 구해 온 건가?"

정적이 흘렀다. 잠시 후 월도가 고함을 질렀다.

"그자가 찾는 물건이라면 뭐가 됐든 나도 관심이 있다는 걸 자네도 알잖은가. 나한테 보여 주지도 않고 이러면 안 되지."

그는 할머니 같은 목소리를 냈다. 내가 고개를 돌려 보니 얼굴이 잘 익은 무화과처럼 시뻘겠다.

클로디어스가 말했다.

"앤서니 씨의 물건이니 저는 어쩔 도리가 없습니다. 사고 싶으시면 그분한테 말씀하세요."

"나한테 팔 리 없다는 걸 자네도 알면서 그러나."

이런 식의 실랑이가 계속 이어졌다. 나는 에이브러햄 링컨의 어린 시절에도 구닥다리 유물로 간주됐을 법한 전창 소총•을 구경하고 있었다. 그런데 이때 와장창하는 소리가 들렸다. 은색 조각들이 바닥에서 반짝였다.

클로디어스의 얼굴이 새하얗게 변했다. 사람이라도 죽은 듯한 표정이었다.

"일부러 그런 게 아닐세. 믿어 주게."

월도가 말했다. 클로디어스는 신음 소리를 냈다.

"여기가 워낙 어두침침하고 통로가 복잡해서 내가 발이 걸려 비틀거린 거란 말일세."

월도가 말했다.

“가엾은 앤서니 씨.”

“뭘 그렇게 호들갑을 떨고 그러나. 대가는 달라는 대로 주겠네.”

내가 서 있는 데서 보면 가게가 어두컴컴한 동굴 같았다. 고가구, 오래된 시계, 꽃병, 그릇, 술잔, 사기로 만든 개, 변색이 된 촛대 들이 넝마주이의 창고 분위기를 연출했다. 두 남자가 소곤거렸다. 육중한 몸 위로 까만 모자를 걸치고 묵직한 지팡이를 든 월도와 두상이 서양배를 닮은 클로디어스를 보고 있노라니 핼러윈의 마녀가 생각났다. 나는 밖으로 나갔다.

잠시 후 월도가 차 쪽으로 걸어왔다. 지갑을 손에 쥐고 있었다. 그런데 기분이 좋아 보였다. 비를 맞으며 웃는 얼굴로 클로디어스의 가게를 돌아보았다. 그 꽃병을 어떻게든 차지하기라도 한 것처럼.

010

☆☆☆

살해당한 모델의 정보를 담은 무니의 보고서로는 만족할 수가 없었다. 내가 직접 수사를 하고 싶었다.

크리스토퍼 스트리트로 찾아가 보니 무니가 다른 세입자들 신문을 이미 마친 뒤였다. 금요일을 끝으로 레드펀 양을 봤다는 사람은 아무도 없었다.

● **전창 소총** _ 총구에 탄환을 넣어 장전하는 방식의 구식 소총.

셋집은 줄줄이 늘어선 낡고 허름한 건물 중 한 곳이었고, 빈 방 있음, 페르시아 고양이, 양장점, 비술秘術, 프랑스 가정식 요리, 이런 간판들이 걸려 있었다. 이슬비를 맞으며 서 있는데, 제대로 된 아가씨라면 왜 이런 데서 후덥지근한 주말을 보내고 싶지 않을지 짐작이 갔다.

집주인은 하얗게 표백해서 가운데를 묶은 밀가루 부대처럼 생긴 여자였다. 경찰이라면 이제 신물이 난다면서 자기 생각에는 다이앤이 어딘가에 남자와 같이 있을 것 같다고 했다. 그런 아가씨들이 워낙 많고 하나같이 행실이 문란하니 가끔 한 명씩 사라진다 한들 무슨 대수냐는 식이었다. 그녀는 다이앤이 내일 아침에 나타나더라도 절대 놀라지 않을 거라고 했다.

나는 조잘거리는 여자를 현관에 내버려 둔 채 썩은 계단을 세 개 올라갔다. 익숙한 냄새가 났다. 잠 냄새, 마른 비누 냄새, 가죽 구두 냄새. 나도 집에서 나왔을 때 이런 곳을 몇 군데 전전했다. 미모로 한몫 잡으려다 이런 계단이 달린 셋집 신세로 전락한 젊은 아가씨가 딱하다는 생각이 들었다. 로라도 어쩌면 이런 쓰레기장에 살아 본 적이 있어서 여름밤에 어떤 냄새가 나는지 기억하기 때문에 자기 아파트를 빌려 주었을지 모른다.

심지어 갈색과 누런색으로 된 벽지마저 낯이 익었다. 일인용 침대, 중고 서랍장, 푹 꺼진 안락의자, 문에 타원형 거울이 달린 옷장. 이보다 더 좋은 집에서 살 수 있을 만한 수입이 있었지만, 그녀는 가족에게 돈을 부치고 있었다. 게다가 미모를 유지하는 데 상당한 비용이 들었을 것이다. 그녀는 옷이라면 사족을 못 썼다. 온갖 색상의 모자, 장갑, 구두가 갖추어져 있었다.

영화 잡지들이 방 한편에 쌓여 있었다. 접어 놓은 페이지와 표시해 놓은 단락들이 보였다. 다이앤은 할리우드를 꿈꾼 모양이었다. 그녀보다 외모가 못한 여자들이 스타가 되어 스타와 결혼하고 수영장이 딸린 집에서 살았다. 죄를 짓고 괴로워하다 번듯한 남자의 사랑으로 구원을 받은 여자들의 사연을 소개하는 잡지들도 있었다. 가엾은 제니 스워보도 같으니라고.

그녀는 흉측한 벽지에 압정으로 꽂아 놓은 사진들을 위안으로 삼았을 것이다. 광택 인화된 사진들이야말로 그녀의 활약상을 알리는 증거였다. 모피를 입고 5번가를 찾은 다이앤 레드펀. 오페라 관람에 나선 다이앤. 은색 주전자에 담긴 커피를 따르는 다이앤. 새틴 가운 차림으로 새틴 이불을 덮고 매끈한 다리가 잘 보이는 자세로 긴 의자에 누운 다이앤.

이 다리를 영영 볼 수 없게 되었다니 믿기지가 않았다.

나는 침대가에 걸터앉아 이 가엾은 아가씨의 인생에 대해 생각했다. 어쩌면 그녀에게는 사진들이 현실이었을지 모른다. 하루 종일 일을 하느라 비싼 세트 속에서 살았을 테니까. 그러다 밤이 되면 감옥 같은 이곳으로 돌아왔다. 그녀는 분명 부티 나는 스튜디오와 중고 가구로 이루어진 셋방 간의 괴리에 괴로워했을 것이다. 함께

포즈를 취했던 살결 보드라운 모델들과 썩은 계단에서 맞닥뜨리는 가난한 게으름뱅이들 간의 괴리에 괴로워했을 것이다.

얼마 전까지만 해도 패터슨에 살며 견직물 공장에서 일을 했던 제니 스워보도 입장에서는 로라의 아파트가 스튜디오처럼 느껴졌을 것이다. 어퍼 이스트 사이드에 사는 로라의 친구들은 카메라 앞에 선 모델들처럼 늘 으리으리해 보였을 것이다. 그리고 셸비는…….

그때 퍼뜩 생각이 났다.

셸비의 얼굴이 왜 그렇게 낯익게 느껴졌는지.

그는 내가 사기꾼을 추격하던 와중에 마주친 인물이 아니었다. 그는 내가 직업상 맞닥뜨리는 부류들과 한데 어우러질 인물이 아니었다. 나는 그의 얼굴을 여러 광고 속에서 보았다.

광고에서 셸비 자신을 접한 것은 아닐지 모른다. 그가 실제로 모델 활동을 했다는 기록은 없었다. 하지만 애로 셔츠 차림으로 패커드를 몰고, 체스터필드 담배를 피우면서 보험금을 내고 주식 투자를 하는 젊은 남자들이 곧 셸비였다. 월도가 뭐라고 했던가. 어린애 같은 마음으로 영원히 사랑할 영웅, 워낙 나무랄 데가 없어서 그녀가 동정이나 지적 능력을 발휘할 필요가 없는 완벽함의 상징.

화가 났다. 처음에는 비현실적인 인물에게서 실질적인 단서를 찾으려고 했던 나한테 화가 났다. 나는 평범한 살인범, 사기꾼, 밀고자, 깡패, 마약 중독자 들을 대하듯 셸비를 대하고 있었다. 아티초크 밀거래의 왕은 실존 인물이었다. 핀볼 폭력단도 피와 살로 이루어졌고 방아쇠를 당길 줄 아는 인간들이었다. 심지어 낙농 협회도 살아 숨쉬는 악덕업자들로 이루어졌다. 하지만 셸비는 걸어 다니는 이상형이었다. 신이 여자들에게 내린 선물이었다. 나는 그래서 그가 싫었고, 로맨스라면 사족을 못 쓰는 여자들이 싫었다. 사실 생각해 보면 남자들도 오십보백보였다. 나만 해도 세계 챔피언 타이틀을 거머쥐고 오천 달러짜리 로드스터에 여배우 헤디 라마•를 태운 채 예전에 살던 동네로 금의환향하는 열두 살 적 꿈속을 헤매느라 얼마나 많은 시간을 허비했던가.

하지만 로라는 그런 황당무계한 짓거리를 초월한 줄 알았다. 진정한 남자를 만나면 알아보는 여자인 줄 알았다. 밝은 눈으로 가면을 뚫고 그 속에 숨은 링컨, 콜럼버스, 토머스 A. 에디슨 그리고 타잔까지 간파할 만한 능력의 소유자인 줄 알았다.

나는 사기를 당한 듯한 심정이었다.

그래도 해야 할 일이 남아 있었다. 침대에 앉아서 사랑의 철학을 고민한다고 살인 사건이 해결되는 건 아니었다. 제니 스워보도 또는 다이앤 레드펀이 꿈꾸던 세계가 어떤 곳인지 알아냈지만, 그랬다고 달라지는 건 없었다. 그녀가 총신을 자른 엽총을 들고 다니는 부류의 남자들과 어울렸다는 단서조차 될 수 없지 않은가.

초점은 다시 로라의 아파트와 셸비에게로 향했다. 다이앤의 초록색 핸드백에서 단서를 포착한 것이다.

집을 나서기 전에 집주인에게 확인했다. 다이앤이 금요일에 초

• **헤디 라마** _ 오스트리아 출신의 미국 배우.

록색 핸드백을 들고 있었다고 했다. 이미 알고 있던 사실이었다. 그녀는 옷가지를 애지중지했다. 원피스는 모두 옷걸이에 걸었고, 스무 켤레의 신발에 일일이 구둣골을 채웠다. 심지어 로라의 집에 갔을 때도 입고 간 원피스를 걸고, 모자는 선반에 얹고, 핸드백은 서랍 안에 넣었다. 그래서 금요일 저녁에는 허둥지둥 달려 나갔다는 것을 알 수 있었다. 초록색 모자와 장갑, 핸드백을 침대에 내팽개치고 나간 것이다. 구두는 의자 밑에서 나뒹굴었다. 집에서 흔히 접했던 광경이었다. 여동생도 직장 상사와 데이트 준비를 할 때마다 돌돌 말린 스타킹은 의자 뒤에, 분홍색 속옷은 욕실 바닥에 내팽개쳤으니까.

초록색 핸드백을 집어 들었다. 묵직했다. 로라가 자기 집 서랍에 있더라며 보여 준 까만색 핸드백 안에 콤팩트, 립스틱, 열쇠, 현금, 걸쇠가 부러진 밀짚 담뱃갑이 들어 있었으니 비어 있었어야 마땅할 텐데.

초록색 핸드백 안에 담뱃갑이 들어 있었다. S.J.C.라는 머리글자가 새겨진 금담뱃갑이었다.

011

☆☆☆

이십 분 뒤에 나는 로라의 거실로 찾아갔다. 주머니 안에 담뱃갑을 넣고.

로라와 셸비가 소파에 나란히 앉아 있었다. 그녀는 울고 난 얼굴이었다. 두 사람은 월도와 내가 5시에 떠난 이래 줄곧 함께 있었다. 지금은 10시 무렵이었다. 베시는 퇴근하고 없었다.

나는 두 사람이 다섯 시간 동안 무슨 이야기를 나누었을지 궁금했다.

나는 사무적인 태도를 취했다. 딱딱하고 효율적인 태도로 추리소설에 등장하는 탐정처럼 말했다.

"단도직입적으로 묻겠습니다. 설명이 필요한 부분들이 몇 군데 있어서요. 앞뒤가 안 맞는 부분들을 처리할 수 있도록 도와주시면 두 분도 이 살인 사건을 해결하고 싶은 마음이 저만큼 간절하다고 믿겠습니다. 안 그러면 살인범이 밝혀지지 않기를 바라는 개인적인 이유가 있다고 의심할 수밖에 없고요."

로라는 교장실에 불려 온 여학생처럼 두 손을 무릎에 얹었다. 내가 교장이었다. 그녀에게 나는 무서운 존재였다. 셸비는 데스마스크를 쓴 것처럼 무표정했다. 심장이 뛰는 것처럼 시계가 째깍거렸다. 나는 금담뱃갑을 꺼냈다.

셸비의 눈가에 힘이 들어갔다. 아무도 말이 없었다.

나는 로라 앞으로 담뱃갑을 내밀었다.

"이 담뱃갑이 어디 들어 있었는지 알죠? 다이앤이 금요일에 당신과 점심을 먹었을 때 초록색 핸드백을 들고 나왔죠? 로라, 당신이 아파트를 쓰라고 한 게 담뱃갑을 보기 전이었나요, 후였나요?"

로라의 뺨 위로 눈물이 흘러내렸다.

셸비가 말했다.

"좀 전에 나한테 했던 말 그대로 전해요, 로라. 보기 전이었잖아요!"

그녀는 주일 학교 학생처럼 고개를 끄덕였다.

"맞아요, 전이었어요."

두 사람은 서로 쳐다보지 않았지만, 무언가를 얼른 주고받는 게 느껴졌다. 셸비가 음정도 안 맞는 휘파람을 불기 시작했다. 로라는 금귀걸이를 빼고 소파 등받이에 머리를 댔다.

내가 말했다.

"로라, 당신은 수요일에 다이앤에게 못되게 군 것 때문에 내내 기분이 안 좋았죠. 그래서 점심을 같이 먹자고 불러냈고, 자기 방이 불편하다며 투덜거리는 다이앤의 이야기를 듣고 이 아파트를 쓰라고 했어요. 그러고 나서 커피를 마시든지 그랬을 때 다이앤이 이 담뱃갑을 꺼냈죠. 그 자리에 누가 앉아 있는지 깜빡하고 그랬을 수도 있고……."

로라가 물었다.

"그걸 어떻게 아셨어요?"

내가 물었다.

"내가 그렇게 알고 있으면 좋겠죠? 그 당시 상황을 가장 간단하게 설명할 수 있는 방법일 테니까요."

그녀가 말했다.

"하지만 정말 그랬는걸요. 정말로……."

셸비가 끼어들었다.

"이것 보세요, 맥퍼슨 씨. 그런 식으로 말씀하시면 곤란하죠."

그의 데스마스크가 벗겨졌다. 석고에 금이 간 것이다. 그는 험상궂은 분위기를 풍기며 실눈을 떴고, 입을 일자로 굳게 다물었다.

로라가 말했다.

"셸비. 그러지 마요, 셸비."

그가 자리에서 일어나 그녀의 앞을 막았다. 내가 그녀에게 협박이라도 한 것처럼 다리를 벌리고 주먹을 불끈 쥐었다.

"더 이상 참지 않겠습니다, 맥퍼슨 씨. 이런 식으로 슬그머니……."

"셸비, 셸비, 왜 그래요."

로라가 그의 손을 잡아당겼다.

내가 말했다.

"내가 슬그머니 뭘 어쨌다는 건지 모르겠군요, 카펜터 씨. 나는 헌트 양에게 질문을 했습니다. 그런 다음 당시 상황을 재구성했더니 헌트 양이 바로 맞혔다고 했고요. 그런데 이런 식으로 과민 반응을 보이는 이유가 뭡니까?"

상황은 다시 비현실적인 분위기로 바뀌었다. 내가 소설 속에 나오는 탐정처럼 이야기하고 있었다. 셸비 옆에 있으면 평소 모습대로 행동할 수가 없었다.

로라가 말했다.

"그것 봐요. 당신이 흥분하는 바람에 상황이 더 악화되고 있잖아요."

두 사람은 다시 자리에 앉았다. 그녀는 그의 재킷 소맷부리에 얹은 손을 치우지 않았다. 그는 그녀가 자신을 통제하는 게 못마땅한 눈치였다. 당혹스러워하는 얼굴로 그녀를 노려보았다. 그러더니 팔을 빼고 소파 저쪽 끝으로 자리를 옮겼다.

그는 권위를 과시하고 싶어 안달이 난 사람처럼 이렇게 말했다.

"헌트 양을 한 번만 더 모욕하면 정식으로 항의할 겁니다."

"내가 모욕을 했던가요, 헌트 양?"

그녀가 대답하려는 찰나, 그가 끼어들었다.

"앞으로는 할 이야기가 있으면 변호사를 통해 전달하겠습니다."

로라가 말했다.

"당신 때문에 상황이 더 악화되고 있다니까요. 그렇게 과민 반응을 보일 필요 없잖아요."

나는 활자로 박힌 대사를 읽거나 아니면 녹음이 된 대사를 듣는 듯한 기분이 들었다. 막돼먹은 법의 하수인으로부터 연약한 여자를 보호하러 나선 용감한 영웅. 나는 파이프 담배에 불을 붙였다. 영웅처럼 나섰던 그에게 정신을 차릴 만한 여유를 주기 위해서였다. 로라가 담배를 향해 손을 내밀었다. 그가 불을 붙여 주기 위해 벌떡 일어섰다. 그녀의 시선은 반대 방향으로 고정되어 있었다.

내가 그에게 물었다.

“내가 지금 이 시점에서 카펜터 씨에게 묻고 싶은 게 딱 한 가지 있다면 그 버번 술병의 진상입니다. 당신과 마스코니의 증언이 엇갈리는 이유가 뭘까요?”

로라가 그쪽을 흘끗 쳐다보았다. 셸비는 알아차리지 못한 척했지만, 일부러 눈길을 돌리지 않아도 그녀를 볼 수 있는 위치였다. 문득, 이 두 사람이 사랑해서라기보다 절박한 마음에 서로 부둥켜안고 있었던 게 아닐까 하는 생각이 들었다. 하지만 내 판단을 전적으로 신뢰할 수가 없었다. 사적인 감정이 얽혀 있기 때문이었다. 표정을 살필 만한 단계는 이미 지났다. 지금은 사실을 밝히고 싶은 마음뿐이었다. 흑인지 백인지 단도직입적으로 묻고 대답은 간단하게. 예 아니면 아니오로 대답하세요, 카펜터 씨. 금요일 밤에 다이앤 레드펀과 함께 이 아파트에 있었나요? 예 아니면 아니요로 대답하세요, 헌트 양. 그가 당신 집에서 그녀를 만나기로 한 것을 알고 있었나요?

로라가 말문을 열었다. 셸비가 기침을 했다. 그가 앉아 있는 쪽을 노골적으로 바라보는 그녀의 눈빛이 마치 벌레를 보는 듯했다.

“솔직하게 고백할래요, 셸비.”

그가 그녀의 손을 잡았다.

“로라, 미쳤어요? 자백을 받아 내려는 게 저자의 목적인 걸 모르겠어요? 우리가 무슨 말을 하든…… 왜곡될 테니…… 변호사하고 의논하기 전에는 아무 말도 하지 마요…… 만에 하나…….”

그녀가 말했다.

“그렇게 겁낼 것 없어요, 셸비. 당신이 저지른 일도 아닌데 무서워할 것 없잖아요.”

그녀는 나를 쳐다보았다.

“셸비는 내가 다이앤을 죽였다고 생각해요. 그래서 거짓말을 한 거예요. 저를 보호하려고.”

그녀는 마치 내리는 비나 어떤 옷이나 읽었던 책을 이야기하는 투였다. 이제는 정직이 그녀의 무기였다. 그것이 그녀의 갑옷이었다. 그녀가 부드러운 목소리로 나를 불렀다.

“마크 형사님. 형사님도 제가 다이앤을 죽였다고 생각하세요?”

셸비의 배신을 알리는 14K 금담뱃갑 위로 스탠드 불빛이 비쳤다. 로라가 이모에게 결제를 떠넘기면서 준비한 크리스마스 선물이었는데. 그가 잃어버렸다던 담뱃갑을 로라는 금요일, 못되게 군 것을 사과하러 만난 다이앤의 초록색 핸드백 속에서 보았다.

그녀는 그날 점심때 갑자기 머리가 아팠다. 그래서 모자를 벗지도 않은 채 월도에게 전화해 저녁 약속을 취소했다. 하지만 사람들이 이유를 묻는 게 싫어서 바뀐 계획에 대해 아무한테도 이야기하지 않았다.

아직 목요일이었다. 목요일 밤 10시 14분이었다. 원래대로라면 두 사람은 지금쯤 노바 스코샤로 신혼 여행길에 올랐을 것이다. 오늘이 신혼 첫날밤이 되었을 것이다.

스탠드 불빛이 그녀의 얼굴을 비추었다. 그녀의 목소리는 부드러웠다.

"제가 다이앤을 죽였다고 생각하세요? 형사님도 그렇게 생각하세요?"

A stenographic report of the statement made by Shelby J. carpenter
Lieutenant McPherson on Friday at 3.45 P.M., August 29, 1941.
Present: Shelby J. Carpenter, Lieutenant McPherson, N.T. Salsbury, J

Mr. Carpenter : I, Shelby John Carpenter,
do hereby swear that the following is a true statemer
of the facts known to me concerning
the death of Diane Redfern.
At times this will contradict certain statements
I've made before, but……

Mr. Salsbury : You are to take into consideration,
Lieutenant McPherson, that any conflict between
this and previous statements made by my client is
due to the fact that he felt it
his moral duty to protect another person.

Lieutenant McPherson : We've promised your client immur

Mr. Salsbury : Go on, tell me what happened, Carpenter.

Mr. Carpenter : As you know, Miss Hunt wished
a few day's rest before the wedding.
She had worked exceedingly hard on a campaign
for the Lady Lilith cosmetic account,
and I did not blame her for requesting that
we postpone the wedding until she had time
to recover from the strain.

3

THE STENOGRAPHIC REPORT OF THE STATEMENT

001

☆☆☆

1941년 8월 29일 오후 3시 45분 금요일 셸비 J. 카펜터의 진술 속기록.

배석인: 셸비 J. 카펜터, 맥퍼슨 경위, N.T. 솔즈베리 2세.

카펜터: 나, 셸비 존 카펜터는 다이앤 레드펀 살인 사건과 관련해 진실을 밝히겠다고 이 자리에서 맹세하는 바입니다. 가끔 이전의 진술과 상반되는 부분들도 있겠지만…….

솔즈베리: 제 의뢰인이 이 자리에서 하는 진술에 이전의 진술과 상충하는 부분이 있더라도 제삼자를 보호해야 할 도덕적인 의무감에서 기인한 것임을 참작해 주시기 바랍니다, 맥퍼슨 경위님.

맥퍼슨 : 이미 면책을 약속했습니다.

솔즈베리 : 그럼 이제 진상을 밝혀 주시죠, 카펜터 씨.

카펜터 : 아시다시피 헌트 양은 결혼을 앞두고 며칠 쉬고 싶다고 했습니다. 레이디 릴리스 화장품 홍보 건으로 워낙 열심히 일을 했으니 스트레스에서 회복될 때까지 결혼을 미루자고 했어도 저는 뭐라 하지 않았을 겁니다. 그녀가 일에다 쏟는 지칠 줄 모르는 열정을 놓고 여러 번 잔소리를 했어요. 여자들은 워낙 예민하고 섬세한데, 일자리에서 오는 부담감에 사회적인 의무, 개인적인 책임까지 더해지면 신경이 곤두설 수밖에 없지 않겠습니까? 그래서 저는 로라가 변덕을 부릴 때마다 항상 이해하고 측은하게 여기려고 합니다.

일주일 전, 금요일 아침에 저는 전날 쓴 광고 문안에 대해 의논하려고 그녀의 방으로 찾아갔습니다. 제가 비록 그녀가 실력 있는 카피라이터로 입지를 다지고도 몇 년이나 지나 이 일에 뛰어들었지만, 그녀는 제 판단을 상당히 존중해 주었죠. 저희는 보기보다 서로에게 기대는 부분이 훨씬 더 많았습니다. 그녀는 광고를 기획하고 프레젠테이션을 준비할 때 저를 찾아와 종종 도움을 받고, 저는 광고 문안을 작성할 때 종종 그녀에게 조언을 청하는 식으로요. 제가 레이디 릴리스 일을 넘겨받기로 했으니 그녀의 의견을 묻는 게 당연한 수순이었죠. 그녀는 제가 쓴 헤드라인을 보고 열렬한 반응을 보였습니다. 제가 기억하기로 이런 문구였어요. "당신은 사람들 속에 섞이면 묻히는 얼굴입니까? 아니면 남자들은 감탄하고 여자들은 질투하는, 환하고 매력적인 얼굴입니까?" 여기서 매력적이라는 단어가 그녀가 추천한 단어였죠.

맥퍼슨: 본론으로 들어갑시다. 광고업계에 대한 설명은 나중에 하시고요.

카펜터: 우리가 어떤 관계였는지 설명하고 싶었을 뿐입니다.

맥퍼슨: 그녀가 다이앤과 점심을 먹을 거라고 이야기하던가요?

카펜터: 그건 서로 건드리지 않기로 한 부분이라.

맥퍼슨: 점심 먹는 거 말입니까?

카펜터: 다이앤 레드펀요. 사실은 제 쪽에서 점심 같이 먹겠느냐고 물었는데, 그녀가 처리해야 할 일거리가 있다고 하더군요. 그래서 더 이상 묻지 않고 동료들과 함께 나갔고, 나중에 커피를 마시러 자리를 옮겼을 때 로즈 대표님이 합류했습니다. 2시 15분쯤에 사무실로 돌아가 열심히 일을 하고 있는데 3시 30분쯤 전화벨이 울렸어요. 다이앤이었죠.

맥퍼슨: 그녀가 로라와 함께 점심을 먹었다고 하던가요?

카펜터: 가엾게도 제정신이 아니더군요. 맥퍼슨 형사님은 모르겠지만, 그녀는 제가 그때까지 만난 사람 중에서 성격이 가장 여성스러웠어요. 출신과 자라 온 환경은 전혀 다르지만, 저희 어머니를 닮은 구석도 있었고요. 뭐든 괴로운 일이 생기면 남자를 찾는다는 점에서요. 하필이면 저를 선택한 게 유감스러울 따름이었죠. 형사님께서는 어떻게 받아들이실지 모르겠지만, 최대한 솔직하게 고백

하는 차원에서 말씀드리자면 가만히 있는 저한테 여자들이 들러붙은 게 한두 번이 아니었어요. 헌트 양도 이야기했다시피 다이앤은 훌륭한 집안 출신이라고 볼 수가 없었죠. 그래서 우리 입장에서는 예의 바르게 대하느라 그런 걸 그녀는…… 사랑의 증표로 받아들였다고 해야 할까요? 그녀는 흥분을 잘하고 통제가 안 되는 성격이었어요. 제가 헌트 양과 결혼을 앞둔 사이라는 걸 알면서도 저를 미치도록 사랑한다고 공언하고 다녔고, 저를 종종 난처하게 만들었습니다. 맥퍼슨 형사님도 이런 여자들에 대해 아실지 모르겠네요. 사랑에 눈이 멀어 자신의 감정과 상대방 남자 말고는 아무것도 못 보는 여자들 말입니다.

맥퍼슨: 하지만 카펜터 씨 쪽에서 말리지도 않으셨죠?

솔즈베리: 그건 본론과 무관한 질문입니다. 대답할 필요 없습니다, 카펜터 씨.

카펜터: 매정한 남자가 되고 싶지 않았을 따름입니다. 어리고 아주 예민한 여자였으니까요.

맥퍼슨: 그녀가 로라와 점심을 먹었다고 하던가요?

카펜터: 눈앞이 캄캄하다고 했어요. 처음에는 히스테리를 부리는 줄 알았죠. 그래서 너무 호들갑 떨지 말라고 했는데, 겁에 질려서 흥분한 목소리가 불안하게 느껴지더군요. 그녀가 충동적이면서 용감한 성격이라는 걸 알았기 때문에 혹시라도…… 제가 어떤 부분을 걱정했는지 아시겠죠? 그래서 일종의 작별 인사 차원에서 저녁

을 사겠다고 한 겁니다. 잘 알아듣게 타이르려고요. 몬타니노에서 만나기로 했죠.

맥퍼슨: 몬타니노라.

카펜터: 다이앤의 기운을 북돋워 주어야 할 것 같았거든요. 그리고 헌트 양이 몬타니노를 좋아한다고 여러 번 이야기했던 터라 다이앤은 그 음식점이 아주 근사한 곳인 줄 알았어요. 그 아이가 헌트 양이라면 얼마나 사족을 못 썼는지 형사님은 모르실 겁니다.

맥퍼슨: 이런 이야기를 헌트 양한테 하지는 않으셨죠?

카펜터: 이야기해 봐야 심란해지기만 할 테니까요. 헌트 양은 다이앤에게 그렇게 못되게 군 것에 대해 아주 괴로워하고 있었어요. 물론 나중에는 밝힐 생각이었습니다. 게다가 그녀는 월도 라이데커와 저녁을 먹는다고 했으니…… 적어도 제가 알기로는 그랬으니까요.

맥퍼슨: 트로피컬 바에서 헌트 양과 칵테일을 마셨을 때는 어떤 대화를 나누었습니까?

카펜터: 어떤 대화를 나누었느냐고요? 아…… 뭐…… 당연히 앞으로의 계획에 대해 이야기했죠. 그녀가 싸늘한 분위기를 풍겼고 조금 기운 없어 보이기는 했지만, 신경이 곤두서서 그런가 보다 했어요. 그래서 푹 쉬고 아무것도 걱정 말라고 신신당부했죠. 헌트 양은 아주 똑똑하지만, 가끔 너무 감정적으로 치달아서 세태를 운운하며 히스테리를 부리다시피 하는 경우도 있거든요. 죄책감 비슷한 게 있어서 우리처럼 무고한 사람들도 신문지상에 등장하는 끔찍하

고 고통스러운 세태에 대해 책임을 분담해야 한다고 가끔 주장한답니다. 거기다 자기가 하는 일에 대해 냉소적이다 보니 정서가 불안한 구석이 있어요. 그런 부분은 제가 옆에서 도와주면 고칠 수 있을 것 같긴 하지만. 아무튼 쉬는 동안에는 신문도 보지 말고 뉴스도 듣지 말라고 했더니 솔깃해하면서 평소와 다르게 군소리 없이 고분고분 알겠다고 하더군요. 헤어지면서 그녀가 입술을 내어 주기는 했지만, 반응이 영 싸늘했어요. 저는 그녀에게 바뀐 계획에 대해 들은 바 없었으니 택시 기사에게 월도 라이데커의 집 주소를 알려 주었습니다. 그런 다음 호텔로 돌아가 옷을 갈아입고 몬타니노로 향했죠. 그런데 실망스러운 곳이더군요.

맥퍼슨: 그 전에는 가 본 적이 없었던 모양이죠?

카펜터: 라이데커 씨가 헌트 양을 데리고 늘 가던 곳이거든요. 둘이서만 다녔어요. 우리는 이야기만 들었고요.

맥퍼슨: 다이앤이 로라와 같이 점심을 먹었고, 그 자리에서 담뱃갑을 꺼냈다는 이야기를 하던가요?

카펜터: 예. 그 소리를 듣고 얼마나 괴로웠는지 모릅니다.

맥퍼슨: 다른 여자하고 결혼을 하려니 말입니까?

솔즈베리: 그 질문에는 대답할 필요가 없습니다, 카펜터 씨.

카펜터: 저와 다이앤이 내연의 관계였다고 생각하시는 모양이로군요, 맥퍼슨 형사님.

맥퍼슨: 그녀가 담뱃갑을 입수한 경로는 둘 중 하나일 수밖에 없

습니다. 훔쳤든지, 당신에게 선물로 받았든지.

카펜터: 비열하게 보일 수 있다는 건 저도 인정하는 부분입니다만, 어쩌다…… 어쩌다 그런 상황에 이르렀는지 들으시면…… 형사님도 이해하실 겁니다.

맥퍼슨: 다이앤이 애걸복걸했겠죠.

카펜터: 논조가 마음에 안 드네요, 맥퍼슨 형사님. 당시 상황을 말하는 게 아니라 다른 의미에서 하는 이야기처럼 들려서요.

맥퍼슨: 다이앤 입장에서는 당신이 대단한 위인으로 보였을 거라고 말하고 싶었을 따름입니다. 로라보다 더 대단한 위인으로 보였겠죠. 그리고 또 한 가지 덧붙이자면 당신이 담뱃갑을 왜 그녀에게 주었는지 이유를 서너 가지는 생각할 수 있을 것 같은데요.

솔즈베리: 그건 사적이고 부적절한 부분입니다, 경위님.

카펜터: 고맙습니다, 솔즈베리 씨.

맥퍼슨: 알겠습니다. 계속하시죠.

카펜터: 10시쯤 됐을 때 저희는 식당에서 나왔습니다. 그런데 그 정도 시간이 지났으면 진정이 됐을 줄 알았더니 전보다 더 안절부절못하고 불안해하는 겁니다. 밝힐 수 없는 공포로 괴로워하는 눈치였어요. 유혈극이 벌어지지는 않을까 걱정하는 사람처럼 말이죠. 뭣 때문에 부들부들 떠는지 말은 하지 않았지만, 제가 보기에 근거 없는 히스테리는 아니었어요. 그런 상황에서 그녀를 혼자 두고 떠날 수 없었기에 잠깐 같이 있어 주겠다고 했습니다.

맥퍼슨: 그래서 헌트 양의 아파트로 올라간 겁니까?

카펜터: 솔직히 유쾌한 상황은 아니었지만, 상황이 그렇다 보니 남들이 보는 앞에서 그녀와 대화를 나눌 수가 있어야 말이죠. 남자들만 묵는 제 호텔 방으로 그녀를 불러들일 수도 없었고, 남자 손님은 그녀의 셋집을 들락거릴 수 없었으니 대안이 없었습니다. 그래서 헌트 양의 아파트로 차를 몰고 가다…….

맥퍼슨: 버번을 사러 마스코니에 들렀을 때 그녀는 어디 있었나요?

카펜터: 꼭 대답을 해야 합니까?

맥퍼슨: 들으면 도움이 될 만한 사항이라서요.

카펜터: 다이앤이 워낙 괴로워해서 기운을 북돋워 줄 만한 게 필요했거든요. 헌트 양의 술을 축내는 건 아닌 것 같아서 마스코니에 들러…….

맥퍼슨: 마스코니는 당신이 로라의 친구인 걸 아는 사람이었으니 다이앤은 밖에 세워 뒀겠죠.

카펜터: 아닙니다. 다이앤은 약국에서 뭘 살 게 있어서…….

솔즈베리: 카펜터 씨는 헌트 양의 아파트로 직행했죠?

맥퍼슨: 거기서 다이앤은 자기 옷을 벗고 헌트 양의 실크 가운으로 갈아입었죠.

카펜터: 기억하시겠지만 날이 정말 더웠잖습니까.

맥퍼슨: 침실에는 산들바람이 불었을 텐데요.

카펜터: 둘이서 세 시간 동안 이야기를 나누었습니다. 그런데 그

때 초인종이 울려서…….

맥퍼슨: 무슨 일이 있었는지 정확하게 알려 주시기 바랍니다. 하나도 빠뜨리지 말고요.

카펜터: 저희 둘 다 깜짝 놀랐고, 다이앤은 겁에 질렸습니다. 그런데 저는 헌트 양과 사귀는 동안 그 어떤 일에도 놀라지 않는 경지에 이르렀습니다. 친구들이 결혼이나 연애나 직장에서 골치 아픈 일이 생기면 불쑥불쑥 그녀를 찾아왔거든요. 저는 다이앤에게 현관으로 나가서 로라가 여행을 간 사이 이 집을 쓰고 있다고 전하라고 했죠.

맥퍼슨: 당신은 방 안에 그대로 있었고요?

카펜터: 로라의 친구한테 들키면 어쩝니까? 구설수는 피하는 게 좋지 않겠습니까?

맥퍼슨: 그래서요?

카펜터: 초인종이 다시 울렸습니다. 다이앤의 슬리퍼가 맨바닥에 부딪치는 소리가 들리더군요. 그러더니 잠깐 정적이 흐른 뒤 총성이 들렸습니다. 그때 제 심정이 어땠겠습니까? 제가 달려 나갔을 때 문은 닫힌 뒤였고, 그녀는 바닥에 쓰러져 있었습니다. 거실이 어두컴컴해서 실크 가운만 희미하게 보일 따름이었죠. 제가 다쳤느냐고 물었지만, 아무 대답이 없었습니다. 그래서 그 위로 몸을 숙이고 심장에 손을 대 보았습니다.

맥퍼슨: 그랬더니요?

카펜터: 너무 소름이 끼쳐서 차마 말을 못하겠습니다.

맥퍼슨: 그러고 나서 어떻게 했습니까?

카펜터: 처음에는 경찰을 부르려고 했습니다.

맥퍼슨: 그런데 왜 안 부르셨나요?

카펜터: 수화기를 들려는 순간, 어떤 생각 하나가 뇌리를 스치고 지나가면서 머릿속이 하얗게 변하더군요. 그래서 손을 내리고 멍하니 그 자리에 서 있을 수밖에 없었습니다. 제가 로라를 끔찍이 사랑했다는 걸 기억해 주시기 바랍니다, 맥퍼슨 형사님.

맥퍼슨: 총에 맞은 건 헌트 양이 아니었잖습니까.

카펜터: 저는 그녀에게 신의를 지켜야 하는 입장이었습니다. 그리고 벌어진 사태에 저도 일말의 책임을 느꼈고요. 수요일 오후에 그런 결례를 저질러 놓고 다이앤이 왜 그렇게 겁에 질렸는지 당장 알 수 있었습니다. 이런저런 상황을 종합해 보니 이 비극적인 현장에서 제가 해야 할 일이 뭔지 떠오르더군요. 아무리 감정이 북받쳐 통제가 안 되더라도 얼른 자리를 피해야 한다는 것이었습니다. 제가 그 아파트를 지키고 있으면 상당히 어색한 상황이 될 뿐 아니라 무슨 일이 있더라도 보호해야 할 그 사람에게 의혹의 시선이 쏠릴 수밖에 없을 테니까요. 이제 와 생각해 보면 그렇게 충동적으로 움직인 건 상당히 어리석은 선택이었습니다만, 살다 보면 이성보다 더 심오한 무언가에 의해 움직일 때도 있기 마련이잖습니까.

맥퍼슨: 아파트를 나와 진실을 은폐하는 것이 법 집행을 교란하

는 행위라는 생각은 들지 않던가요?

카펜터: 제 목숨보다 더 소중한 사람을 지켜야 한다는 생각뿐이었습니다.

맥퍼슨: 저희 동료들이 토요일 아침에 프레이밍햄으로 찾아가 헌트 양이 죽었다고 전했을 때 그 소식을 듣고 당신이 정말로 충격을 받은 것 같았다던데요.

카펜터: 솔직히 고백하겠습니다만, 사건이 그런 식으로 왜곡될 줄 몰랐습니다.

맥퍼슨: 하지만 알리바이도 만들어 놓았겠다, 누가 죽었건 상관없이 그대로 밀고 나간 거로군요.

카펜터: 제가 이 사건에 연루되면 다른 누군가가 의심을 받을 수밖에 없지 않겠습니까? 그것만큼은 피하고 싶었을 따름입니다. 하지만 다이앤과 또 다른 누군가를 생각하며 슬퍼한 건 진심이었습니다. 이 사건이 터진 이래 두 시간 넘게 잔 적이 있을까 싶을 정돕니다. 천성적으로 거짓말을 못 하는 성격이라서요. 저는 제 자신과 세상 앞에서 솔직할 수 있을 때 가장 행복한 사람입니다.

맥퍼슨: 헌트 양이 살아 있다는 걸 알면서도 연락을 시도하지 않으셨죠. 왜 그랬습니까?

카펜터: 그녀가 제 갈 길을 가도록 내버려 두는 게 더 현명한 선택 아니었을까요? 제가 필요하면 그쪽에서 먼저 연락을 할 거라고 생각했습니다. 저는 끝까지 곁을 지켜 줄 사람인 걸 알고 있을 테니

까요.

맥퍼슨: 헌트 양의 이모를 찾아가 그 집에서 기거한 이유는 뭡니까?

카펜터: 자질구레하고 힘든 일들을 처리하는 게 가족이나 다름없는 제 임무일 테니까요. 고맙게도 트레드웰 부인께서 세간의 호기심 때문에 호텔에서 지내는 게 불편하지 않겠느냐고 말씀해 주시기도 했고요. 어쨌거나 제가 상을 당한 것 아닙니까.

맥퍼슨: 그러고 나서 다이앤이 로라 헌트의 이름으로 묻히도록, 아니 화장되도록 방치했죠.

카펜터: 그 끔찍했던 나흘 동안 제가 얼마나 괴로웠는지 형사님은 모르실 겁니다.

맥퍼슨: 헌트 양이 돌아온 날 밤, 당신이 묵는 프레이밍햄 호텔로 전화를 했죠? 그런데 당신이 호텔 측에 당신의 전화번호를 아무한테도 알리지 말라고 했기 때문에…….

카펜터: 제가 기자들 때문에 얼마나 난감했는지 모릅니다, 맥퍼슨 형사님. 헌트 양이 이모님 댁으로 전화를 하지 않는 게 최선이기도 했고요. 수요일 밤에, 아니, 목요일 새벽이라고 해야 더 맞겠죠. 호텔에서 연락을 해 오자 저는 바로 알아차렸습니다. 그런데 배은망덕하게 들릴 수도 있겠지만, 트레드웰 부인이 호기심이 많은 성격이거든요. 게다가 얼마 전에 장례식을 치른 조카의 목소리를 들으면 충격을 받을 수도 있으니 밖으로 나가서 공중전화로 헌트 양

에게 전화를 한 겁니다.

맥퍼슨: 어떤 대화를 나누었는지 기억나는 대로 하나도 남김없이 들려주시죠.

카펜터: 그녀가 "셸비?" 하고 묻기에 제가 "그래요, 나예요"라고 대답했고, 그녀가 "내가 죽은 줄 알았어요, 셸비?"라고 하기에 별일 없는 거냐고 물었죠.

맥퍼슨: 헌트 양더러 죽은 줄 알았다고 했습니까?

카펜터: 별일 없는 거냐고 물었다니까요. 그녀는 가엾은 다이앤을 생각하면 가슴이 미어진다며 그녀가 죽길 바랐을 만한 사람이 있는지 아느냐고 물었죠. 저는 그 말을 듣고, 헌트 양이 저에게 모든 것을 털어놓을 생각이 없음을 알아차렸죠. 전화상이라 솔직한 대화를 나눌 수 없는 상황이기도 했고요. 하지만 저는 그녀를 곤혹스럽게 만들 수 있는, 혹은 정말로 위험에 빠뜨릴 수 있는 한 가지 사소한 사실을 알고 있었기에 제가 할 수 있는 한 그녀를 보호하기로 마음을 먹었습니다.

맥퍼슨: 한 가지 사소한 사실이라뇨?

카펜터: 형사님 책상 위에 놓여 있는 그것 말입니다.

맥퍼슨: 헌트 양 소유의 엽총이 있었다는 걸 당신도 알았단 말입니까?

카펜터: 제가 선물했으니까요. 시골집에 혼자 머무는 경우가 많았거든요. 거기 새겨진 머리글자는 제 어머니 이름입니다. 딜라일

러 셸비 카펜터.

맥퍼슨: 그래서 트레드웰 부인의 차를 빌려 월턴에 다녀온 겁니까?

카펜터: 예, 그렇습니다. 그런데 형사님의 부하가 택시로 미행을 하지 뭡니까. 그래서 집 안에는 감히 들어가지도 못했습니다. 잠깐 정원에 서 있었는데, 그 조그만 오두막집과 정원이 우리에게 어떤 의미였는지 떠오르면서 정말 만감이 교차하더군요. 시내로 돌아와 트레드웰 부인과 함께 있는 형사님과 맞닥뜨렸을 때 추억 여행을 다녀왔다고 한 거, 거짓말 아니었습니다. 그날, 형사님이 아파트로 저를 부르셨죠. 저는 헌트 양이 살아 있는 걸 보고 깜짝 놀라야 하는 거였고, 형사님은 저의 반응을 관찰할 작정이었죠. 저는 형사님이 의도한 대로 쇼를 벌일 작정이었습니다. 아직은 사태를 수습할 여지가 있다고 믿었으니까요.

맥퍼슨: 저를 배웅한 뒤에 헌트 양과 의논을 하셨죠? 그때 당신의 솔직한 생각을 밝혔고요.

카펜터: 헌트 양은 지금까지 아무것도 시인하지 않았습니다.

솔즈베리: 맥퍼슨 경위님, 제 의뢰인은 지금까지 제삼자를 보호하기 위해 상당한 어려움을 감수하고 위험을 무릅썼습니다. 그 제삼자를 유죄로 몰고 갈 만한 질문에는 대답할 의무가 없지 않을까요?

맥퍼슨: 예, 알아들었습니다. 필요한 일이 있으면 연락하겠습니다, 카펜터 씨. 이 도시를 떠나는 일은 없도록 해 주십시오.

카펜터: 제 심정을 이해해 주셔서 정말 감사합니다, 맥퍼슨 형사님.

Last week, when I thought I was to be married,

I burned my girlhood behind me.

And vowed never to keep another diary.

The other night, when I came home and found

Mark McPherson in my apartment,

more intimate than my oldest friend,

my first thought was gratitude for the destruction of

those shameful pages.

How inconsistent he would have thought me

if he had read them! I can never keep a proper diary,

simmer my life down to a line a day,

nor make breakfast on the sixteenth of the

month as important as falling in love on the seventeenth.

it's always when I start on a long journey or

meet an exciting man or take a new job that

I must sit for hour sin a frenzy of recapitulation.

The idea that I am an intelligent woman is pure myth.

I can never grasp an abstraction except through emotion,

and before I can begin to think with my head about any f

I must see it as a solid thing on paper.

4

LAURA

001

☆☆☆

지난주, 결혼하기로 되어 있었던 그 주에 나는 소녀 시절을 불태워 버렸다. 그리고 두 번 다시 일기를 쓰지 않겠다고 맹세했다. 집에 돌아온 요전날 밤, 오랜 친구보다 더 허물없는 분위기로 내 아파트에 있는 마크 맥퍼슨을 보았을 때 맨 처음 든 생각은, 그 수치스러운 기록을 없애 버리길 잘했다는 거였다. 그가 만약 그걸 읽었더라면 나를 얼마나 겉과 속이 다르다고 생각했겠는가! 나는 일기다운 일기를 쓰지 못한다. 내 삶을 하루에 한 줄로 요약해 그달 16일에 아침상을 차린 것과 17일에 어떤 남자와 사랑에 빠진 것을 동급으로 만드는 것은 체질상 맞지 않는다. 오랜 여행을 떠나거나 재미있는 남자를 만나거나 새 일을 시작하면 늘 몇 시간 동안 앉아서 미친 듯이 써 내려가야 했다. 내가 똑똑하다는 것은 전혀 근거 없는 낭설이다. 심정적으로 이해하는 거라면 모를까 추상적인 것은 도통 감을 잡지 못해서 나는 뭐가 됐건 종이 위에 적은 다음에라야 머리를 굴릴 수 있다.

회사에서 레이디 릴리스 페이스 파우더나 직스 비누 광고를 기획할 때 내 머릿속은 질서정연하다. 환상적인 헤드라인을 뽑아내고, 통일성과 일관성과 주안점을 두루 갖춘 광고 문구로 이를 보좌한다. 하지만 내 자신에 대해 생각하면 머릿속이 회전목마처럼 어지러워진다. 거울을 달고 번쩍번쩍 눈부신 광선을 쏘아 대는 봉을 중심으로 화려하기도 하고 칙칙하기도 한 목마들이 빙글빙글 돌아가며, 요란한 음악이 흘러 정신 집중이 불가능한 그곳. 나는 지난 며칠 동안 어떤 일들이 있었는지 똑똑히 떠올려 보려 애썼다. 생각나는 사실들을 말 등에 태워 직스나 레이디 릴리스 광고처럼 깔끔한 퍼레이드를 펼치기 위해. 그런데 이 녀석들은 말을 듣지 않은 채 빙글빙글 돌며 음악에 맞춰 춤을 추고, 기억나는 것이라고는 내가 살인범으로 의심받고 있다는 이야기를 들은 남자가 잠을 설치면 안 된다고 걱정했다는 것뿐이다.

"눈 좀 붙여요. 자 두는 게 좋아요."

그가 말했다.

잠이라는 게 싸구려 잡화점에서 살 수 있는 물건이라도 되는 것처럼. 그는 잠깐 자취를 감추는가 싶더니 슈워츠 약국에서 뭘 사 가지고 돌아왔다. 수면제였는데, 그는 내가 겁이 나고 걱정이 돼서 속이 얼마나 불편한지 알기 때문에 두 알만 줬다.

"제가 다이앤을 죽였다고 생각하세요?"

나는 다시금 물었다.

그가 갈라진 목소리로 말했다.

"내가 어떻게 생각하는지, 그건 아무 상관 없는 문제예요. 생각하는 건 내 소관이 아니니까요. 내가 원하는 건 오로지 진실, 그것뿐입니다."

셸비가 옆에서 지켜보고 있었다. 당장이라도 펄쩍 달려들 준비를 하는 예쁘장한 수고양이처럼 보였다. 셸비가 말했다.

"조심해요, 로라. 그자를 믿으면 안 돼요."

"맞습니다. 나는 경찰이에요. 그러니까 나를 믿으면 안 돼요. 뭐든 말하면 불리한 증거로 악용될 수 있거든요."

마크는 입가를 팽팽하게 당기고 입을 다문 채 말을 했다.

"저를 체포하실 건가요?"

내가 물었다.

셸비가 집안의 대들보 겸 연약한 여성들의 수호자로 변신했다. 모두 다 연극이었다. 간이 콩알만 한 사람이라 속으로는 부들부들 떨 것이다. 셸비가 '불법 체포', '정황 증거' 어쩌고 했다. 사람들에게 펜싱과 주사위 놀이의 규칙을 설명해 줄 때 그러는 것처럼 이런 전문 용어를 주워섬기며 얼마나 뿌듯해하는지 눈에 보일 정도였다.

예전에 수 이모가 말하길 백팔십삼 센티미터짜리 어린아이한테 조만간 질릴 거라고 했다. 그런 남자한테 구미가 동하면 아이를 낳을 때가 되었다는 뜻이라고 했다. 셸비는 정황 증거 운운하고, 마크는 거실을 이리저리 돌아다니며 서명이 된 야구공과 멕시코산 쟁반과 내가 가장 좋아하는 책들이 꽂힌 책꽂이를 구경하는 동안, 나는 수 이모의 말에 대해 생각했다.

셸비가 말했다.

"헌트 양이 변호사한테 연락할 겁니다. 분명 그럴 겁니다."

마크가 다시 내 쪽으로 돌아왔다.

"이 집 밖으로 나가면 안 됩니다, 로라 양."

"안 나갈게요."

"저자가 밖에 부하를 세워 두었어요. 그러니까 나갈 수도 없어요. 당신을 감시하고 있으니까."

셸비가 말하자 마크는 다시 눈 좀 붙이라는 염려의 말이나 작별의 인사도 없이 나가 버렸다.

"저 작자, 마음에 안 들어. 어찌나 음흉한지."

문이 닫히자마자 셸비가 말했다.

"그 소린 전에도 했잖아요."

"로라, 당신은 어리숙해요. 사람을 너무 쉽게 믿는다고요."

나는 셸비를 등지고 서서 좋아하는 책들이 꽂힌 책꽂이를 보며 말했다.

"나한테 얼마나 잘해 줬다고요. 그러니까 형사치고는요. 좋은 사람인 것 같아요. 형사가 그럴 줄 몰랐는데."

셸비가 나를 향해 손을 내미는 게 느껴져 멀찌감치 피했다. 그는 아무 말이 없었다. 뒤를 돌아보지 않아도 그가 어떤 표정을 짓고 있을지 알 수 있었다.

그가 식탁에 마크가 두고 간 알약 두 알을 집었다.

"이걸 먹어도 된다고 생각해요, 로라?"

나는 휙 하니 몸을 돌렸다.

"맙소사, 나한테 독약을 줬겠어요?"

"그 사람, 원래대로라면 비정해야 하는 거잖아요. 당신도 이렇게 친절할 줄 몰랐다면서요. 신사처럼 구는 거 마음에 안 들어요."

"하!"

"당신이 몰라서 그래요. 그자는 지금 환심을 사는 수법으로 당신을 무너뜨려 자백을 받아 내려는 거예요. 자백을 받아 낼 생각밖에 없다고요. 내가 보기에는 아주 야비한 작자예요."

나는 소파에 앉아 주먹으로 쿠션을 때렸다.

"그 말 듣기 싫어요. 야비하다는 말! 그 말 쓰지 말라고 수백 번도 넘게 부탁했잖아요."

셸비가 말했다.

"훌륭한 단어인데 왜 그래요?"

"구닥다리잖아요. 촌스럽잖아요. 요즘 사람들은 야비하다는 표현 안 써요. 빅토리아 시대라면 모를까.”

“촌스러운 표현이거나 말거나 야비한 사람을 야비하다고 그러지, 그럼 뭐라고 해요?”

“그렇게 남부 출신 티 내지 마요. 도덕군자인 척하지도 말고. 당신도, 당신의 그 가식도 지겨워.”

나는 울고 있었다. 두 뺨 위로 흘러내린 눈물이 턱을 타고 뚝뚝 떨어졌다. 황갈색 원피스가 눈물로 흠뻑 젖었다.

셸비가 말했다.

“신경이 곤두선 모양이로군요. 그 야비한 작자의 교활한 수작 때문이에요. 그자가 당신의 진을 빼고 있다고요.”

나는 소리를 질렀다.

“말했잖아요. 그 단어 쓰지 말라고.”

“나무랄 데 없이 훌륭한 단어인데 왜 그래요?”

“그거, 좀 전에 했던 말이잖아요. 지금까지 수백 번도 넘게 반복했던 말이에요.”

그가 말했다.

“웹스터 사전에 찾아보면 있을 거예요. 펑크 웨그널스 사전도 그렇고.”

“피곤해요.”

나는 주먹으로 눈을 비볐다. 정작 필요할 땐 손수건이 절대 안 보이는 법이다.

"나무랄 데 없이 훌륭한 단어인데."

셸비가 했던 말을 또 했다.

나는 쿠션을 방패처럼 들고 벌떡 일어섰다.

"지금 누구더러 야비하다는 건지 모르겠군요. 사돈 남 말하는 격이네요, 셸비 카펜터 씨."

"당신을 보호하려고 이러는 거잖아요!"

그가 나무라는 투로 나지막이 이렇게 외치자 나는 힘없는 아이를 해코지라도 한 듯한 기분이 들었다. 셸비는 자기 목소리가 나에게 얼마나 효과가 있는지 알고 있었다. 그래서 나무라는 강도를 상황에 알맞게 조정해, 나 스스로 피도 눈물도 없는 로라 헌트라는 인간에 치를 떨며 그의 잘못을 용서할 수밖에 없게 만들었다. 그는 둘이서 오리 사냥에 나섰을 때 잘난 척하는 그를 보고 꼴불견이라고 했던 나를 특유의 목소리로 무너뜨린 날을 기억하고 있었다. 회사 사람들과 벌인 파티에서 싸운 날도, 내가 패러마운트 로비에서 그를 두 시간 동안 기다렸던 날도, 그가 나에게 선물한 총 때문에 엄청난 싸움을 벌였던 날도 기억하고 있었다. 그 모든 싸움들이 지금 우리 두 사람의 머릿속에서 재생되기 시작했다. 우리가 거의 이 년 동안 반복한 싸움과 잔소리는, 거의 이 년 동안 주고받은 사랑과 용서와 실없는 농담들은 절대 잊을 수 없을 것이다. 나는 옛 기억을 떠오르게 하는 그의 목소리가 싫었고, 내가 항상 서른두 살짜리 어린아이 앞에서 마음이 약해졌기 때문에 두려웠다.

"당신을 보호하려고 그러는 거잖아요."

셸비가 말했다.

"하느님 맙소사, 우리 다시 원점으로 돌아온 거 알아요, 셸비? 오늘 오후 5시부터 똑같은 말을 계속 반복하고 있잖아요."

그가 말했다.

"당신 독설이 점점 심해지고 있어요. 정말로 심해지고 있어요, 로라. 물론 그런 일이 벌어지고 난 뒤라 뭐라 할 수는 없겠지만."

내가 말했다.

"가요. 나가요. 나 눈 좀 붙이게."

나는 하얀 알약 두 알을 먹고 방으로 들어갔다. 들어가서 문을 세게 닫았다. 잠시 후 셸비가 나가는 소리가 들렸다. 나는 창가로 다가갔다. 계단에 남자 둘이 서 있었다. 셸비가 어느 정도 걸어갔을 때 한 남자가 그의 뒤를 밟았다. 다른 남자는 담배에 불을 붙였다. 안개가 드리워진 어둠 속에서 성냥불이 붙었다 꺼지는 게 보였다. 우리 건물 맞은편은 돈 많은 사람들의 개인 주택이다. 이 동네에서 여름 동안 이 도시를 지키는 사람은 아무도 없다. 보이는 것이라고는 고양이 한 마리뿐이었다. 내가 저녁때 퇴근을 하면 내 다리에 코를 대고 비비는, 노란색의 홀쭉한 길고양이였다. 고양이가 발레리나처럼 발끝을 세우고, 땅바닥을 밟기에는 아까운 양발을 높이 치켜들어 가며 사뿐사뿐 길을 건넜다. 다이앤이 살해당한 금요일 밤에도 거리가 쥐 죽은 듯 조용했겠지.

002

☆☆☆

그는 눈 좀 붙이라고 했다. 자 두는 게 좋다고. 그런데 알약 두 알로는 부족했다. 불을 끄자 어둠이 나를 감싸고 칭얼거리는 소리를 냈다. 노환으로 죽은 세입자들이 피곤에 전 널빤지를 조심스럽게 밟으며 계단을 슬금슬금 올라오는 소리가 들렸다. 그들은 문 뒤에서 한숨을 쉬며 소곤거렸고, 낡은 걸쇠를 덜거덕거렸고, 음모를 꾸몄다. 그 가운데 내가 집에서 입는 물색 가운을 걸친 다이앤도 보였다. 까만 머리를 어깨 근처에서 나부끼며 문을 열러 달려 나가는 그녀의 모습이 보였다.

셀비가 말하길 초인종이 울렸고, 그녀가 누군지 확인하러 달려가는 동안 자기는 방 안에 있었다고 했다. 그녀가 현관문을 여는 순간 총성이 들렸다고 했다. 그러고 나서 찰칵 소리와 함께 문이 닫혔다. 셀비는 삼십 초인지 삼십 년인지 모를 시간이 지난 뒤 밖으로 나갔다. 그녀에게 말을 건네려고 했지만, 이름을 부르려고 했지만, 목소리가 나오질 않았다. 거실은 어두컴컴했고, 베니션 블라인드를 관통한 가로등 불빛이 바닥에 줄무늬를 만들었다. 바닥 위로 펼쳐진 내 밝은색 실크 가운은 보였지만, 그녀의 얼굴은 보이지 않았다. 사라져 버린 듯했다. 얼어붙었던 피가 녹았을 때 그녀의 심장이 있음 직한 부분을 더듬던 손길을 멈추었다. 손에 감각이 없어서 아무것도 느낄 수가 없었다. 그녀는 이미 저세상 사람이었다. 그는 경찰에 알리기 위해 전화기 쪽으로 걸어갔다. 셸비는 이야기가 이 부분에 이르렀을 때 수화기를 집으려는 것처럼 손을 내밀었다가 그날 밤에 그랬던 것처럼 얼른 거두었다. 셸비는 다이앤과 그가 내 아파트에 있었다는 사실이 경찰에 알려지면 그녀를 죽인 범인의 정체도 탄로 날 것 같았다고 했다.

내가 말했다.

"양심에 찔려서 그랬던 거잖아요. 여기 있었다는 게, 내 집에 그녀와 함께 있었다는 게 찜찜했으니까. 당신 입장에서는 창피하니까 그게 아니라고 우기고 싶었겠지만."

"당신을 보호하려고 그랬던 거라니까요."

셸비가 말했다.

그때가 초저녁, 마크가 월도와 저녁을 먹으러 나간 뒤이자 담뱃갑을 들고 다시 찾아오기 전이었다.

수 이모는 나더러 그런 담뱃갑을 사다니 바보 같다고 했다. 나는 형사를 믿을 만큼 어리숙하지만, 수 이모는 호러스 이모부가 유언장을 작성한다고 했을 때 못 미더워할 만큼 영악했다. 그래서 이모부와 변호사가 유산을 계산하는 동안 커튼 뒤에 숨어 있었다. 수 이모는 나더러 담뱃갑을 선물한 걸 영영 후회할 거라고 했다. 내가 그걸 셸비에게 선물한 이유는 미래의 고객이나 대학교 친구와 만날 때 근사하게 보여야 하기 때문이었다. 셸비는 우아하고 점잖으며 번듯한 집안 출신이지만, 켄터키 주 커빙턴이라면 모를까 뉴욕은 그런 조건들이 먹힐 만한 곳이 아니었다. 그는 십 년 동안 이런 저런 직장을 전전해 놓고도 이 바닥에서는 사용하는 몸짓이나 단어보다 적극적이고 이기적인 자세가 훨씬 중요하다는 걸 터득하지 못했다. 신사적인 수법보다 양다리, 아부, 새치기가 더 효과적이라는 것도.

차는 옅은 초록색이었다. 내가 다이앤의 손에 들린 담뱃갑을 보았을 때 까만 찻잎 하나가 그 안에서 빙글빙글 춤을 추고 있었다. 담뱃갑을 감싸 쥔 다이앤의 빨간색 손톱이 내 눈에 들어왔지만, 그녀의 얼굴은 차마 볼 수가 없었다. 찻잔에서 은은한 녹차 향이 풍겨져 나왔다. 가슴이 아프거나 화가 나기보다 눈앞이 아찔했다. 나는 다이앤에게 "저기, 미안하지만 머리가 아파서. 나 먼저 일어나도 될까?"라고 말했다. 이렇게 침착하게 대응하다니 나답지 않은 일이었다. 원래는 있는 대로 퍼붓고 나서 미안해하는데. 하지만 워낙 사태가 심각해서 찻잔 속을 떠다니는 찻잎만 쳐다보는 게 고작이었다.

셸비는 자기도 돈 많고 인심 좋은 사람이 된 듯한 기분을 만끽하고 싶어서 그녀에게 담뱃갑을 주었을 것이다. 까만 끈으로 턱살을 동여맨 늙고 뚱뚱한 미망인에게 복수할 방법을 찾는 기둥서방처럼. 찻잎이 내 미래를 알려 주기라도 한 것처럼 그 순간 모든 게 분명해졌다. 셸비와 내가 티격태격하며 사랑하는 척 연극을 했던 이유를 알게 된 것이다. 그는 자신감이 없었다. 그래서 내 도움이 필요했다. 하지만 나에게 의지하는 자기 자신을 혐오했고, 의지하도록 내버려 두는 나를 혐오했다.

두 사람은 4월 18일부터 연인 사이였다. 내가 날짜를 기억하는 이유는 폴 리비어가 말을 달린 날•이자 수 이모의 생일이었기 때문이다. 세탁용 세제 냄새가 연상되는 그날, 우리는 택시를 타고 수 이모의 생일 파티가 열리고 있던 '금계'에 갔다. 그때 나는 단추가 열여섯 개 달린 사슴가죽 장갑을 끼고 있었는데, 세탁소에서 막 가지고 온 터라 가죽 시트나 담배, 내 손수건과 머리카락에서 풍기는 터부 향수보다 더 지독한 냄새가 났다. 셸비가 담뱃갑을 잃어버렸다고 한 날이었다. 속상해하는 목소리로 자책을 하는데 정말 진심인 것 같아서 내가 제발 신경 쓰지 말라며 통사정을 했다. 셸비는 나더러 마음이 넓고 아량이 있는 백 점짜리 여자라고 했다. 하지만 나와 손을 잡고 택시에 앉아 있는 동안 속으로는 잘난 체하는 재수 바가지라고 생각했을 것이다.

4월 18일부터 연인이었던 두 사람. 지금은 팔월 말이다. 다이앤과 셸비도 그동안 내 뒤에서 손을 잡고 웃었을 것이다.

점심 식사를 마치고 사무실로 들어가는데, 다들 알면서 내가 창피할까 봐 모르는 체하고 있는 건지 궁금해졌다. 친구들은 내가 셸비와 충동적으로 사랑에 빠진 건 이해가 되지만, 애정이 식지 않고 유지되는 이유는 모르겠다고 했다. 그런 소리를 들을 때마다 나는 발끈했다. 셸비가 너무 잘생겨서 다들 색안경을 끼고 보는 것 아니냐고 따졌다. 셸비의 외모가 흠이라도 되는 것처럼. 보호해 주어야 할 기형이라도 되는 것처럼.

나는 원래 다혈질이다. 금세 발끈해 폭언을 퍼붓다 한심한 여자처럼 길길이 날뛰었다는 데 괴로워한다. 그런데 이번에는 분노의 양상이 달랐다. 4월 18일부터 오늘까지 몇 달, 몇 주, 며칠이 지났는지 세어 보는데, 가슴속에서 서늘한 분노가 느껴졌다. 나는 다이앤과 단둘이 만난 게 언제였고, 그때 그녀가 무슨 말을 했었는지 기억을 더듬어 보았다. 셋이 만난 자리에서 다이앤은 셸비를 내 애인으로 순순히 인정하지 않았던가. 내가 저녁때 혼자 있거나 다른 친구들을 만나느라 셸비에게 여지를 허락한 날이 며칠이나 되었을지 그것도 세 보았다. 우리가 얼마나 너그럽고 세련되고 우스꽝스럽고 한심했던가! 그런데 나는 월도와 저녁을 먹을 때마다 셸비에게 보고했지만 그는 다이앤을 만난다고 한 번도 이야기한 적이 없었다.

어머니는 심하게 머리가 아프면 죽을 것 같다며 침실에 틀어박혔다. 나는 그런 어머니가 부러웠다. 나도 얼른 어른이 되어 죽을 것 같은 기분을 경험하고 싶었다. 금요일 오후에 나는 사무실을 왔다 갔다 걸으며 죽을 것 같다는 단어를 몇 번이고 중얼거렸다. 그 단어가 무슨 정점이라도 되는 것처럼 죽을 것 같아, 죽을 것 같아, 내가 드디어 죽을 것 같은 기분이 뭔지 경험했어, 하고 중얼거렸다. 지금도 사무실이 눈에 선하다. 책상, 파일함, 고개를 뒤로 젖히고 조그만 언덕마냥 가슴을 위로 내민 채 소파에 누워 있는 다이앤을

● **폴 리비어가 말을 달린 날** _ 미국 독립 전쟁의 영웅 폴 리비어가 1775년 4월 18일, 말을 타고 달리며 보스턴 주민들에게 영국군의 침입을 알렸다.

담고서 교정을 기다리던 레이디 릴리스 컬러 광고. 에어컨이 돌아가던 무미건조한 사무실이 떠오르자 종이 자르는 칼이 그때처럼 손바닥을 가르고 있기라도 한 것처럼 오른손에 힘이 들어간다. 나는 속이 울렁거렸고, 죽을 것 같았고, 겁이 났다. 두 손에 얼굴을 묻은 채 나무 책상에 이마를 댔다.

월도에게 전화해 머리가 아프다고 했다.

월도가 말했다.

"이 아가씨가 왜 이렇게 까다롭게 구시나. 로베르토가 온 시장을 뒤져서 미혼자끼리 즐기는 마지막 만찬을 준비중인데."

"나 지금 죽을 것 같단 말이에요."

내가 말했다.

월도는 웃음을 터뜨렸다.

"두통을 내일로 연기해 주면 안 될까? 시골이야말로 두통을 앓기에 제격이잖아. 두통에 딱 어울리는 곳이지. 사방에서 딱정벌레들이 날아다니면 얼마나 머리가 아프겠어. 이따 몇 시쯤 오시려나, 우리 공주님?"

내가 월도와 저녁을 먹으면 담뱃갑 이야기를 터뜨릴 게 분명했다. 그는 셸비와 나 사이가 끝장났다는 소리를 들으면 반가워하겠지만, 만족감을 연민으로 우아하게 포장할 것이다. 그러게 내가 뭐랬어, 로라, 애초에 내가 뭐랬어, 하지는 않을 것이다. 월도만큼은 그러지 않을 것이다. 최고급 샴페인을 따고 잔을 높이 치켜들며 '로라가 이제 철이 들었네. 어른이 된 로라를 위해 건배할까?'라고 할 것이다.

아니에요, 됐어요. 오늘 밤은 기품이고 뭐고 사양할래요, 월도. 나 이미 취했거든요.

셸비가 5시에 내 방으로 찾아왔을 때 나는 그와 함께 엘리베이터를 타고 내려가 쌉쌀한 마티니를 두 잔 마시고, 그가 잡아 준 택시에 몸을 싣고, 그가 기사에게 월도네 집 주소를 알려 주어도 아무 소리 하지 않았다. 담뱃갑은 보지도 못한 것처럼.

003

☆☆☆

토요일에는 꿩의비름을 솎아 내고, 앵초를 옮겨 심고, 개울가에 붓꽃 화단을 만들었다. 일요일에는 작약을 옮겨 심었다. 묵직하고 뿌리가 하도 길어서 땅속으로 구멍을 깊게 파야 했다. 계속 힘든 육체노동에 매달렸다. 일을 하다 보니 마음이 진정되어 금요일의 충격을 잊을 수 있었다.

월요일에 출근한 정원사가 말하길 작약을 너무 일찍 옮겨 심는 바람에 죽게 생겼다고 했다. 나는 그날 하루 동안 스무 번에 걸쳐 작약의 상태를 살폈다. 졸졸졸 조심스럽게 미지근한 물을 주었건만 그래도 작약은 숙인 고개를 들지 않았고, 나는 조바심의 제물이 되어 버린 꽃들을 볼 면목이 없었다.

그날 퇴근하려는 정원사를 붙잡고, 내가 너무 일찍 옮겨 심는 바람에 작약이 죽었다는 이야기를 셸비한테는 비밀로 해 달라고 신신당부했다. 셸비가 작약이 죽었다고 슬퍼할 리 없었지만, 자기가 올 때까지 기다리지 않고 남자가 할 일에 끼어들었다고 구시렁거릴 만한 구실을 주고 싶지 않았기 때문이었다. 셸비가 앞으로 이 정원에서 땅을 파거나 잡초를 뽑거나 물을 줄 일이 두 번 다시 없을 텐데 정원사에게 그런 당부를 하다니 기분이 묘했다. 나는 계속 셸비에게 공격적이었다. 그를 없는 사람 취급해 신경을 긁고, 짜 놓은 각본대로 시비를 걸어 독설로 상처를 줄 작정이었다. 셸비를 도발하는 차원에서 집 안을 씻고, 닦고, 기어 다니며 바닥을 솔로 문질렀다. 그는 늘 하찮은 집안일은 하지 말라며, 하인을 쓸 만한 여력이 되지 않느냐고 했다. 자기 집을 자기 손으로 관리할 때 느껴지는 뿌듯함을 모르고서 하는 말이었다. 나는 평범한 집안 출신이다. 남편을 따라 서부로 건너간 부인들은 아무도 금광을 발견하지 못했다. 하지만 셸비는 '점잖은' 집안 출신이다. 노예를 동원해 머리를 빗고 신발을 신는, 그런 집안 출신이다. 검둥이처럼 일하는 숙녀를 두고 보지 못하는 신사. 문을 열어 주고 의자를 꺼내 주면서 애인의 침실로 창녀를 불러들이는 신사.

나는 무릎을 꿇고 솔질을 하던 그 순간, 우리의 결혼 생활이 어떤 양상으로 이어질지 깨달았다. 허울만 번드르르하니 눈 가리고 아웅 하는 가운데, 어설픈 연극 사이로 팽팽한 긴장감이 흐를 것이다.

잘못한 쪽은 셸비가 아니라 나였다. 완벽한 생활을 완성하는 도구로 그를 이용했고, 허영심을 채우기 위해 사랑 놀음을 벌였고, 물주의 존재를 온 세상에 알리려고 은색 여우 털 재킷을 입고 다니는 잘나가는 창녀처럼 보란 듯 그를 옆구리에 끼고 다녔다. 미혼으로 삼십 대를 맞이하려니 불안해서 그를 사랑하는 척, 엄마 같은 마음으로 아끼는 척 14K 금담뱃갑을 선물하는 만용을 부렸다. 바람을 피웠을 때 속죄의 뜻을 담아 아내에게 난초나 다이아몬드를 선물하는 남자처럼.

그런데 그 비극적인 사건으로 그럴듯했던 포장이 모두 사라지자 우리는 수익률 좋은 새로운 품종을 탄생시키기 위해 선택된 두 종류 채소처럼 열정이라고는 없는 관계였음을 느낄 수 있었다. 우리는 영화에서 볼 수 있는, 서로의 필요에 의해 만들어진 연인이었다. 그나마도 이제는 끝이 났지만.

두 이방인이 소파 양쪽 끝에 앉아 있었다. 서로 말이 안 통해서 쩔쩔매는 두 이방인이. 시간은 여전히 목요일 늦은 오후. 저녁은 먹기 전이고 마크와 월도는 가고 없었다. 베시가 부엌에 있었기 때문에 우리는 나지막이 대화를 주고받았다.

셸비가 말했다.

"며칠이면 소란이 전부 가라앉을 거예요. 우리가 끝까지 버티면서 입만 제대로 맞추면 아무도 알아차리지 못할 거예요. 그 형사도

머저리니까."

"왜 그 사람을 계속 '그 형사'라고 불러요? 이름도 알면서."

셸비가 말했다.

"으르렁거리지 마요. 그래 봐야 앞으로 우리 사이를 유지하기가 힘들어질 따름이에요."

"내가 왜 우리 사이를 유지하고 싶어 할 거라고 생각해요? 나는 당신을 미워하지 않고 공격할 마음도 없어요. 하지만 우리 사이를 유지하지는 못하겠어요. 지금 이런 상황에서는."

"로라, 내가 금요일 밤에 여기까지 올라온 이유는 다이앤이 애걸복걸했기 때문이에요. 올라와서 자기한테 작별 인사를 해 달라고 했기 때문이에요. 그녀는 나를 사랑했어요. 솔직히 나는 그녀에게 관심이 전혀 없었지만, 여기까지 같이 올라와 주지 않으면 극단적인 짓을 저지르겠다고 그녀가 날 협박했단 말이에요."

나는 고개를 돌렸다.

"앞으로 힘을 합쳐야 해요, 로라. 이렇게 휘말린 상황에서 우리 둘이 서로 싸우면 되겠어요? 당신이 나를 사랑한다는 거 알아요. 나를 사랑했기 때문에 금요일 밤에 이 집으로 발길을 돌려……."

"그만해요! 그만하라고요!"

내가 외쳤다.

"당신이 금요일 밤에 현장에 없었다면, 결백하다면, 버번 술병의 존재를 무슨 수로 알았으며, 왜 그렇게 본능적으로 나를 감싸려고 했겠어요?"

"같은 이야기를 반복해야겠어요, 셸비? 계속, 계속, 계속?"

"내가 당신을 보호하려고 거짓말을 했던 것처럼 당신도 나를 보호하려고 거짓말을 한 거잖아요."

정말로 지긋지긋하고 아무짝에도 쓸모없는 대화였다. 스리 호시스는 셸비가 즐겨 마시던 버번이었다. 이 집을 들락거리기 시작했을 때 사 가지고 오기에 나중에는 왔을 때 늘 마실 수 있게 내가 준비해 놓곤 했었다. 그런데 어느 날 월도가 그런 싸구려 위스키를 집에 두면 되느냐고 웃으면서 더 괜찮은 브랜드를 알려 주기에 셸비의 환심을 살 요량으로 값비싼 버번으로 바꾸었다. 그가 그날 밤 스리 호시스를 산 것은 다이앤에게 담뱃갑을 선물한 것과 마찬가지로 선심을 베풀어 온 나에 대한 반항심의 표현이었다.

베시가 저녁 준비가 다 됐다고 알렸다. 우리는 베시를 생각해서 손을 씻고, 식탁에 앉아서 냅킨을 펼쳐 무릎에 얹고, 물로 입술을 축이고, 포크와 나이프를 집었다. 그녀가 계속 우리 앞을 오가는 바람에 더 이상 대화가 불가능했다. 우리는 스테이크와 감자튀김을 앞에 두고 앉아, 마음씨 착한 베시가 만든 럼주 푸딩을 뻣뻣한 태도로 떠먹으며 나의 생환을 축하했다. 베시가 벽난로 앞 테이블로 커피를 갖다 주고, 그녀와 우리 사이에 거실 이쪽 끝에서 부엌 입구만큼의 거리가 생겼을 때 셸비가 총은 어디다 숨겼느냐고 물었다.

"총이라뇨?"

그가 부엌 입구 쪽을 턱으로 가리켰다.

"그렇게 큰 소리로 말하면 어떻게 해요? 우리 어머니 총 말이에요. 내가 간밤에 뭐하러 거기 다녀왔겠어요?"

"당신 어머니 총은 호두나무 궤짝 안에 있죠. 한바탕하고 나서 내가 그 안에 넣는 걸 당신도 봤잖아요."

그날 우리가 한바탕 싸운 이유는 내가 총을 사양했기 때문이었다. 나는 그 조그만 집에 혼자 있는 것보다 집 안에 총이 있는 게 더 무서웠다. 하지만 셸비가 겁쟁이라고 하면서 만일의 경우에 대비해 가지고 있으라고 고집을 부렸고, 나를 살살 꼬드겨 총 쏘는 법을 배우겠다는 약속까지 받아 냈다.

"첫 번째로 싸운 날 말이에요, 아니면 두 번째로 싸운 날 말이에요?"

그가 물었다.

두 번째 싸움은 토끼를 쏘아 죽인 셸비 때문에 벌어졌다. 토끼들이 붓꽃과 글라디올러스를 갉아 먹는다고 한 소리 했더니 그가 몇 마리를 죽인 것이다.

"나한테 왜 거짓말을 하는 거예요? 내가 끝까지 당신을 지켜 주리라는 걸 알면서."

나는 담배를 집었다. 허둥지둥 불을 붙여 주려는 그에게 말했다.

"됐어요."

"왜요?"

"나더러 살인범이라고 하면서 담배에 불은 왜 붙여 줘요?"

그 단어를 입 밖으로 내뱉고 났더니 속이 시원했다. 나는 자리에서 일어나 다리를 풀고, 천장을 향해 담배 연기를 내뱉었다. 나의 주인은 나이고, 내 몫의 전쟁을 잘 치를 수 있을 것 같은 기분이 들었다.

셸비가 말했다.

"유치하게 굴지 마요. 당신은 지금 아주 난처한 상황이고, 나는 당신을 도우려고 한다는 걸 모르겠어요? 내가 어떤 위험 부담을 감수하고 있는지, 당신을 보호하기 위해 어떤 거짓말을 했는지 모르겠어요? 간밤에 거기까지 다녀왔잖아요. 그 바람에 내가 공범이 됐어요. 당신을 지키려다 나까지 난처하게 됐다고요."

"간밤에 당신한테 연락을 하지 말았어야 하는 건데."

"좀스럽게 왜 그래요, 로라. 본능적으로 잘 처리해 놓고. 당신이 돌아온 걸 알면 저들이 당장 그 집으로 찾아가서 샅샅이 뒤질 게 뻔했잖아요."

"내가 그래서 연락한 줄 알아요?"

베시가 건너와 퇴근 인사를 하면서 내가 살아 있어서 얼마나 기쁜지 모르겠다고, 했던 말을 반복했다. 눈물 때문에 눈가가 화끈거렸다.

그녀가 가고 문이 닫히자 셸비가 말했다.

"그 총이 지금 내 수중에 있다면 조금 더 마음 편하게 쉴 수 있을 텐데. 하지만 형사들에게 미행을 당하는 마당에 무슨 수로 그럴 수 있었겠어요? 그 친구를 따돌리려고 샛길로 갔는데 그래도 끝까지 따라오더라고요. 내가 집 안을 뒤지는 흉내만 냈어도 바로 들통이 났을 거예요. 그래서 계속 슬픔을 달래는 척했죠. 정원에 서서 당신을 떠올리며 우는 척. 그 형사가 물었을 때도 추억 여행을 다녀왔다고……."

"맥퍼슨이에요."

내가 대꾸하자 셸비가 말했다.

"그만 좀 으르렁거려요, 로라. 계속 그렇게 으르렁거리면서 끝까지 싸울 수 있겠어요? 우리 둘이 힘을 합치면……."

마크가 들이닥쳤다. 나는 셸비에게 한쪽 손을 맡기고, 사랑하는 연인처럼 소파에 나란히 앉았다. 마크가 불을 켰다. 그러고는 내 얼굴을 들여다보았다. 그러고는 단도직입적으로 묻겠다고 했다. 그러면서 담뱃갑을 꺼내자 셸비가 겁을 먹었고, 마크의 얼굴은 내가 모르는 사람의 얼굴로 바뀌었다. 마크는 쉽게 속일 수 있는 상대가 아니다. 진실을 말하라는 표정으로 쳐다보는데 어찌 거짓말을 할 수 있겠는가. 진실을 두려워하던 셸비는 고등학생처럼 흥분하더니, 결국에는 두려운 마음에 마크 앞에서 나를 범인으로 생각한다고 시인했다.

"저를 체포하실 건가요?"

내가 마크에게 물었다. 하지만 그는 슈워츠에서 수면제를 사다 주었고, 그가 떠났을 때 나는 셸비에게 말은 하지 않았지만 그가 내 집을 수색하기 위해 월턴으로 향하리라는 것을 알 수 있었다.

004

☆☆☆

솔즈베리 해스킨스 워더 본. 아무리 사소한 것이라도 모든 움직임에는 의미가 있는 법이지, 솔즈베리 해스킨스 워더 본. 가운데로 가르마를 탄 조그맣고 까만 콧수염, 목소리, 박하 향 그리고 수수께끼 같은 이 모든 것, 하얀색의 조그만 알약을 두 알 먹고 어렵사리 든 잠에서 깨었을 때 밀려드는 낱말과 감각의 기억들. 솔즈베리 해스킨스 워더 그리고…… 이 단어에 가락을 붙이자…… 방문 너머에서 음악 소리가 들리는데 가사가 솔즈베리 해스킨스 워더 본이었다.

음악 소리는 방문 밖에서 진공청소기가 돌아가는 소리였다. 베시가 커피와 오렌지 주스를 들고 왔다. 얼음을 넣은 잔에 물방울이 맺혔고, 잔을 집은 손을 타고 냉기가 전해지자 물방울이 맺힌 은그릇, 박하 향, 치약 모델처럼 미소를 짓던 조그맣고 까만 콧수염이 생각났다. 배경은 샌즈 포인트에 있는 수 이모의 별장 잔디밭이었다. 까만 콧수염이 나더러 민트 줄렙을 좋아하느냐고 물으면서 자기는 솔즈베리 해스킨스 워더 본 법률 사무소의 솔즈베리라고 했다.

베시가 숨을 몰아쉬고 턱을 좌우로 움직이며 맛있는 수란 먹겠느냐고 물었다.

내가 말했다.

“변호사. 그이가 변호사 필요하지 않겠느냐고 했어요. 거기가 아주 오래된 회사라며.”

베시는 수란 문제를 해결하지 못하는 나를 보고 걱정하다 한숨을 쉬며 밖으로 나갔고, 나는 셸비의 충고를 떠올리며 까만 콧수염에게 사건의 전말을 털어놓는 내 모습을 상상했다.

“알리바이는요, 로라 양? 8월 22일 금요일에 로라 양의 알리바이는 어찌 됩니까?”

솔즈베리는 이렇게 물으며, 왁스를 발랐을 수도 있고 안 발랐을 수도 있는 수염 끝을 잡아당길 것이다. 그러면 나는 금요일 밤, 렉싱턴 애버뉴에서 택시를 타고 손을 흔드는 셸비와 헤어진 뒤에 무엇을 했는지 마크에게 했던 이야기를 되풀이해야 할 것이다.

마크와 같이 아침을 먹은 후로 몇백 일쯤 지난 듯한 기분이었다. 그때 그가 금요일 밤 몇 시, 몇 분에 무엇을 했는지 정확히 알려달라고 했다. 그는 셸비가 택시 기사에게 월도의 집 주소를 알려 줄 때까지 내가 아무 말 하지 않았고 나중에 그랜드 센트럴 역으로 행선지를 바꿨다는 사실은 이미 알고 있었다.

“거기 가서 뭘 했습니까?”

마크가 물었다.

"기차를 탔어요."

"승객들이 많던가요?"

"끔찍할 정도로요."

"혹시 아는 사람을 만난 적 있습니까? 당신을 봤다고 보증할 수 있을 만한 사람이나."

"왜 그런 질문을 하세요?"

"통상적인 절차입니다."

그는 이렇게 말하면서 빈 잔을 내밀었다.

"커피 끓이는 솜씨가 아주 좋네요, 로라 양."

"가끔 케이크도 만드니까 그때 놀러 오세요."

우리는 웃음을 터뜨렸다. 체크무늬 식탁보와 파란색의 덴마크제 커피 잔이 갖추어진 부엌은 아늑했다. 나는 그의 커피에 크림을 붓고 각설탕을 두 개 넣었다.

"제 취향을 어찌 아셨습니까?"

그가 물었다.

"전에 봤거든요. 여기 오시면 크림과 각설탕을 두 개 넣은 커피를 많이 드실 수 있어요."

"자주 놀러 와야겠네요."

그가 말했다.

그가 월턴에 도착한 이후에 대해 묻기에 나는 사우스 노워크 역에서 내려 차를 세워 둔 앤드루 프로스트의 집까지 인적 없는 길을 혼자서 얼른 걸어갔다고 설명했다. 마크는 기차역 근처에는 공영 주차장이 없는지 궁금해했고, 나는 그 집에 차를 세우면 한 달에 이 달러를 절약할 수 있다고 했다. 그 말에 그가 또다시 웃음을 터뜨렸다.

"로라 양도 절약 정신이 있긴 하군요."

형사라기보다 팬에 가까운 반응이었기에 나는 고개를 뒤로 젖히고 웃으며 그의 눈빛을 살폈다. 그가 앤드루 프로스트나 다른 식구들을 만났느냐고 물었다. 프로스트 씨는 여자를 혐오하는 일흔네 살의 할아버지라 내 쪽에서 이 달러를 지불하는 매월 첫 번째 토요일에만 만나는 사이라고 대답을 했더니 마크는 껄껄대며 말했다.

"알리바이 한번 끝내주네요."

그는 토요일에 찬거리를 사러 노워크에 다녀왔다는 내 말을 듣더니 나를 기억할 만한 사람이 있느냐고 물었다. 하지만 나는 또다시 돈을 아끼느라 카트를 끌고, 노워크에 사는 블루칼라와 여름휴가를 맞아 인근 시골로 놀러 온 여행객들로 북적대는 슈퍼마켓 통로를 누볐다. 계산을 빨간 머리 점원한테 했는지 사팔뜨기 남자한테 했는지조차 기억이 나지 않았다. 나는 슈퍼마켓을 나온 뒤 집으로 돌아가 다시 정원에서 일을 하고, 가벼운 저녁을 만들어 먹고, 책을 읽다 잠을 잤다고 말했다.

그가 물었다.

"그게 답니까, 로라 양?"

아무 걱정 없고 정겨운 분위기가 흐르는 내 집 따뜻한 부엌에 앉아 있는데도 부르르 몸이 떨렸다. 마크가 내 얼굴을 똑바로 쳐다보았다. 나는 커피 주전자를 들고 스토브로 달려가, 머릿속을 비우고 싶은 마음에 그를 등진 채 엉뚱한 소리들을 조잘조잘 늘어놓았다. 그렇게 커피 주전자를 들고 스토브 앞에 서 있는데, 내 뼈와 살을 관통하며 이글거리는 그의 시선이 느껴졌다. 고통의 흔적이나 아름다움은 사라지고 핏물과 거죽과 산산이 부서진 뼛조각만 남은 다이앤의 얼굴을 쳐다보듯 나를 보는 그의 시선이 느껴졌다.

그가 물었다.

"거기서 줄곧 혼자 있었나요, 로라 양? 라디오나 신문에서 당신의 사망 소식을 접하고 찾아와서 알려 줄 만한 사람은 아무도 만나지 않고요?"

나는 그 전날 밤에 했던 이야기를 반복했다. 라디오가 고장 났고, 거기서 지낸 동안 만난 사람은 정원사와 옥수수, 상추, 농장에서 낳은 신선한 달걀을 판 폴란드 출신 농부뿐이었다고.

마크는 고개를 저었다.

"제 말이 안 믿기시나 보네요."

내가 말했다.

"그게…… 로라 양답지 않은 행동이라서요."

"그게 무슨 말씀이세요? 저답지 않은 행동이라뇨?"

"로라 양은 친구가 많고, 인생이 풍요롭고, 늘 사람들에게 둘러싸여 지내잖습니까."

"친구들이 있으니까 외로움을 즐길 여유도 생기는 거예요. 아는 사람들이 많을 때 고독이 사치가 되죠. 혼자일 수밖에 없는 경우에만 괴롭게 되는 거예요."

내가 말했다.

그가 가느다란 손가락으로 식탁을 두드렸다. 나는 파란색 타일 위로 커피 주전자를 내려놓았다. 새하얀 소맷부리 밑으로 앙상하게 뻗어 나온 그의 손목을 건드리고 싶어서 손이 근질거릴 지경이었다. 마크의 고독은 사치가 아니었다. 그는 절대 아쉬워하지 않는 강한 남자라 그런 소리를 입 밖으로 내지 않겠지만.

아침이 담긴 쟁반을 다리 위에 얹고 침대에 누워서 그때를 떠올리는데, 솔즈베리라고 자기소개를 했던 까만 콧수염하고는 절대로 마음 편하게 대화를 나눌 수 없겠다는 생각이 들었다. 그도 알리바이 한번 끝내준다고 하겠지만, 마크처럼 유머러스하고 너그러운 눈빛과 목소리로 말을 하지는 않을 것이다.

"그 사람, 남자던데요?"

베시가 수란을 들고 오더니 불쑥 내뱉었다. 베시의 사고방식은 극단적으로 보수적인 10번가와 맥락을 같이 한다. 뉴욕의 인도를 무시하고, 머리힐의 석조 저택에 사는 속물들에 버금갈 정도로 남의 말을 듣지 않는다. 나는 그녀의 형제들도 만난 적이 있는데, 노골적이고 독선적이며 지적인 내 친구들과 광고 회사 간부들은 절대 조건을 만족시킬 수 없을 흑백 논리의 소유자들이었다.

"그동안 이 집에 놀러 온 남자들은 대부분 덩치만 큰 어린애 아니면 나이 든 할망구였잖아요. 형사라 아쉽기는 해도 이번만큼은 로라 양이 제대로 된 남자를 만났는데."

베시는 이렇게 말하더니 신이 난 목소리로 덧붙였다.

"초콜릿 케이크를 만들까 봐요."

나는 천천히 씻고 옷을 갈아입으며 베시에게 말했다.

"폐소 공포증에 걸릴 것 같아서 새로 산 정장으로 갈아입으려고요."

비가 내렸지만 외출을 할 작정이었다. 《보그》에 나오는 모델처럼 태연하고 당당한 분위기를 풍기면 문 앞을 지키는 경관도 어딜 가느냐고 묻지 못할 것이다. 제일 비싼 장갑을 끼고, 악어가죽 핸드백을 겨드랑이에 꼈다. 그런데 문 앞에 다다르자 자신이 없어졌다. 나는 지금까지 외출하고 싶은 욕구를 표현한 적이 없었고, 여긴 내 집이었다. 하지만 대문 앞을 지키는 경관의 말 한마디면 이곳이 감옥으로 돌변할 수 있었다.

전부터 내게는 이런 공포가 있었다. 내가 문을 열어 놓는 이유도 불청객보다 안에 갇히는 게 더 무섭기 때문이다. 영화에서 보았던 실비아 시드니의 창백하고 겁에 질린 얼굴이 떠올랐다.

내가 말했다.

"베시. 오늘은 그냥 집에 있는 게 좋겠어요. 세상 사람들은 내가 죽은 줄 알 테니까."

하지만 바로 그 순간, 신문 파는 아이들 수백 명이 내 이름을 외치고 있었다. 베시가 장을 보고 오는 길에 신문을 들고 왔다. 1면에 "로라 헌트가 살아 있다!"는 헤드라인이 나부꼈다. 어느 타블로이드 신문에는 지면의 비율에 맞춰서 확대하는 바람에 소아시아 입체 지도처럼 변한 내 얼굴이 실려 있었다. 내일 신문에서는 뭐라고 떠들어 댈까?

로라 헌트가 범인이라고?

기사에 따르면 내가 익명의 어느 호텔에 머물고 있다고 했다. 기자건 친구건 안전에 방해될까 그런 거라고, 빨간 장미를 들고 찾아온 수 이모가 말했다. 이모는 신문이 아니라 그날 아침 단잠을 깨운 마크에게서 내 소식을 들었다.

"배려가 뭔지 아는 사람이지!"

수 이모가 말했다.

이모는 내가 살아 있어서 기쁜 마음을 표현하기 위해 장미꽃을 들고 왔지만, 다이앤에게 아파트를 빌려 줬다고 나무라는 것 말고는 할 수 있는 게 아무것도 없었다.

"그렇게 물렁하게 굴면 큰코다칠 거라고 했지?"

마크가 이모에게 뒤늦게 발견한 사실들까지 알리지는 않았다. 이모는 담뱃갑이나 셸비가 나를 의심하는 것에 대해서는 알지 못했다. 셸비는 지금도 이모네 집에서 지내고 있는데, 간밤에 외박을 했다고 한다.

우리는 장례식에 대해 이야기를 나누었다.

수 이모가 말했다.

"근사했단다. 요맘때는 참석자가 많을 수가 없지. 휴가를 떠난 사람들이 워낙 많으니까. 그래도 대부분 조화弔花를 보내 왔단다. 안 그래도 내가 여기저기 감사 카드를 보내려던 참이었어. 이제는 네가 보내면 되겠다."

"어떤 조화들이 배달됐을지 궁금하네요."

내가 말했다.

"네가 그 사람들보다 오래 살아야 해. 두 번째 장례식을 어느 누가 진지하게 받아들이겠니?"

내가 익명의 호텔에 숨어 있다는데도 찾아오는 사람들이 있다고 베시가 알렸다. 하지만 이제는 대문을 지키는 형사가 둘로 늘었고, 초인종은 울리지 않았다. 나는 계속 시간을 확인하며 마크한테서 왜 소식이 없는지 궁금해했다.

"연봉이 기껏해야 천팔백, 많아 봐야 이천일걸?"

수 이모가 느닷없이 말했다.

나는 웃음을 터뜨렸다. 베시가 문득 '그 사람, 남자던데요?' 했을 때처럼 신통하기 그지없었다.

수 이모가 말했다.

"수입은 보잘것없어도 근사한 남자들이 있긴 하지. 넌 그런 남자를 잘 못 찾는 것 같지만."

"이모가 그런 소릴 하다니 반칙이에요."

이모가 말했다.

"내가 한번은 무대 담당자한테 푹 빠진 적이 있었어. 물론 있을 수 없는 일이었지. 나는 스타였고, 나이도 젊었으니까. 코러스 걸들이 뭐라고 하겠니? 정글이라면 모를까, 자연 선택 어쩌고 하는 건 순전히 헛소리야."

수 이모는 남자가 없으면 성격이 서글서글해진다. 택시 기사나 웨이터한테도 추파를 던지지 않으면 못 견디는 성격인데, 그래 놓고는 자기를 탐하지 않는 남자가 있으면 응징한답시고 고약하게 굴기 때문이다. 나는 이모를 사랑하지만, 같이 있으면 내 외모가 평범하다는 사실이 고맙게 느껴졌다.

이모가 물었다.

"그 사람 사랑하니, 로라?"

내가 말했다.

"실없는 소리 하지 마세요. 알고 지낸 지……."

몇 시간이 되었는지 셀 수가 없었다.

이모가 말했다.

"내가 온 뒤로 계속 시계를 쳐다보면서 문소리에 귀를 쫑긋거리고 있잖아. 내가 하는 말은 한 귀로 듣고 한 귀로 흘리면서……."

"딴생각하느라 그렇겠죠, 이모. 이번 살인 사건 생각하느라고요."

나는 이렇게 말하면서 솔즈베리 해스킨스 워더 본에 대해 물어봐야 한다는 사실을 떠올렸다.

"너는 지금 완전히 정신이 팔렸어, 로라. 온통 그 남자 생각뿐이야."

이모가 거실을 가로질러 다가오더니 그 부드럽고 나긋나긋한 손으로 나를 건드렸다. 분칠 너머로 어린 아가씨의 얼굴이 보였다.

"너무 완강하게 거부하지 마. 이번에는 그럴 필요 없어. 지금까지 엉뚱한 사람들한테 그렇게 쉽게 마음을 줘 놓고, 제대로 고른 사람 앞에서 버틸 건 뭐니?"

수 이모답지 않은 이상한 충고였지만, 그 안에 못마땅해하는 기색이 담겨져 있는 것을 느낄 수 있었다. 나는 이모가 떠난 뒤 의자 팔걸이에 불편하게 걸터앉은 채 한참 동안 생각했다.

너무 쉽게 마음을 주는 여자 어쩌고 했던 어머니 말이 생각났다. 절대 마음을 다 주면 안 된다, 로라. 남자한테 마음을 다 주면 절대 안 돼. 단추도 채우지 못할 만큼 어린 시절부터 들어 온 자장가나 노래마냥 내 무의식의 일부가 된 것을 보면 아주 어렸을 때부터 들어 온 이야기일 것이다. 그래서 나는 뭐든 퍼 주면서 마음만큼은 주지 않았다. 여자는 마음을 주지 않고 곁만 허락할 수도 있다. 수 이모가 극장 무대 담당한테 마음을 주고 싶었을 때 호러스 이모부한테 곁을 허락했던 것처럼.

창피했다. 나는 겉으로는 숨기는 게 전혀 없어 보였던 내 인생에 대해 계속 생각했다. 대낮에는 본모습을 숨겼던 나에 대해서. 내가 직스와 레이디 릴리스 광고 문안을 만들 때 고민하듯, 이런저런 대안을 놓고 고민하며 사랑을 비틀고 왜곡하는 우리 콧대 높은 현대인들에 대해서도 생각했다. 수 이모는 정글이라면 모를까, 자연선택 어쩌고 하는 건 순전히 헛소리라고 했는데.

누군가가 형사들을 지나 계단을 올라오는 발소리가 들렸다. 나는 얼른 달려가 문을 열었다.

월도였다.

005

☆☆☆

“이 도시와 주변에 사는 수많은 사람들이 로라 헌트를 운운하고 있어. 시골에서는 전보마다 당신 이름이 적혀 있고.”

이렇게 말하는 월도는 부러워하는 듯 보였다.

“어린애처럼 왜 그래요, 월도? 나는 도움이 필요해요. 지금 내가 대화를 나눌 수 있는 상대가 이 세상에서 당신 하나뿐인데, 좀 진지하게 대해 주면 안 돼요?”

햇살이 일렁이는 두툼한 안경알로 덮인 그의 두 눈은 조그만 섬과 같았다.

“셸비는 어쩌고? 괴로울 때 당신 옆을 지키는 건 그자의 몫이어야 하는 거 아닌가?"

그의 목소리가 의기양양하게 울렸다.

"월도, 지금은 아주 끔찍하고 심각한 순간이에요. 질투심으로 날 괴롭히지는 말아 줘요."

"질투심이라!"

그가 그 단어를 무기 휘두르듯 내뱉었다.

"지금쯤이면 질투심에 내성이 생길 때도 되지 않았나, 달링?"

우리는 서로 이방인이었다. 우리 둘 사이에 벽이 생겼다. 월도는 셸비가 등장하기 훨씬 전부터 질투가 심했다. 다른 매력적인 남자들을 교묘하고 잔인하게 짓밟았다. 나는 사악하게 그걸 즐기며, 신기할 정도로 냉정한 이 남자에게 내 매력으로 불을 지른 데 자부심을 느꼈다. 사랑하는 법을 모르는 채로 태어난 남자의 사랑을 차지하다니 로라 헌트, 나야말로 얼마나 대단한 세이렌인가! 사람들이 월도의 맹목적인 헌신을 이야기하면서 이러쿵저러쿵하고, 놀리고, 이유가 궁금하다는 듯이 눈썹을 추켜세웠지만, 나는 유명 인사의 친구 겸 제자라는 역할을 잘난 척 즐겼다. 우리가 탄탄한 우정을 쌓을 수 있었던 것은, 적어도 내 입장에서는 그의 학식이 존경스러웠고, 그의 머리가 기가 막히게 휙휙 돌아가는 걸 보고 있노라면 즐거웠기 때문이었다. 그는 처음부터 끝까지 구혼자 같은 태도를 고집했다. 칠 년 동안 계속 입에 발린 칭찬과 꽃다발, 값비싼 선물과 변치 않을 사랑의 맹세로 구혼 공세를 펼쳤다. 진짜라고 하기에는 너무 한결같은 애인 역할이었지만, 월도는 긴장의 끈을 늦추는 법이 없었다. 그는 남자이고 나는 여자라는 사실을 매 순간 인식하게 만들었다. 하지만 구혼자처럼 구는 이면에 다른 꿍꿍이속이 있는지 우리 둘 다 언급을 피했으니 미묘한 관계이기는 했다. 수 이모는 월도한테 키스를 받으면 몸서리가 쳐질 것 같다고 입버릇처럼 말했다. 그는 나에게 자주 입을 맞추었다. 헤어질 때 입을 맞추는 게 그의 습관이었고, 인사 수준을 넘어 애정이 담긴 키스일 때도 많았다. 나는 아무 느낌도 없었다. 혐오감에 몸서리를 치지도 않았고, 열렬한 반응을 보이지도 않았다. 어깨에 대고 코를 부비는 고양이, 손을 핥는 강아지, 뺨에 와 닿는 어린아이의 촉촉한 입술. 월도의 키스가 그런 느낌이었다.

그가 내 손을 잡고 눈을 맞추며 이렇게 말했다.

"나는 로라, 당신의 질투를 사랑해. 다이앤을 때렸을 때 어찌나 근사해 보이던지!"

나는 손을 홱 잡아 뺐다.

"월도, 내가 살인범으로 몰리면 어떨 것 같아요?"

"무슨 그런 말도 안 되는 소리를!"

"내겐 알리바이도 없고, 시골집에 총도 있어요. 마크가 어젯밤에 거길 갔어요. 무서워요, 월도."

그의 얼굴에서 핏기가 가시면서 새하얗게 변했다.

"지금 무슨 이야기를 하고 싶은 거야, 로라?"

나는 담뱃갑, 버번 술병, 내 거짓말과 셸비의 거짓말, 그리고 셸비가 나를 보호할 생각에 거짓말을 했노라고 마크 앞에서 실토한 것에 대해 알려 주었다.

"셸비가 그날 밤에 다이앤이랑 여기 있었어요. 총소리가 들렸을 때 내가 돌아온 걸 알아차렸대요."

월도의 윗입술과 이마가 땀으로 번들거렸다. 그가 안경을 벗고 밝은색의 맨눈으로 나를 응시했다.

"로라, 당신이 아직 이야기하지 않은 부분이 한 가지 있는데."

"하지만 월도, 내가 말해 봐야 못 믿을……."

"로라, 당신이 범인인가?"

신문 파는 아이들이 쉰 목소리로 내 이름을 외치며 길거리를 누볐다. 날이 점점 어두워져 가고 있었다. 초록색 인광이 하늘을 갈랐다. 여름 진눈깨비처럼 차가운 이슬비가 내렸다.

"로라!"

그가 안경을 벗고, 하얀 불빛이 반사돼 반짝이는 불룩한 두 눈으로 내 얼굴을 응시했다. 나는 그 날카롭고 불편한 시선에 움츠러들었지만, 최면에 걸려 고개를 돌릴 수도, 눈을 내리깔 수도 없었다.

저 멀리 교회에서 5시를 알리는 종소리가 들렸다. 나는 죽을병에 걸렸다고 선고하러 오는 의사를 기다릴 때 이런 심정이지 않을까 하는 생각이 들었다.

"그 형사 생각을 하고 있군. 그가 와서 체포해 주길 기다리는 거지? 와 주길 바라는 거지?"

그가 나를 붙잡고 눈을 똑바로 들여다보았다.

"당신은 그에게 반했어, 로라. 나도 어제 알아차렸지. 오랜 친구인 셸비와 나를 외면하고 거리를 두더군. 우리는 더 이상 중요한 존재가 아니었던 게야. 계속 그에게 시선을 고정시킨 채 나방처럼 퍼덕거리고, 낮공연 무대의 우상 앞에 선 여학생마냥 눈을 희번덕거리며 억지 미소를 짓더군."

그의 축축한 손에 점점 더 힘이 들어갔다.

나는 작고 힘없는 목소리로 아니라고 했다. 그는 웃음을 터뜨렸다.

"거짓말하지 마. 내 눈은 형광 투시경이니까. 여자의 심장에서 전해지는 그 낯선 떨림이 이제 느껴지는군. 이 얼마나 낭만적인가!"

그는 섬뜩하게 낭만적이라는 단어를 내뱉었다.

"형사와 숙녀. 자수를 하셨나? 그에게 자백을 하셨나?"

나는 몸을 뒤로 뺐다.

"부탁인데 그런 식으로 말하지 마요, 월도. 우리가 맨 처음 만난 게 수요일 밤인걸요."

"그자는 일 처리가 빠르거든."

"제발, 제발 진지한 태도를 보여 줘요. 당신의 도움이 간절하다고요."

"귀염둥이 같으니, 지금 이것이야말로 내가 줄 수 있는 가장 진지하고 의미심장한 도움인걸? 당신이 지금까지 만난 사람 중에서 가장 위험한 인물을 경계하라고 주의를 주는 것."

"말도 안 돼요. 마크가 무슨 짓을 했다고."

"당신을 유혹하는 것 말고는 아무 짓도 안 했지. 당신의 마음을 사로잡는 것 말고는. 형사과의 명예와 영광을 위해 당신의 따뜻한 마음씨와 애정을 이용하려는 수작이지."

"셸비도 그랬어요. 자백을 받아 내려고 그러는 거라고."

"이번만큼은 나와 셸비의 생각이 일치하는군."

나는 침대 끝에 걸터앉아 쿠션을 끌어안았다. 까끌까끌한 리넨에 뺨이 쓸렸다. 월도가 다정하게 다가와 향수를 뿌린 자기 손수건을 내밀었다. 내가 키득거리며 말했다.

"정작 필요할 땐 손수건을 찾을 수가 없다니까요."

"나를 믿어, 이 어린아이 같은 아가씨야. 나는 당신을 버리지 않을 테니까. 남들이 뭐라 하건 우리 둘이서 맞서면 되지."

그는 다리를 벌리고 고개를 들고 그림 속 나폴레옹처럼 손을 재킷 주머니에 넣은 채 위에서 나를 내려다보았다.

"나는 돈, 연줄, 명성, 칼럼, 없는 무기가 없어, 로라. 오늘부터 전국 팔십 개 신문사로 배포되는 칼럼을 날마다 로라 헌트 이야기로 채울 거야."

나는 애원했다.

"하나만 물을게요, 월도. 솔직하게 대답해 줘요. 당신도 내가 범인이라고 생각하나요?"

그는 땀으로 차가워진 두 손으로 내 손을 잡았다. 그러고는 내가 아파서 칭얼거리는 아이라도 되는 양 부드럽게 속삭였다.

"내가 사랑하는데 당신이 범인이건 아니건 무슨 상관이겠어?"

지금 이 상황이 현실처럼 느껴지지 않았다. 빅토리아 시대의 소설에 등장하는 한 장면 같았다. 나는 그에게 손을 붙잡힌 채 무언가에 홀린 나약한 사람처럼, 고분고분하고 기운 없고 수심 가득한 머나먼 과거의 여인처럼 소파에 앉아 있었다. 반면에 그는 힘세고 고압적인 수호자로 돌변했다.

"내가 그 일로 로라, 당신에게 유죄 판결을 내릴까? 비난을 퍼부을까? 천만의 말씀."

그는 나를 잡은 손에 힘을 주었다.

"천만의 말씀이야. 나는 지금 그 어느 때보다 당신을 흠모해. 당신은 내 작품 속의 여주인공이 될 거야. 내가 만든 가장 위대한 작품이 될 거야. 수백만 명이 당신 이야기를 읽고 당신을 사랑하게 될 거야. 내가 당신을 말이지……."

그가 청산유수처럼 쏟아 냈다.

"리지 보든•보다 더 유명하게 만들 거야."

그는 거실에 둘러앉아 게임을 하다 질문을 받은 것처럼 장난기 어린 목소리로 말했다.

"로라가 유죄 판결을 받으면 어떻게 하실 겁니까?"

나는 애원했다.

"부탁이에요. 제발 진지한 태도를 보여 줘요."

"진지한 태도라!"

그는 똑같은 말로 되받아치며 나를 놀렸다.

"월도 라이데커의 작품을 그만큼 읽었으면 내가 살인을 얼마나 진지하게 생각하는지 알 텐데? 그건 내가 가장 좋아하는 범죄지."

나는 홱 하고 손을 빼며 벌떡 일어섰다. 우리 둘 사이에 거리를 두었다.

"이리 와요, 우리 공주님. 당신 쉬어야겠어. 신경이 그렇게 잔뜩 곤두서서야, 원. 콘도르들한테 뜯기고 있으니 그럴 만도 하지. 용감한 척하는 셸비에, 자기 얼굴로 1면을 장식하고 싶어서 음모를 꾸미는 형사에. 그 둘이 당신의 자긍심을 짓밟고, 당신의 불타오르는 용기를 오염시키고 있으니 그럴 만도 하지."

"그러니까 나를 범인이라고 생각하는 거군요."

인광 때문에 월도의 낯빛이 푸르스름하게 변했다. 내 얼굴에도 역겨운 공포의 기색이 어린 게 느껴졌다. 나는 슬쩍 스탠드의 코드를 뽑았다. 어둠 속에서 거실이 점점 현실적인 분위기로 바뀌었다. 낯익은 형태와 가구 윤곽 들이 보였다. 테이블 위에는 수 이모가 들고 온 빨간 장미 꽃다발이 밝은색 벽을 배경으로 놓여 있었다. 나는 한 송이를 꽃병에서 꺼내 서늘한 꽃잎을 뺨에 갖다 댔다.

"솔직히 말해요, 월도. 나를 범인이라고 생각한다고."

● **리지 보든** _ 1893년에 아버지와 계모를 살해한 혐의로 재판을 받아 미국 전체를 떠들썩하게 만들었던 여성.

"내가 그래서 당신을 흠모하는 거야. 내 눈앞에 위대한 여자가 있기 때문에. 당신과 나는 비현실적이고 거세된 세상 속에서 살고 있지. 폭력 사건을 저지를 수 있을 만큼 독한 사람은 몇 명 안 돼. 내 가장 사랑하는 그대에게 말하노니 폭력은 말이야……."

그는 베갯머리송사를 읊는 연인 같은 목소리로 폭력이 아니라 사랑을 속삭이듯 말했다.

"폭력은 열정에 확신을 부여하지. 로라, 내가 가장 사랑하는 그대여. 당신은 죽지 않았어. 난폭하고 살기등등한 여자로 멀쩡하게 살아 있지."

빨간 꽃잎들이 어지러운 무늬의 러그가 깔린 내 발치에 흩뿌려졌다. 나는 신경이 곤두서 차가워진 손으로 마지막 꽃잎을 뜯어냈다.

006

☆☆☆

이야기는 이런 식으로 쓰면 안 되는데. 내 복잡한 머릿속을 정리해 단순하고 조리 있게 사실을 나열해야 하는데. 나는 지금 저들이 금요일 밤에 그녀를 죽이려고 돌아왔느냐고 물으면, 마크는 자백을 받아 낼 요량으로 거짓말하고 추파를 던질 사람처럼 생기지 않았다고 대답할 판국이다. 저들이 초인종을 누르고 그녀가 얼굴을 내밀 때까지 기다렸느냐고 물으면, 이런 일이 있기 전에 그를 만났더라면 얼마나 좋았을까 하는 마음뿐이라고 대답할지도 모른다.

지금 내 머릿속이 그런 식이다. 나는 지금 옷을 갈아입을 기운이 없어서 두 시간째 슬립 차림으로 부들부들 떨고 있다. 오래전, 내 나이 스무 살이고 실연을 당했을 때 밤이 찾아오면 벽지가 얼룩덜룩한 방 안의 침대 끄트머리에 이런 식으로 앉아 있곤 했다. 내가 젊은 여자와 남자를 주인공으로 쓰고 있었던 소설을 생각하면서. 그 소설은 조잡한 작품이었다. 마무리를 짓지도 못했다. 원고에 먼지만 점점 쌓이고 있다. 그런데 지금 셸비는 나에게서 등을 돌리고 마크는 사기꾼 기질을 드러낸 상황이다 보니 질서 정연하게 사실을 정리하기가 겁이 난다.

셸비가 배신했다는 소식은 저녁을 먹는 자리에서, 귀에 거슬리는 신음 소리를 내며 쏟아지는 비와 함께 전달됐다. 나는 저녁을 먹는 척도 못 했다. 손이 납덩이처럼 무거워서 포크를 들 수조차 없었다. 하지만 월도는 게걸스럽게 저녁을 해치우며 그 소식을 한마디도 남김없이 귀담아들었다.

셸비가 경찰청을 찾아가 금요일 밤에 다이앤과 함께 이 아파트에 있었다고 증언을 했다. 어떤 식으로 초인종이 울렸고, 다이앤이 내 은색 슬리퍼를 신고 어떤 식으로 소리를 내며 거실을 가로질렀는지, 현관문을 열었을 때 어떻게 총에 맞았는지 나한테 이야기한 그대로 진술했다. 다이앤이 그를 이 아파트로 부른 이유는 유혈극이 벌어지지 않을까 걱정했기 때문이라고 했다. 그는 내 집에서 그녀를 만나려니 탐탁치가 않았지만, 위협을 느낀 그녀가 하도 애원을 하는 바람에 거절할 수가 없었다.

셸비의 변호사는 N.T. 솔즈베리 2세였다. 그가 말하길 셸비가 지금까지 이 사실을 자백하지 않은 이유는 누군가를 보호하기 위해서였다고 했다. 용의자의 이름은 방송에 소개되지 않았다. 프레블 부청장은 셸비가 보호하려고 했던 자의 정체를 경찰 측에서 알고 있는지 기자들 앞에서 공개하지 않았다. 이 자백으로 셸비는 검찰 측 증인이 되었다.

방송마다 프레블 부청장의 이름이 일 분에 세 번씩 언급됐다. 마크의 이름은 어디에서도 들리지 않았다.

월도가 사카린 조각 두 개를 커피에 넣으며 중얼거렸다.

"불쌍한 맥퍼슨. 셸비와 부청장의 틈바구니에 끼는 바람에 조명을 못 받았네."

나는 식탁에서 일어났다.

월도가 커피 잔을 든 채 소파까지 다시 따라왔다.

내가 말했다.

"그이는 그럴 사람이 아니에요. 마크는 누굴 제물 삼아 부귀영화를 추구할…… 그럴 사람이 아니라고요."

"딱하지도 하지."

커피 잔이 나무 탁자에 닿으면서 쨍그랑하는 소리가 났고, 월도가 자유로워진 두 손을 내 손 쪽으로 내밀었다.

"그는 게임을 하고 있는 거야, 로라. 사악하게 영리한 친구거든. 프레블이 지금은 눈곱만 한 승리를 만끽하고 있지만, 우리의 잭 호너•가 푸딩에 박힌 자두를 빼 먹을걸? 뒤늦게 후회하지 말고 내 경고 새겨들어. 그자는 당신을 노리고 있어. 당신한테 자백을 받아 낼 계획을 세우고 조만간 이곳으로 들이닥칠 거야."

히스테리의 그늘이 다시 나를 덮쳤다. 나는 그에게 잡힌 손을 빼서 소파에 드러누운 뒤 눈을 감고 온몸을 부들부들 떨었다.

"추운 모양이로군."

월도가 이렇게 말하고, 방 안에서 담요를 들고 나왔다. 그는 담요로 내 다리를 덮고 쭈글쭈글한 부분을 반듯하게 펴서 내 발밑으로 쑤셔 넣은 다음 다시 소파 옆에 서서 만족감과 소유욕을 불태우며 나를 내려다보았다.

"우리 귀여운 아기는 내가 지켜 주어야지."

"자백을 받아 내려는 수작에 불과했다니 믿을 수 없어요. 마크는 나를 좋아했어요. 진심이었다고요."

내가 말했다.

"그자에 대해서라면 당신보다 내가 더 잘 알아, 로라."

"그거야 당신 생각이죠."

"이 사건이 벌어지고 나서 거의 매일 그 친구하고 저녁을 같이

• **잭 호너** _ 동요에 등장하는 인물. 동요 가사가 다음과 같다. '꼬맹이 잭 호너가 한쪽 구석에 앉아 크리스마스 파이를 먹는데, 엄지손가락을 쑤셔 넣어 자두를 꺼내고서는 하는 말. 나는 정말 착한 아이야!'

먹었는데? 이상할 정도로 환심을 사려고 노력하던데, 그 이유는 밝힐 수 없지만 덕분에 그의 천성과 수법을 간파하는 귀한 기회를 누릴 수 있었지."

내가 말했다.

"그이가 재미있었던 모양이네요. 내가 당신하고 알고 지낸 지 몇 년 됐지만, 재미없는 사람하고 저녁을 먹는 건 한 번도 본 적이 없으니까요."

월도는 웃음을 터뜨렸다.

"당신은 늘 그 한심한 취향에 정당한 이유를 부여해야 직성이 풀리지? 나하고 몇 시간 함께한 덕분에 그 친구가 재치 있고 심오한 사람이 될 수 있었던 거야."

"그이는 지식인을 자청하는 수많은 사람들보다 훨씬 더 똑똑해요."

"일단 한 남자한테 관심이 생겼다 하면 어찌나 고집을 부리는지! 알았어, 그래야 당신 직성이 풀린다면 그 친구한테 비루한 관심을 보였다고 인정하지. 하지만 그 친구의 가슴속에 당신에 대한 사랑이 싹트는 게 흥미로웠을 뿐이야."

"나에 대한 사랑이라고요!"

"그렇게 목청껏 외칠 필요 없어, 카나리아. 당신은 그때 죽은 사람이었어. 그래서 그 이루어질 수 없는 열정이 존귀해 보였거든. 그 친구는 당신을 이용할 수 없었고, 당신을 그 이상 망가뜨릴 수 없었지. 당신은 손에 넣을 수 없기에 모든 욕망을 뛰어넘을 만큼 탐이 나는 존재였던 거야."

"정말이지 왜곡하는 재주가 남다르군요, 월도! 당신은 마크를 이해 못 해요. 그이는 남들과 뭔가 달라요."

나는 고집을 부렸다.

"뭔가가 살아 있다고요. 이루어질 수 없는 사랑에 빠져 허우적거리고 있었다면 내가 돌아온 걸 보고 그렇게 좋아했을 리 없어요."

"사기를 친 거지."

내가 말했다.

"당신은 그 입이 문제예요. 늘 말이 많지만, 전부 의미가 있는 건 아니라는 거."

"아가씨, 그 남자는 스코틀랜드 출신이야. 돈 못지않게 감정에도 인색한 종족이라고. 죽고, 사라지고, 천운이 다한 사람 앞에서 싹트는 특이한 애정에 대해 분석해 본 적 있나? 황야의 메리와 머리가 갈색이었던 귀여운 앨리스는 둘 다 죽었거나 결핵에 걸렸고, 이들이 등장하는 모든 연가의 반복되는 주제가 죽음이잖아. 살아 있는 여자들에게는 애정을 아끼는 이유를 이런 식으로 가장 간단하게 설명한다고 할까? 마크의 미래가 스크린 위에서 펼쳐지는군."

월도가 통통한 손으로 그의 미래를 펼쳤다.

"이루지 못한 사랑을 낭만적으로 포장하며 죽어 버린 사랑을 같이 안타까워해 달라고, 가엾은 여자들을 속여 꼬드기는 그의 모습이 보이는 듯해."

"하지만 살아 돌아온 나를 보고 반가워했단 말이에요. 얼마나 반가워했느냐면요."

나는 용감하게 불쑥 내뱉었다.

"마치 나를 기다리고 있었던 사람 같았는걸요."

월도가 외쳤다.

"아! 당신이 살아 돌아왔을 때 말이지!"

그의 목소리가 통통 튀었다.

"로라가 손 내밀면 닿을 수 있는 현실이 되었을 때 다른 감정이 표면 위로 드러났지. 인색한 천성, 살아 있는 로라를 이용하고 싶은 욕구가."

"그렇게 다정하고 진심으로 대해 줬던 게 전부 자백을 받아 내려는 수법이었단 말이에요? 말도 안 돼."

내가 말했다.

"단순히 자백을 받아 내려는 수작이었다면 간단했겠지. 하지만 이 사건의 모순적인 측면을 생각해 봐, 로라. 자백을 받아 내는 것이 일종의 보상이 되는 것을. 당신이 현실이 되었잖아. 손을 내밀면 닿을 수 있는 지점 안으로 들어왔잖아. 당신처럼 교양 있고 섬세하고 그보다 한 수 위인 게 분명한 여자가. 그는 당신을 소유하고 싶은 욕망에 사로잡혔지. 소유하고 복수하고 망가뜨리고 싶은 욕망에."

그는 뚱뚱한 엉덩이를 소파 끝에 걸치고 아슬아슬하게 앉아 있었다. 내 손을 버팀대 삼아 붙잡고!

“마크가 여자들을 뭐라고 부르는지 알아? 계집애 아니면 여우라고 해.”

그는 점과 선으로 이루어진 기호를 쏟아 내는 전신기처럼 쯧쯧 소리를 내며 두 단어를 내뱉었다.

“그가 얼마나 천박하고 거만한 남자인지 이보다 더 단적으로 보여 주는 증거가 어디 있을까? 워싱턴 하이츠에 사는 어떤 계집애는 자기한테서 여우 털 코트를 뜯어 간 적이 있다고 하더군. 자기 입으로 그랬어, 뜯어 갔다고. 그리고 롱 아일랜드에 사는 어떤 여우는 몇 년 동안 한눈도 안 팔고 자길 기다려 줬는데 차 버렸다고 자랑스럽게 떠벌렸고.”

“한마디도 못 믿겠어요.”

월도가 말했다.

“지금까지 어떤 남자들이 당신한테 구혼을 했는지 명단을 생각해 봐. 과거를 되짚어 보라고. 당신은 언제나 열심히 변호를 하지. 늘 귀엽게 얼굴을 붉히고 속이 좁다고 나를 나무라면서.”

나는 카펫 위로 드리워진 그림자들을 바라보았다. 월도가 날카롭게 약점을 지적한 덕분에 지금까지 만난 친구와 애인에게서 번번이 남자다운 매력이 반감되었던 일이 머릿속을 지나갔다. 월도의 자애롭고 호방한 웃음소리도 기억났다. 그에게 이끌려 맨 처음 극장을 찾았을 때 잘생긴 남자 배우의 형편없는 연기를 보고 감탄했던 내가 생각났다.

"지금 이 시점에서 셸비 카펜터를 운운하면 너무 눈치 없는 짓이 되려나? 그 한량이 얼마나 남자답고 완벽하고 숨겨진 장점이 많은지 알아차리지 못했다는 이유로 내가 얼마나 숱한 모욕을 견뎌야 했던가! 내가 당신의 비위를 맞추고 자기기만을 즐기도록 내버려 두었던 이유는 결국에는 당신 스스로 알아차리리라 믿었기 때문이야. 그런데 보라고."

그는 유감스럽다는 듯이 두 손을 펼쳐 보았다.

"마크는 진정한 남자예요."

내가 말했다.

월도의 밝은색 눈동자가 짙어졌다. 그의 이마 위로 시퍼런 핏줄이 불룩 솟았다. 창백했던 얼굴은 짙은 갈색으로 변했다. 그는 억지로 웃음을 터뜨렸다. 웃음소리가 한 음절씩 딱딱 끊겨서 듣기 괴로웠다.

"늘 똑같은 패턴이로군. 호리호리하고 유연한 몸이 남성성의 기준이지. 칼로 깎은 듯한 옆모습은 섬세한 성격의 상징이고. 남자가 탄탄하고 말라야 로미오, 슈퍼맨, 황소로 변장한 제우스의 옷을 입힐 수 있겠지. 사드 후작은 말해 무엇하리."

잠깐 섬뜩한 정적이 흐르고 난 뒤 그가 덧붙였다.

"그런 욕구도 당신의 천성 안에 들어 있는 것을."

내가 말했다.

"당신 말에 상처 안 받아요. 이제는 어떤 남자한테도 상처 안 받아요."

월도가 나무라는 투로 말했다.

"지금 내 이야기를 하는 게 아니야. 좌절한 당신 친구 이야기를 하는 거지."

내가 말했다.

"하지만 헛소리잖아요. 그이는 좌절하지 않았어요. 얼마나 강한 사람이라고요. 두려움도 없어요."

월도는 귀한 비밀을 털어놓기라도 하는 것처럼 미소를 지었다.

"감히 단언하건대 당신은 여성 특유의 구제불능 낙관주의 때문에 그 친구의 가장 두드러진 단점을 보지 못한 거야. 그 친구가 열심히 감춘 덕도 있지만, 다음번에 그 친구를 만났을 때 두고 보라고. 그 조심스럽고 고통에 겨운 걸음걸이가 눈에 들어오거든 월도의 경고를 기억해."

내가 말했다.

"도대체 무슨 소리인지 모르겠네. 없는 얘기 지어내지 마요."

심통 난 여학생처럼 카랑카랑하니 귀에 거슬리는 내 목소리가 낯설게 느껴졌다. 수 이모가 들고 온 빨간 장미들이 초록색 벽 위로 자주색 그림자를 드리웠다. 친츠 커튼 무늬는 캘러와 수련이었다. 나는 월도와 그의 경고를 떨쳐 버리고 싶어서 색깔과 천과 이름 들에 대해 생각했다.

"자기 몸을 불신하는 남자는 남들한테서도 약하고 무력한 부분을 찾기 마련이지. 조심해, 당신. 그 친구가 당신의 약점을 발견해 그곳에다 파멸의 씨앗을 심을 테니까."

나 자신이 가엾게 느껴졌다. 사람과 인생에 환멸이 느껴졌다. 나는 눈을 감고, 어둠을 좇았다. 피가 식고 뼈가 말랑말랑해지는 게 느껴졌다.

"상처 입을 거야, 로라. 고통을 갈망하는 게 당신 천성이니까. 한 남자의 장점에 끌렸다가 그 남자의 약점에 붙들려 꼼짝 못하게 되었으니 상처 입을 거야."

그는 아는지 모르는지 모르겠지만, 그것이 바로 월도와 나의 역사였다. 처음에는 그의 강철 같은 면모에 끌렸지만, 어린애 같고 불안한 심성을 안 뒤로 애정이 깊어졌다. 월도가 갈망한 것은 애인이 아니라 사랑, 그 자체였다. 나는 이 뚱뚱하고 걸출한 인물과 함께하며 병약하고 예민한 아이 다루듯 인내하고 조심하는 법을 배웠다.

월도가 천천히 운을 뗐다.

"어미는 말이야. 항상 새끼한테 죽임을 당하기 마련이지."

나는 잡혀 있던 손을 홱 당겨 뺐다. 그러고는 소파에서 일어나 그와 나 사이에 거리를 두었다. 스탠드 불빛이 닿지 않는 곳으로 뒷걸음질해 어둠 속에 서서 부들부들 떨었다.

월도는 그림자에 말을 거는 사람처럼 나지막이 중얼거렸다.

"깨끗한 한 방."

그가 말했다.

"깨끗한 한 방이면 눈 깜짝할 새 고통 없이 처치할 수 있지."

내가 선명한 옛 기억을 떠올리느라 애를 쓰는 동안 그는 두 손으로 어떤 식의 처치를 의미하는지 보여 주었다.

그가 내 쪽으로 다가왔고, 나는 구석 쪽으로 더욱 깊숙이 몸을 움츠렸다. 이상한 현상이었다. 지금까지 똑똑하지만 불행한 이 친구를 대할 때면 존경스럽고 안쓰럽다는 마음뿐이었는데. 나는 친구로서 예의를 갖춰 월도의 입장에 대해 생각했다. 우리가 알고 지낸 세월과 그가 베푼 친절에 대해 생각했다. 속에서 구역질이 일면서 히스테리를 부리고 나약하게 뒷걸음질을 했던 게 부끄러워졌다. 나는 작심하고 꿋꿋하게 버텼다. 몸을 움츠리지 않았다. 상처를 주고 싶지 않은 남자의 손길을 받아들이듯 그의 포옹을 받아들였다. 굴복했다기보다 달게 받아들였다. 마음을 누그러뜨렸다기보다 견뎠다.

그가 말했다.

"당신은 내 것이야. 내 사랑이고 나만의 것이라고."

중얼거림 너머로 희미한 발소리가 들렸다. 월도의 입술이 내 머리를 눌렀고, 그의 목소리가 귓전에서 윙윙거렸다. 잠시 후 문을 세 번 두드리는 소리와 열쇠가 돌아가며 내는, 귀에 거슬리는 소리가 들리자 그가 포옹을 풀었다.

마크는 계단을 천천히 올라왔던 것처럼 문도 천천히 열었다. 나는 월도에게서 몸을 뗀 뒤 원피스를 반듯하게 펴고 소매를 내린 다음 치맛자락으로 무릎을 홱 덮으며 소파에 앉았다.

"열쇠로 문을 따고 들어오는군."

월도가 말하자 마크가 대꾸했다.

"초인종이 범인의 신호였잖습니까. 로라 양의 기억을 되살리기 싫어서요."

월도가 말했다.

"사형 집행인은 매너가 좋기로 유명하지. 노크를 하다니 친절하기도 해라."

월도의 경고가 머릿속에 신호등을 심어 놓았다. 그의 눈으로 마크를 관찰하자 잔뜩 힘이 들어가서 위로 치솟은 어깨와 조심스럽게 유지되는 몸의 균형과 신중한 발걸음이 눈에 들어왔다. 그런데 월도의 말과 달리 마크의 몸놀림이 아니라 표정이 경계 태세를 갖추고 있음을 알렸다. 그가 호기심 어린 내 눈초리를 알아차리고 호기롭게 되받아쳤다. 마치 노려볼 테면 노려보라고, 마음만 먹으면 내가 가장 꽁꽁 숨겨 두었던 약점을 언제든지 잔인하게 끄집어낼 수 있다고 말하는 듯한 눈빛이었다.

그는 긴 의자에 앉아 가느다란 손가락으로 팔걸이를 움켜잡으며 긴장을 조금 푸는 듯했다. 피곤한지 움푹 꺼진 눈 밑으로 자주색 그늘이 언뜻 보였고, 좁은 광대뼈를 덮은 살갗에 힘이 들어갔다. 하지만 나는 바보처럼 물렁해지려는 마음을 다잡고, 짙은 빨간색 경고등을 얼른 소환했다. 계집애와 여우라. 나는 속으로 중얼거렸다. 저 사람한테 여자는 계집애 아니면 여우로구나.

그가 "할 말이 있어서 왔습니다, 로라 양"이라고 하더니 불청객을 내보내 주면 좋겠다는 의미로 월도를 쳐다보았다.

월도는 소파에서 옴짝달싹하지 않았다. 마크는 긴 의자에 몸을 묻으며 파이프를 꺼내 정 그렇다면 그냥 있어도 좋다는 뜻을 전달했다.

베시가 부엌문을 쾅 닫고 나오면서 큰 소리로 작별 인사를 했다. 워싱턴 하이츠에 사는 어떤 계집애한테 여우 털 코트를 뜯긴 적이 있다고 했지? 나는 속으로 중얼거리면서 거기에 들인 그의 자존심과 노력이 어느 정도였을지 상상했다. 그를 빤히 쳐다보며 물었다.

"저를 체포하러 오신 건가요?"

월도가 내 쪽으로 몸을 기울였다.

"조심해, 로라. 뭐든 말하면 불리한 증거로 악용될 수 있어."

마크가 말했다.

"친구분들이 참 용감하게 당신을 보호하는군요! 어젯밤에도 셸비가 똑같이 경고하지 않았습니까?"

셸비의 이름이 등장하자 내 몸이 뻣뻣하게 굳었다. 그렇게 나약한 남자를 믿었다며 마크도 나를 비웃고 있는 걸까? 나는 대담하게 물었다.

"아무튼 무슨 일로 오셨나요? 월턴에는 다녀오셨어요? 그 집에 뭐가 있던가요?"

"쉬잇."

월도가 주의를 주었다.

"어디 갔었느냐고 묻지도 못해요?"

"당신은 살인 사건에 대해 전혀 몰랐다고, 신문도 안 봤고, 시골 집 라디오는 고장이 났었다고 했죠. 나한테 그렇게 이야기하지 않았나요, 로라 양?"

"맞아요."

내가 대답했다.

"맨 처음 파악한 건 라디오에 아무 문제가 없다는 거였습니다."

내 뺨이 벌겋게 달아올랐다.

"하지만 그때는 고장이 났었어요. 진짜예요. 고쳤나 봐요. 노워크 역 근처에 있는 전파상 직원들한테 고쳐 달라고 했거든요. 열차를 타기 전에 거기 들러서 부탁을 해 놓았어요. 전파상에 집 열쇠를 맡겼으니까 그걸 증거로 제시하면 돼요."

어찌나 불안한지 뭐라도 잡아 뜯고 부수고 고래고래 고함을 지르고 싶어서 온몸이 근질거릴 지경이었다. 마크는 히스테리를 최고조로 끌어올리기 위해 일부러 뜸을 들이는 듯했다. 그는 금요일 밤에 월턴으로 건너갔다는 내 주장이 사실이라는 가정 아래 (그의 표현이었다) 그 이후 행적을 조사했는데, 내가 제시한 엉성한 알리바이를 넘어서는 수준의 무언가를 발견하지 못했다고 했다.

내가 운을 떼려고 했지만, 월도가 한 손가락을 자기 입술에 대며 조용히 하라는 신호를 보냈다.

"당신의 혐의를 완화시킬 만한 단서를 아무것도 발견하지 못했단 말이죠."

마크가 말하자 월도가 외쳤다.

"이런 위선자를 봤나! 유죄를 입증할 증거가 아니라 무죄를 입증할 증거를 찾으러 간 척하는군. 형사과 소속치고는 대단히도 자비로우신데?"

"유죄를 입증하는 것이건 무죄를 입증하는 것이건 증거를 찾아내는 것이 내가 할 일입니다."

마크가 말했다.

"이거 왜 이러시나. 설마하니 무죄를 입증하는 증거가 나왔으면 좋겠다고 말하려는 건 아니겠지? 우리는 현실주의자일세, 맥퍼슨. 이번처럼 놀라운 사건에서 개가를 거두면 분명 주변에 악명을 떨칠 수 있겠지. 부청장에게 모든 영광을 돌릴 생각이라는 둥 그런 소리는 하지도 말게."

마크의 표정이 어두워졌다. 당황스러워하는 모습을 보고 월도는 좋아했다.

"왜 아닌 척하시나, 맥퍼슨? 악명을 떨치면 떨칠수록 인정을 받는 게 그 세계의 특징 아닌가? 로라하고 내가 저녁을 먹으면서 그 부분을 놓고 이야기를 나누었지. 상당히 흥미진진한 대화를. 안 그래, 달링?"

우리 둘이 의견의 일치를 보기라도 한 것처럼 월도가 나를 향해 미소를 지어 보였다.

"이번 사건으로 자네가 얼마나 유명해질 수 있는지 그녀도 자네와 나만큼 잘 알고 있다네. 이 살인 사건이 어떤 식으로 돌연변이를 일으켰는지, 얼마나 매혹적인 면모를 갖춘 역설적인 사건인지 생각해 보게. 피해자가 무덤에서 부활해 범인으로 둔갑하다니! 대형 일간지마다 일급 기자를 파견할 테고, 온갖 통신사에서 파견한 여류 소설가와 정신 분석가 들로 법정이 바글거리겠지. 법원 내 중계소 설치권을 놓고 여러 라디오 방송국에서 경쟁을 벌일 테고, 전쟁 소식은 2면으로 밀려날 거야. 대중들이 원하는 게 바로 여기 있으니까. 싸구려 욕망, 일요판에 어울리는 열정, 파크 애버뉴에서 저질러진 죄악. 온 국민이 시시각각으로 세기의 재판을 다룬 금쪽같은 기사를 기다리겠지. 그리고 범인은 누구인가 하면……."

그는 눈을 부라렸다.

"바로 당신이야. 맥퍼슨이 발목을 향해 경배를 바친 당신."

마크의 뺨이 움찔거렸다.

"누가 이 요란한 범죄극의 영웅으로 부상할까?"

월도는 말을 이었다. 자기 웅변에 푹 빠진 눈치였다.

"그 영웅은, 현대판 루크레티아•의 비밀을 당당하게 파헤친 위인은 바로……."

월도가 자리에서 일어나 허리를 숙이고 절을 했다.

"……용감무쌍한 맥퍼슨, 절름발이 호크쇼••!"

파이프를 감싸 쥐고 있던 마크의 손마디가 하얗게 변했다.

침착하고 기품 있는 그의 반응에 월도는 짜증을 냈다. 당혹스러워할 줄 알았건만 그러지 않았던 것이다.

"알았네, 마음대로 하게. 이 정도면 증거가 충분하다 싶거든 그녀를 체포하시게나. 빈약한 증거를 근거로 그녀를 법정에 세우시게나. 분명 승리를 거둘 수 있을 테니."

내가 말했다.

"월도, 이제 그만해요. 나는 앞으로 무슨 일이 벌어지든 받아들일 각오가 돼 있어요."

월도가 자부심과 힘이 잔뜩 실린 목소리로 말했다.

"참으로 용감하기도 하지. 하지만 기다려, 로라. 전 국민의 웃음소리가 그의 귀에까지 전해질 테니. 어디 한번 당신의 유죄를 입증해 보라지. 보잘것없는 증거를 가지고 증인석에서 으스대 보라지. 건방을 떨어 보라지, 내가 아주 박살을 내 줄 테니! 수백만에 달하는 라이데커의 팬들이 정강이에 총알이 박힌 촌놈의 한심한 짓거리를 보고 얼마나 박장대소할까!"

월도가 다시 내 손을 잡고 의기양양하게 소유권을 주장했다.

마크가 말했다.

"재판을 받길 바라는 투로군요, 라이데커 씨."

• **루크레티아** _ 고대 로마 전설에 등장하는 여주인공. 그녀가 폭군의 아들에게 능욕을 당한 뒤 자결했다는 소식이 전해지자 격노한 민중들이 반란을 일으켜 로마 공화국이 세워지는 계기가 되었다고 한다.

•• **호크쇼** _ '호크쇼 탐정'이라는 만화 시리즈의 주인공.

"우리는 두렵지 않아. 내가 모든 능력을 총동원해 도와주리라는 것을 로라도 아니까."

마크의 말투가 공무를 집행하는 투로 바뀌었다.

"알겠습니다. 라이데커 씨가 헌트 양의 안녕을 돌보는 중책을 맡고 계신 모양이니 총이 발견되었다는 소식을 비밀에 부칠 이유가 없겠네요. 헌트 양의 시골집 침실 창가에 놓인 궤짝 안에 들어 있었습니다. D.S.C.라는 머리글자가 새겨진 여성용 엽총이었고, 카펜터 부인이 쓰던 거였죠. 얼마 전에 청소와 기름칠을 하고 사용한 뒤라 아직까지 상태가 좋더군요. 셸비가 헌트 양에게 준 총이 맞다고 했고……."

나는 어서 빨리 의사가 나타나 최후통첩으로 속 시원하게 모든 희망을 없애 주길 기다리는 심정이었다.

나는 월도에게 붙잡힌 손을 빼고 마크 앞으로 가서 섰다.

"됐어요. 예상했던 거니까 됐어요. 제 변호는 솔즈베리 해스킨스 워더 본 사무소가 맡고 있어요. 그쪽에 지금 연락을 해야 하나요, 아니면 체포된 뒤에 연락하면 되나요?"

"조심해, 로라."

월도가 한 말이었다. 나는 상관하지 않았다. 마크도 자리에서 일어나 내 어깨에 손을 얹고 내 눈을 똑바로 들여다보았다. 우리 둘 사이를 가르는 공간이 진동을 일으켰다. 마크는 미안해하는 듯한 눈빛이었다. 기뻤다. 마크가 미안해하길 바랐으니까. 마크가 미안해하는 눈빛을 하고 있었기 때문에 이제는 두려움이 덜했다. 이런 상황을 글로 옮기려니 정리가 잘 안 된다. 알맞은 표현이 생각나지 않는다. 내가 울고 있었고, 마크의 재킷 소매가 까끌까끌했다는 건 떠오르지만.

월도가 우리를 예의 주시하고 있었다. 나는 마크의 얼굴을 바라보고 있었지만, 월도의 시선을 느낄 수 있었다. 눈에서 발사된 화살이 등에 꽂히는 듯한 기분이었다.

월도가 물었다.

"지금 연극을 하는 건가, 로라?"

마크의 팔이 딱딱하게 굳었다.

월도가 말했다.

"전형적인 사례를 보여 주는군. 간수에게 마음을 빼앗긴 여자들이 예전에도 있었거든. 하지만 그런 수법으로 자유를 살 수는 없어, 로라……."

마크가 나를 팽개치고 월도 옆으로 다가가 새하얗게 질린 그의 얼굴을 향해 주먹을 겨누었다. 월도는 안경 너머로 눈을 휘둥그레 떴지만, 팔짱을 낀 채 똑바로 서서 피하지 않았다.

내가 마크에게 달려가 팔을 잡았다.

"마크, 그러지 마요. 화를 내 봐야 소용없어요. 나를 체포하러 왔으면 체포해요. 무섭지 않아요."

월도가 우리를 보며 웃음을 터뜨렸다.

"어이, 고귀하신 청년. 기사도를 발휘하려다 매몰차게 거절당했구먼."

"나는 무섭지 않아요."

내가 이번에는 웃어 대는 월도를 향해 말했다.

"기사도는 비열한 악당들이 최후에 동원하는 수단이라는 걸 이제는 알 때도 됐을 텐데, 달링?"

나는 마크의 얼굴을 들여다보고 있었다. 간밤에 잠도 못 자고 월턴까지 다녀온 뒤라 피곤해 보였다. 하지만 베시가 말했던 것처럼 진짜 남자였다. 수 이모도 지금까지 고수한 인생의 원칙을 어겨가며 수입은 보잘것없어도 근사한 남자들이 있다고 인정하지 않았던가. 나는 지금까지 남자들과의 만남을 즐기며 즐겁고 재미있게 살았다. 하지만 까다로운 노처녀와 애 같은 어른들이 너무 많았다. 나는 다시 마크의 팔을 잡고 그를 쳐다보며 용기를 내려고 미소를 지었다. 마크도 월도의 말을 무시한 채 내 얼굴을 바라보며 살포시 웃었다. 나는 그의 힘을 느끼고 싶어서, 그의 어깨에 머리를 기대고 싶어서 기진맥진할 지경이었다.

"계집애를 연행하려니 난처한 모양이지, 호크쇼? 그 전에 진도를 나갔어야 하는데 말이지, 응?"

월도가 카랑카랑한 목소리로 그답지 않게 상스러운 단어를 썼다. 그 목소리와 단어들이 마크와 내 사이를 비집고 들어오자 우리의 소중한 순간은 끝이 났고, 내 손아귀 안에는 공기만 남았다.

월도가 안경을 벗었다. 그러고는 맨눈으로 나를 바라보았다.

"로라, 나는 오랜 친구야. 지금 내가 하는 말이 역겹게 들릴지 모르겠지만, 그 친구는 만난 지 이제 겨우 사십팔 시간밖에 안 됐다는 걸 기억해 주었으면 좋겠어……."

내가 말했다.

"상관없어요. 몇 시간이 지났건 상관없어요. 시간은 아무 의미 없으니까."

"그 친구는 형사야."

"상관없어요, 월도. 사기꾼이나 야바위꾼을 상대할 때는 음모도 꾸미고 덫도 놓고 그럴지 몰라도 나한테는 비열한 수법 쓰지 않을 거예요. 그렇죠, 마크?"

그때 마크에게 나는 딴 세상 사람이나 다름없었다. 월도가 크리스마스 선물로 준 머큐리 글라스 꽃병만 뚫어져라 쳐다보고 있었던 것이다. 나는 월도 쪽으로 시선을 돌렸다. 달싹이는 그의 두툼하고 섬세한 입술과 밝은색의 불룩한 안구 위로 스멀스멀 피어오르는 안개가 보였다.

월도가 나를 비웃으며 난도질했다.

"매번 똑같군, 로라. 패턴이 매번 똑같아. 매번 똑같은 덫에 걸려서 열을 내다 좌절하잖아. 겉보기에 호리호리하고 유연하고 빤하고 근육질이면 속은 얼마나 메스껍고, 얼마나 썩어 문드러졌는지 절대 알아차리지 못한단 말이지. 셸비 카펜터라는 남자는 기억을 하는지 모르겠네. 당신을 이용했던 남자인데……."

"그만해요! 그만해요! 그만해요!"

나는 퉁퉁 부은 월도의 눈을 향해 고함을 질렀다.

"맞아요, 월도. 매번 똑같은 패턴이에요. 매번 속은 메스껍고 썩어 문드러졌죠. 그런데 당신이 그래요, 당신이! 당신이 말이에요, 월도. 당신 심보가 그래요. 당신은 내가 무슨 희망을 품기만 하면 번번이 놀리고 비웃고 짓밟아 버렸죠. 내가 좋아하는 남자라면 질색을 하면서 약점을 찾아내 한껏 부풀리고, 그들이 나한테서 등을 돌릴 때까지 놀리고 망신을 주었잖아요!"

월도가 전에 나더러 살기등등한 여자라고 했는데, 문득 증오가 솟구치자 나는 정말 살기등등한 여자로 변신했다. 셸비나 다른 남자들의 경우에는 잘 몰랐었다. 그런데 이번만큼은 내 앞에서 마크를 망신 주려는 악의가 분명하게 느껴졌다. 나는 그 전부터 알고 있었던 것처럼 고래고래 고함을 질렀다. 예전에는 맹목적이고 고집스러워서 그의 날카로운 독설이 내 친구들에게 어떤 상처를 주었고 어떤 식으로 나에 대한 사랑을 짓밟았는지 모르고 지냈다. 그런데 지금은 산 위에서 청명한 햇빛 사이로 인간들을 내려다보는 신이라도 된 것처럼 분명하게 알 수 있었다. 화가 나서 좋았다. 증오할 수 있어서 기뻤다. 나는 복수를 위해 고함을 질렀다. 살기등등하게 덤볐다.

"당신은 지금 이 사람마저 짓밟으려 하고 있어요. 이 사람을 미워하니까. 질투하니까. 이 사람은 남자예요. 진짜 남자라고요. 그래서 어떻게든 짓밟으려고 하는 거죠."

월도가 말했다.

"마크는 어느 누구의 도움도 필요 없는 친구야. 자기 파괴 능력이 상당히 뛰어나 보이거든."

월도는 늘 그런 식이었다. 말싸움이 벌어지면 나를 늘 깎아내렸고, 내 합당한 분노를 상스러운 여자의 어이없는 광란으로 치부했다. 얼굴이 흉측하게 일그러지는 게 느껴져서 나는 마크가 보지 못하게 고개를 돌렸다. 하지만 마크는 아랑곳하지 않고 냉소적인 표정을 유지했다. 내가 고개를 돌리는 순간, 마크가 나를 팔로 감싸안더니 자기 옆으로 끌어당겼다.

"그러니까 이제 결정을 내린 건가?"

월도가 잔뜩 빈정거리는 투로 물었다. 그의 독약은 효능을 잃었다. 마크의 날카롭고 똑바르고 흔들림 없는 시선이 거만하게 흘기는 그의 눈빛과 만나자 월도는 모든 무기를 잃었다. 남은 거라고는 신랄한 심술밖에 없었다.

"자멸로 향하는 그대들의 발걸음에 행운이 따르길."

월도가 말하며 안경을 다시 썼다.

그는 싸움에서 패하고 우아하게 후퇴할 방법을 찾는 중이었다. 그런 그가 안쓰럽게 느껴졌다. 모든 분노가 사라져 버렸고, 내 두려움을 가져간 마크 덕분에 월도를 혼내 주고 싶었던 마음도 사라졌다. 우리는 다퉜고, 서로에 대한 실망감을 있는 대로 드러냈고, 그렇게 우리의 우정도 끝이 났다. 하지만 다정하고 너그러웠던 그의 씀씀이와, 함께한 세월과, 그동안 주고받은 농담과 생각은 잊을 수가 없었다. 크리스마스와 생일, 친구처럼 티격태격했던 순간들도.

"월도."

나는 이름을 부르며 반걸음 다가갔다. 그런데 마크가 팔에 힘을 주며 붙잡자 나는 모자를 들고 문 앞에 서 있는 오래된 친구를 잊어버렸다. 모든 걸 잊어버렸다. 뻔뻔할 정도로 녹아내리는 바람에 머릿속이 어지러웠다. 팽팽했던 두려움도 놓았다. 닳고 닳은 여자처럼 그의 품에 몸을 맡겼다. 나는 월도가 나가는 것도 보지 못했고, 문이 닫히는 소리도 듣지 못했고, 당시 상황을 기억하지도 못한다. 위험을 감지하거나 사기라는 걸 느끼거나 월도에게 들은 경고를 떠올릴 겨를이 없었다. 어머니가 마음을 주면 안 된다고 입버릇처럼 말했는데 나는 부득부득 기꺼이 마음을 주었고, 아낌없이 나를 맡겼다. 그의 입술은 분명 그걸 알았을 것이다. 그의 심장과 근육은 내가 그의 여자가 되었음을 분명 알았을 것이다.

그가 갑자기 손을 놓는 바람에 벽으로 내팽개쳐진 듯한 꼴이 되었다. 그는 정복하려던 상대를 손에 넣었으니 어서 빨리 마무리를 짓고 싶은 사람처럼 갑자기 손을 놓았다.

"마크!"

내가 울부짖었다.

"마크!"

하지만 그는 떠났다.

그게 세 시간 전의 일이다. 세 시간 하고 십팔 분 전의 일이었다. 옷을 갈아입다 만 채 나는 지금도 침대가에 앉아 있다. 밤은 축축하고, 내 몸도 이슬을 머금은 것처럼 축축하다. 멍하고 기운이 없다. 손이 하도 차가워서 연필도 겨우 쥐고 있는 수준이다. 그래도 써야 한다. 어지러운 머릿속을 정리하고 똑바로 생각할 수 있게 계속 써야 한다. 나는 모든 장면과 사건, 그가 내게 한 말을 한마디도 놓치지 않으려고 애를 쓰고 있다.

월도가 경고를 했었다. 셸비도 그랬다. 그는 형사라고. 하지만 나를 범인이라고 생각했다면 문 밖을 지키던 형사들을 왜 철수시켰을까? 나를 좋아하게 됐기 때문에 범인인 걸 알면서도 도망칠 기회를 주는 걸까? 월도의 경고가 머릿속에서 계속 맴도는 바람에 무슨 말로든 설명이 안 되고 위로가 안 된다. 나는 월도가 질투심 때문에 그런 경고를 하는 거라고 애써 믿으려 했다. 사실은 그에게 해당되는 단점과 잘못을 마크에게 뒤집어씌우려 교활한 간계를 부린 거라고.

초인종 소리가 들린다. 마크가 나를 체포하려고 돌아왔나? 분홍색 슬립 끈은 어깨 밑으로 흘러내렸고 머리는 풀어헤친 지금의 내 모습은 창녀 같은데. 남자에게 단물을 빨아 먹히고 버림받은 계집애 아니면 여우 같은데.

초인종 소리가 계속 들린다. 아주 늦은 시각이건만. 길거리는 고요하다. 다이앤이 살인범에게 문을 열어 준 날 밤에도 이렇게 고요했겠지.

In the files of the Department you will find
full reports on the Laura Hunt case.
As officially recorded the case seems like hundreds
of other successful investigation:
Report of Lieutenant McPherson; case closed, August 3
The most interesting developments
of the case never got into the department files.
My reports on the scene in Laura's living room,
for instance read like this:

> At 8.15 found Lydecker in Hunt apartment with Laura.
> He was doing some fast talking to
> prove that I was plotting to get her to confess.
> stayed until 9.40 (approx.), when he left;
> sent Behrens and Muzzio,
> who had been stationed at the door, to trail him.
> I proceeded to Claudius Cohen's place……

The story deserves more human treatment
than the police records allow.
I want to confess, before I write any more,
that Waldo's unfinished story and Laura's manuscript
were in my hands before I put a word on paper.

5

MCPHERSON

001

☆☆☆

로라 헌트의 사건 기록은 형사과 파일 안에 모두 들어 있다. 공식적인 기록을 보면 그 사건은 성공리에 수사를 마친 여타의 사건들과 다를 게 없어 보인다. 보고자: 맥퍼슨 경위. 사건 종료일: 8월 30일.

가장 흥미진진했던 부분은 빠져 있다. 예컨대 내가 로라의 거실에서 벌어진 상황을 어떤 식으로 기록했는가 하면 이런 식이다.

8시 15분, 헌트 양과 함께 그녀의 아파트에 있는 라이데커를 발견. 본인이 그녀의 자백을 받아 내려고 음모를 꾸미고 있다는 식으로 그녀를 구슬리는 중이었음. 9시 40분경, 라이데커가 나감. 문 앞을 지키고 있던 베런스와 무지오에게 추적을 맡김. 본인은 클로디어스 코헨의 가게를 찾아가…….

하지만 경찰 조서보다는 인간적인 기록이 더 어울리리라.

고백해 두고 싶은 게 있는데, 나는 월도가 미처 끝내지 못한 이야기에다 로라의 원고까지 입수한 상황에서 글을 쓰기 시작했다. 그와 그녀의 원고 사이에 자리한 부분을 쓰면서 가급적 있는 그대로 전달하려고 노력했다. 하지만 나도 인간이다. 월도가 나에 대해 뭐라고 적었는지 보았고, 로라의 기분 좋은 평가도 확인한 마당에 편견이 생길 수밖에 없었다.

부청장이 에베츠 필드•에서 보내는 토요일 오후를 내가 얼마나 손꼽아 기다리는 줄 알면서 이 사건을 나에게 맡기는 꼼수를 부리지 않았더라면 어떻게 됐을까. 그랬더라면 이번 사건은 영영 미제로 묻힐 수도 있었다. 생색을 내기 위해 이런 소리를 하는 건 아니다. 나는 한 여자에게 반했고, 어쩌다 보니 그녀도 나를 마음에 들어 했다. 그것이 대문을 여는 열쇠 역할을 했다.

나는 월도가 무언가를 숨기고 있음을 애초부터 간파했다. 솔직히 치정이나 살인을 의심하지는 않았다. 일요일 아침에 그가 거울을 들여다보며 천진난만하게 생긴 자기 얼굴 어쩌고저쩌고 했을 때 내가 별종을 상대하고 있다 싶었을 뿐. 하지만 불쾌하지는 않았다. 같이 있으면 재미있었다. 그는 로라를 사랑했노라 솔직하게 고백했지만, 나는 그가 믿음직한 친구 역할에 적응한 줄 알았다.

그가 뭘 숨기고 있는지 알아내야 했지만, 아마추어가 전문 형사 앞에서 잘난 체하고 싶어 하는, 그런 게임을 벌이는 게 아닌가 싶었다. 월도는 자기가 범죄의 엄청난 권위자인 줄 알았다.

나도 내 나름대로 게임을 벌였다. 비위를 맞추고, 친분을 쌓고, 그가 하는 농담에 웃음을 터뜨렸다. 로라의 평소 생활이 어땠는지 물으면서 그도 관찰했다. 남자가 어쩌다 보면 묵은 유리그릇과 도자기를 수집하게 되는 걸까? 지팡이를 들고 다니고 수염을 기르는 이유는 뭘까? 자기가 아끼는 커피 잔을 다른 사람이 쓰려고 하면 어째서 비명을 지르는 걸까? 성격을 추측 가능하게 하는 단서들을 모으면 아주 잔인한 범죄만 예외일 뿐 무슨 사건이든 해결할 수 있다.

나는 그 전까지만 해도 월도가 로라를 이성으로 대했다기보다 아버지처럼 사랑한 줄 알았다. 그런데 몬타니노의 뒷마당에서 노래 이야기를 듣고 나서부터, 문학의 계보를 잇는 후계자를 자칭하는 그가 가식 차원에서 오밤중에 산책을 다니는 게 아닐지 모른다는 생각이 들기 시작했다. 어쩌면 금요일에도 그는 밤새도록 미지근한 욕조에서 기번을 읽지 않았을지 모른다.

얼마 안 있어 로라가 돌아왔다. 나는 살인을 당한 희생자가 다이앤 레드펀이라는 걸 알았을 때 완전히 방향을 잃었다. 십자 모양으로 얽힌 끈이 너무 많았다. 셸비와 이유를 알 수 없는 세 가지 거짓말 그리고 금담뱃갑. 그 시기에는 나도 모르게 거울을 들여다보며

● **에베츠 필드** _ 뉴욕에 있었던 야구장. 브루클린 다저스의 홈구장이었지만 1957년에 문을 닫았다

내가 여자를 믿는 허술한 인간으로 보이는지 확인하곤 했다.

셸비는 진심으로 자신의 출중한 외모가 로라를 살인범으로 만들었다고 믿었다. 그가 로라를 보호한 이유는 바람을 피웠다는 양심의 가책을 덜기 위해서였다. 그것이야말로 기사도 정신의 대척점에 해당되는 행동이었다.

하지만 셸비가 겁쟁이는 아니었다. 그날 밤 위험을 무릅쓰고 총을 회수하러 그녀의 시골집까지 찾아간 걸 보면. 택시 한 대가 따라 붙는 바람에 그는 소기의 목적을 달성하지 못했다. 아무리 셸비라도 경찰청에서 드라이브나 하라고 인력을 파견할 리 없다는 것을 알아차릴 머리는 있었다. 사건 이후 셸비가 엽총을 처음 보았을 때 그 엽총은 내 책상 위에 있었다.

셸비에겐 엽총이 증거였다. 거기에는 그의 어머니의 머리글자가 새겨져 있었다. 카펜터의 C, 셸비의 S, 딜라일러의 D. 반바지에 롤칼라가 달린 셔츠를 입고, 이름이 딜라일러인 어머니 앞에서 시를 낭송했을 어린 시절 그의 모습이 눈에 선했다.

그는 한 달 전에 총을 쓴 적이 있다고 했다. 그 총으로 토끼를 잡았다고.

내가 말했다.

"저기, 카펜터 씨, 긴장할 것 없습니다. 이 자리에서 솔직히 털어놓으면 당신을 사후 종범으로 둔갑시킬 거짓말 몇 개쯤은 눈감아 줄 수도 있으니까요. 내일이면 물 건너간 이야기가 될지 모르지만요."

그는 내가 딜라일러에 대해 뭐라고 생각했는지 까놓고 이야기하는 걸 듣기라도 한 것 같은 표정으로 나를 쳐다보았다. 공범에게 불리한 증언을 할 수는 없었다. 켄터키에 사는 카펜터 집안의 자손이 그런 짓을 저지를 수는 없었다. 그건 신사라면 용납할 수 없는 천박한 수작이었다.

그에게 신사와 평범한 인간의 차이점을 인식시키는 데 세 시간이 걸렸다. 세 시간이 지났을 때 그가 더 이상 버티지 못하고 변호사를 불러도 되느냐고 물었다.

내가 셸비에게서 자백을 받아 냈다고 발표하는 역할을 프레블에게 넘긴 이유는 그와도 게임을 하는 중이었기 때문이었다. 정치판에서는 회유책이라고 부르는 게임이었다. 프레블의 관점에서는 총과 셸비의 자백이야말로 결정적인 증거였다. 이로써 로라는 남편을 죽인 루스 스나이더만큼이나 확실한 죄인이 되었다. 살인 용의자로 그 자리에서 당장 기재할 수 있을 정도였다. 프레블은 신속하게 체포하면 흥미진진한 자백을 받아 낼 수 있을 거라 생각했다. 자신의 효율적인 관리 덕분에 우리 경찰청이 영광을 누릴 거라고 생각했다.

내 눈에는 그의 패가 빤히 보였다. 그날은 금요일이었고, 휴가를 간 청장님은 월요일에 복귀할 예정이었다. 그러니까 프레블은 언론의 관심을 한 몸에 누릴 만한 시간적인 여유가 거의 없었던 것이다. 게다가 이번 사건은 로라가 살아서 돌아왔으니 누가 봐도 1면

감, 전국 보도감이었다. 프레블의 아내와 아이들은 사우전드 제도의 호텔에서 아빠가 세기의 살인 사건을 해결했다는 보도가 들리기만을 손꼽아 기다렸다.

우리는 인정사정없는 설전을 벌였다. 내가 원한 건 시간이었고, 그가 원한 건 조치였다. 나는 그에게 이미 오래전에 쇠똥 밑에 묻혔어야 마땅한, 정치판의 닳고 닳은 개라고 퍼부었다. 그는 나더러 권력에 빌붙은 인간이라고, 고작 금화 삼십 냥을 받고 소련에 나라를 팔아먹으려는 더러운 빨갱이들에게 빌붙은 인간이라고 했다. 나는 그의 조상이 종족을 팔아먹은 인디언 추장일 거라고 했고, 그는 나더러 출세에 도움이 된다면 어머니를 바우어리 길거리로 내보내고도 남을 작자라고 했다. 왜 실제로 오간 대화를 고스란히 옮기지 않느냐 하면, 앞에서도 밝혔다시피 내가 대학을 졸업한 지식인도 아닌데다 내 글을 더럽히고 싶지 않기 때문이다.

설전은 무승부로 끝이 났다.

"산 채로건 죽은 채로건 내일 아침까지 범인을 잡아다 놓지 않으면……."

"그것참 말이 많으시네. 그의 배 속에 소를 넣고 꼬챙이에 꿰어서 아침 식탁에 올려 드린다니까요."

"그가 아니라 그녀겠지."

"두고 보면 압니다."

나는 허세를 부렸다.

로라에게 유리한 증거는 한 톨도 없었다. 하지만 침실 궤짝에 들어 있던 총을 내 손으로 직접 꺼냈는데도, 그녀가 범인이라는 생각은 들지 않았다. 그녀는 전채 요리가 든 쟁반으로 연적의 머리를 때리는 거라면 모를까, 살인을 계획할 인물은 못 됐다. 내가 묵은 유리그릇을 수집할 인물은 못 되는 것처럼.

그때가 8시 무렵이었다. 로라의 혐의를 벗겨 내고, 내가 누가 봐도 뻔한 봉이 아니라는 걸 증명할 수 있는 시간이 열두 시간 남았다.

나는 62가로 차를 몰았다. 핑크빛 분위기가 나 때문에 파투가 났다는 걸, 문을 연 순간부터 알 수 있었다. 그날은 뚱보에게 신나는 날이었다. 셸비는 그녀를 배신했고, 나는 그녀에게 체포하겠다 압박하는 것처럼 보였을 테니까. 로라가 그의 손 안에 있었다. 그녀의 입장이 난처해질수록, 그가 필요해질수록 그의 영향력은 점점 커졌다. 그녀가 재판을 받는다면 그에게는 여러모로 이득이었다.

나의 존재는 그에게 독과 같았다. 그의 얼굴은 양배추색이었고, 그의 투실투실한 살집은 구내식당 젤리처럼 출렁거렸다. 그는 한 여자가 내게 반한 덕에 내가 출세 가도에 오르게 된 것으로 만들려고 갖은 애를 썼다. 나더러 출세할 수 있다면 어머니를 유흥가로 내보내고도 남을 인간이라고 한 부청장의 발언과 비슷한 수법이었다. 이런 발언은 진실을 밝힌 거라기보다 헐뜯는 것에 가깝건만. 겁에 질린 사람들은 자신을 보호할 욕심에 남의 동기를 걸고넘어진다. 월도의 그런 성향이 가장 여실히 드러난 순간이, 안 좋은 내 다리를 두고 농담을 하기 시작했을 때였다. 그 정도로 비열하게 구는 사람이라면 약점을 숨기고 있는 게 분명하다고 단정해도 된다.

바로 그 순간부터 나는 월도를 더 이상 믿음직한 친구로 간주하지 않았다. 로라가 돌아왔을 때 나를 대하던 그의 태도가 변한 이유를 이제 알 수 있었다. 그는 죽은 여자에게 관심을 보이는 나를 두고 엄청난 로맨스를 썼다. 같이 괴로워할 수 있는 동반자를 찾은 셈이었다. 그런데 로라가 살아 돌아온 순간, 나는 연적이 되었다.

나는 의자에 기대 앉아 그가 나를 헐뜯느라 늘어놓는 소리를 잠자코 들었다. 그가 나를 형편없는 인간으로 포장하려고 하면 할수록 그의 동기가 무엇인지 분명하게 파악됐다. 그는 구혼자들을 짓밟는 수법으로 팔 년 동안 그녀를 자기 곁에 붙잡아 둘 수 있었다. 그 수법을 딛고 살아남은 유일한 사람이 셸비였다. 셸비가 박력은 없을지 몰라도 내쫓기는 걸 용납하지 않을 정도로는 고집이 센 성격이었다. 그는 다이앤 앞에서 거물 행세를 하는 데서 위안을 얻으며 월도의 모욕을 참고 또 참으며 버텼다.

수법은 밝혀졌지만, 증거가 없었다. 나는 부청장의 관점에서 나를 바라보았다. 밝혀진 사실이 아니라 직감에 따라 움직이는 고집불통 머저리. 나도 훈련과 경험을 통해 터득했다시피 직감은 법정에서 아무 효력이 없었다. 재판장님, 제가 느끼기에 이 남자는 질투심에 눈이 멀었습니다. 증인석에서 그런 소리를 했다가 어떻게 될지 안 봐도 뻔하다.

평소 같았으면 단둘이 있는 자리에서 애정 행각을 펼쳤을 것이다. 하지만 그때는 월도의 질투심을 자극해야 했다. 나는 연극의 한 장면을 연출하는 심정으로 로라를 품에 안았다. 그런데 그녀의 반응 덕분에 내가 굳이 분위기를 조성할 필요가 없게 되었다. 그녀가 나를 좋아하는 줄은 알았지만, 그 정도였을 줄이야.

그녀는 내가 그녀를 사랑해서, 상처받은 그녀를 위로하고 보호하려는 마음에 안아 주는 줄 알았다. 저변에 깔린 의도가 그렇기는 했다. 하지만 월도를 염두에 두고 벌인 일이기도 했다. 워낙 신경이 예민한 그는 우리의 애정 행각을 지켜보지 못하고 자리를 피했다.

그 뒤로 설명하고 자시고 할 시간이 없었다. 그녀를 떼어 놓기란 쉽지 않은 일이었다. 그랬다가는 그녀의 진심을 이용한 거라는 월도의 주장이 맞았다고 그녀에게 오해를 살 수도 있었다. 하지만 그가 나간 마당에 그대로 보낼 수는 없었다.

결과적으로는 그대로 보냈지만.

베런스와 무지오가 그냥 내보낸 것이다. 내가 내린 지시에 따르면 월도 라이데커는 마음대로 출입이 가능한 인물이었다. 두 경관은 현관 입구에 느긋하게 앉아서 아이들 자랑이나 하며 그가 지나가거나 말거나 전혀 신경 쓰지 않았을 것이다. 그들의 잘못이 아니라 내 잘못이었다.

62가를 아무리 둘러보아도 그의 육중한 몸집과 꼼꼼하게 손질한 턱수염과 두툼한 지팡이는 온 데 간 데 없었다. 길모퉁이를 돌았거나 어두컴컴한 골목에 숨었거나, 둘 중 하나였다. 베런스는 3번 가로, 무지오는 렉싱턴 애버뉴로 보내 그를 찾아내 뒤를 밟도록 했다. 그런 다음 나는 차에 올라탔다.

내가 셔터를 내리는 클로디어스와 맞닥뜨린 시각이 9시 42분이었다.

내가 말했다.

"클로디어스 씨. 뭐 하나만 물어봅시다. 골동품을 수집하는 사람들은 하나같이 성격이 괴팍한가요?"

그는 웃음을 터뜨렸다.

"유리그릇에 푹 빠진 남자가 있는데, 자기 차지가 될 수 없는 아름다운 작품이 보이면 아무도 그걸 곁에 두고 감상할 수 없도록 일부러 깨뜨리기도 할까요?"

클로디어스는 입술을 축였다.

"누굴 말씀하시는 건지 짐작이 가는군요, 맥퍼슨 형사님."

"어젯밤의 그 일은 어쩌다 벌어진 실수였을까요?"

"가타부타 대답을 못 하겠네요. 라이데커 씨는 기꺼이 변상을 했고 나는 그 돈을 받았지만, 정말로 실수한 것일 수도 있으니까요. 내가 그 안에 총알을 넣지 않아서……."

"총알이라뇨? 그게 무슨 소립니까?"

"기볍고 잘 깨지는 물건이 들어오면 그 안에 총알을 넣거든요."

"BB탄은 아니겠죠."

그가 말했다.

"맞아요. BB탄을 넣습니다."

나는 기다리는 동안 월도가 수집한 골동품을 구경한 적이 있었다. 묵은 잔과 꽃병 안에 BB탄이 들어 있지는 않았지만, 그는 맨 처음 찾아온 형사 앞에 누가 봐도 빤한 증거를 방치할 만큼 어수룩한 인물이 아니었다. 이번에는 철저하게 조사하고 싶은데 수색 영장을 발부받을 만한 겨를이 없었다. 나는 다른 입구를 통해 건물 안으로 들어갔다. 나를 라이데커의 절친한 친구처럼 반갑게 맞이하기 시작한 엘리베이터 안내원을 피하기 위해서였다. 그래야 월도가 집으로 돌아왔을 때 수상한 낌새를 알아차리고 잽싸게 도망치는 사태를 막을 수 있었다.

나는 만능열쇠로 문을 열고 들어갔다. 집 안은 고요하고 어두컴컴했다.

살인 사건이 벌어졌다. 총이 동원된 사건이었다. 총신을 자른 것이든 아닌 것이든 엽총은 아니었다. 월도는 엽총에 어울리는 타입이 아니었다. 그가 총을 소유하고 있다면 도자기로 빚은 개나 양치기 소녀나 케케묵은 술병 틈바구니에 골동품처럼 진열해 놓았을 것이다.

나는 거실에 있는 장식장과 선반을 살피고, 침실로 들어가 서랍장 쪽으로 발걸음을 옮겼다. 그의 모든 소지품이 특별하고 희귀했다. 좋아하는 책들은 엄선한 가죽으로 제본을 했고, 모노그램이 그려진 손수건과 속옷과 잠옷은 그의 머리글자를 수놓은 비단 상자 안에 차곡차곡 담겨 있었다. 심지어 구강 청결제와 치약마저 특별한 처방에 따라 만들어진 것이었다.

옆방에서 딸깍하고 스위치를 켜는 소리가 들렸다. 내 손이 자동으로 뒷주머니를 향해 움직였다. 그런데 총이 없었다. 월도한테도 이야기했던 것처럼 나는 화를 자초하러 나갈 때만 무기를 소지한다. 그런데 오늘 밤의 여흥이 유혈극으로 이어질 줄은 짐작도 못했던 것이다.

의자 뒤로 들어가 얼른 몸을 돌리는데, 이 최고급 아파트의 주인이라도 되는 양 까만색 실크 가운을 걸친 로베르토가 보였다.

그가 뭐라고 묻기 전에 선수를 쳤다.

"여긴 어쩐 일이에요? 보통은 저녁때 퇴근하지 않나요?"

"라이데커 씨가 오늘 밤에는 있어 달라고 하셔서요."

"왜요?"

"몸이 좀 안 좋으시다고요."

나는 그 말에서 힌트를 얻었다.

"아. 나도 그래서 온 거예요, 로베르토. 저녁때 라이데커 씨를 만났는데 몸이 안 좋다고 열쇠를 주면서 자기가 올 때까지 집에서 기다려 달라고 했거든요."

로베르토는 미소를 지었다.

"화장실에 가려던 참이었어요."

침실로 들어온 이유를 간단하게 둘러대기에 이보다 더 간편한 핑계가 없었다. 나는 화장실로 들어갔다. 잠시 후 밖으로 나와 보니 로베르토가 응접실에서 기다리고 있었다. 그가 술이나 커피를 한잔 하겠느냐고 물었다.

내가 말했다.

"아뇨, 됐어요. 가서 자요. 라이데커 씨는 내가 챙길 테니까."

그가 발걸음을 떼려고 했을 때 내가 불러 세웠다.

"라이데커 씨가 왜 그러는 걸까요, 로베르토? 신경이 곤두선 것처럼 보이던데."

로베르토는 미소를 지었다.

내가 말했다.

"살인 사건 때문이겠죠? 거기에 계속 신경이 쓰여서 그러는 거 아닐까요?"

그의 미소가 신경에 거슬렸다. 필리핀에서 건너온 이자에 비하면 로드 아일랜드 조개라고 불리는 무니가 수다쟁이로 느껴질 지경이었다.

내가 물었다.

"퀜튼 웨이코라고 알아요?"

그 말에 그가 번쩍 정신을 차렸다. 뉴욕에 사는 몇 안 되는 필리핀 출신들은 서로 형제처럼 붙어 지냈고, 하인으로 일을 해서 번 돈을 퀜튼 웨이코에게 걸곤 했다. 퀜튼 웨이코는 66가 댄스홀에서 일하는 아가씨들에게 맛을 들이면서 내리막길을 걷기 시작한 전직 라이트급 챔피언이었다. 그는 버는 돈보다 쓰는 돈이 더 많았기 때문에 새파랗게 젊은 카댄스키에게 케이오를 당했을 때 승부를 조작했다는 비난이 쏟아졌다. 그런 일이 있고 나서 어느 날 밤, 샘록 볼룸에서 퀜튼을 맞닥뜨린 친구 하나가 칼을 꺼내 들었다. 나중에 그가 법정에서 밝힌 바에 따르면 필리핀의 명예를 위해서였다. 하지만 얼마 안 있어 승부 조작은 사실무근으로 밝혀졌고, 필리핀 출신들은 그를 순교자로 포장했다. 독실한 친구들은 9번가의 교회에 촛불을 지폈다.

어쩌다 보니 퀜튼의 오명을 벗겨 줄 수 있는 증거를 입수한 사람이 나였고, 덕분에 나도 모르는 새 필리핀의 명예를 회복시킨 일등 공신이 되었다. 내가 그 이야기를 했더니 로베르토는 미소를 거두고 인간이 되었다.

우리는 라이데커 씨의 건강에 대해 이야기를 나누었다. 살인 사건과 로라의 생환에 대해서도 이야기를 나누었다. 로베르토는 타블로이드 신문들과 관점이 정확히 일치했다. 헌트 양은 착한 숙녀였고 로베르토한테도 늘 잘해 주었지만, 라이데커 씨를 대하는 태도를 보면 댄스홀 접대부와 다를 바 없었다. 로베르토가 보기에 여자들은 다 똑같았다. 다들 견실한 신랑감을 거부하고 최신 댄스 스텝을 아는 만능 스포츠맨에 열광했다.

나는 살인 사건이 벌어졌던 날 어떤 저녁을 준비했느냐고 갑자기 화제를 돌렸다. 그는 술술 이야기보따리를 풀어 놓았다. 메뉴의 재료까지 일일이 소개하고 싶어 했다. 로베르토의 전언에 따르면 라이데커 씨가 오후 내내 삼십 분에 한 번씩 글쓰기를 멈추고 부엌으로 들어와 맛을 보고 냄새를 맡고 질문을 던졌다고 했다.

"샴페인도 준비했죠. 한 병에 육 달러짜리로."

로베르토가 으스댔다.

"맙소사!"

로베르토는 그날 저녁에 준비한 게 음식과 포도주 말고도 또 있었다고 했다. 로라가 좋아하는 음악을 들으며 저녁을 먹을 수 있도록 월도가 자동식 전축에 음반까지 다 설정해 놓았었다는 것이다.

내가 말했다.

"철저하게 준비를 했군요. 그랬으니 헌트 양이 약속을 취소했을 때 얼마나 실망했을까! 그래서 라이데커 씨가 어떻게 했나요?"

"굶으셨습니다."

월도가 우리한테 말하기로는 저녁을 든든히 먹고 욕조에 들어앉아 기번을 읽었다고 했는데.

"굶었다고요? 식탁 근처로는 오지도 않고요?"

로베르토가 말했다.

"식탁에 앉으시긴 했어요. 저더러 음식을 갖다 달라고 하고 접시에 덜기까지 했지만 드시지 않은 거죠."

"전축도 틀지 않았겠군요."

"네."

"그 뒤로 한 번도 튼 적이 없겠군요."

큼지막하고 값비싼 전축이었다. 음반 열 개를 차례대로 틀고 끝나면 뒤집어서 뒷면을 트는 방식이었다. 라이데커가 대화중에 언급했던 곡이 있는지 살펴보았다. 토카타와 푸가 어쩌고 하는 음반은 없었고, 대부분이 공연용 음악이었다. 맨 마지막이 〈그대 눈에 비친 우수〉였다.

"로베르토."

내가 불렀다.

"아무래도 위스키를 한 잔 마시는 게 좋겠어요."

몬타니노의 뒷마당에서 식사를 했던 그 후텁지근했던 저녁이 생각났다. 폭풍이 조만간 들이닥칠 기세였고, 옆 테이블 여자가 노래를 따라 불렀다. 월도가 로라와 함께 들은 노래라고 했는데, 어떤 여자와 노래를 같이 들은 경험이 아니라 그보다 더 심오한 무언가를 이야기하는 듯한 투였다.

"한 잔 더 할게요, 로베르토."

내게 필요한 것은 스카치위스키가 아니라 생각할 시간이었다. 조각들이 맞아떨어지기 시작했다. 그녀가 결혼하기 전 마지막으로 함께 할 저녁 식사. 샴페인과 그녀가 즐겨 들었던 노래. 함께 관람한 공연의 추억과 옛날 이야기. 다시 꺼내 놓는 예전에 나누었던 이야기들. 식사를 마치고 브랜디를 마실 무렵 마지막 음반의 차례가

되고, 홈 위로 정확하게 내려앉는 바늘.

로베르토가 잔을 들고 기다리고 있었다. 나는 위스키를 마셨다. 추웠고 식은땀이 났다.

나는 맨 처음 그의 아파트를 찾았던 일요일부터 월도 라이데커 전집을 읽고 있었다. 누군가의 성격을 파악하고 싶을 때는 그 사람이 남긴 글만큼 좋은 도구가 없다. 그 사람의 작품을 어느 수준 이상 읽으면 일급비밀까지 알아낼 수 있다. 그가 쓴 수필에 이런 구절이 있었다. '좌절이 남긴 엄청난 위기.'

그는 음악의 타이밍까지 맞춰 가며 정성스레 준비했다. 그런데 로라가 오지 않았다.

내가 말했다.

"가서 자요, 로베르토. 라이데커 씨는 내가 기다릴 테니까."

로베르토가 그림자처럼 사라졌다.

나 혼자 응접실에 남았다. 주변이 온통 그의 소지품이었다. 가냘프고 장식이 지나치게 요란한 가구, 줄무늬 실크 셔츠, 책과 음반과 골동품. 어딘가에 총이 있을 것이다. 여자를 유혹하듯 치밀하게 살인과 자살의 계획을 세운 사람이라면 가까운 데 무기를 준비했을 테니까.

002

☆☆☆

내가 응접실에서 기다리는 동안 월도는 지팡이로 인도를 때려 가며 이리저리 걸어 다녔다. 감히 뒤를 돌아보지는 못했다. 추격에 나선 경관들이 고개를 돌린 그의 얼굴을 보았더라면 겁에 질렸다는 사실을 알 수 있었을 테니까.

렉싱턴 애버뉴로 출동한 무지오는 거의 한 블록 앞에 있는 그를 발견했다. 월도는 무지오의 존재를 알아차린 기미가 없었지만, 빠르게 발걸음을 옮기다 64가에서 동쪽으로 방향을 틀었다. 그 블록의 끝에 다다랐을 때 3번가에서 북쪽으로 거슬러 올라온 베런스가 보였다.

그 시점에서 월도가 사라졌다. 두 경관은 일대 골목과 건물 입구를 샅샅이 뒤졌지만, 월도는 대규모 아파트의 지하 통로를 지나 건물 뒤편으로 나온 다음 거기서 다시 지하를 관통해 72가와 연결된 옆문으로 나온 모양이었다.

그는 그런 식으로 세 시간 동안 걸었다. 극장이나 영화관이나 술집을 나와 집으로 돌아가는 사람들이 그의 곁을 지나갔다. 아크등 불빛 사이로, 불을 밝힌 영화관 차양 밑으로 숱하게 지나갔다. 대형 사건이 종결되면 중요한 제보자의 영광을 누리고 싶어 경찰청으로 전화를 하는 사람들을 통해 우리는 그의 행적을 사후에 파악했다. 이스트 76가에 사는 열다섯 살의 메리 루 시먼스는 친구네 집에서 놀다 집으로 가는데 어떤 남자가 어느 건물 입구에서 불쑥 튀어나오는 바람에 깜짝 놀랐다고 했다. 그레고리 핀치와 이니드 머피는 둘이서 입을 맞추고 있었을 때 어두컴컴한 아파트 건물 입구에서 난간 위로 몸을 내민 남자가 이니드의 아버지인가 했다. 리 캔터 부인은 자기 신문 가판대 뒤에서 거대한 유령을 보았다. 손님인가 싶어 차를 세운 택시 기사도 여럿이었다. 월도 라이데커의 얼굴을 알아본 기사도 두어 명 있었다.

그는 길거리가 고요해질 때까지 걸었다. 택시도 몇 대 없고 행인은 거의 안 보일 때까지 가장 어두컴컴한 골목길을 골라서 다니며 건물 입구에 몸을 숨겼고, 지하철 계단에 쭈그리고 앉기도 했다. 그러다 2시가 다 됐을 때 62가로 되돌아갔다.

그 블록에서 불이 켜진 집은 딱 한 군데였다. 셸비의 증언에 따르면 금요일 밤에도 그 집은 그렇게 불을 밝히고 있었다.

그녀의 집 앞을 지키는 사람은 없었다. 무지오는 64가에서 계속 그를 기다리는 중이었고, 베런스는 근무 시간이 끝났다. 나는 로라 혼자 남겨 둔 채 두 경관에게 추격을 맡겼을 때 그가 무기를 소지하고 있을 줄은 꿈에도 모르고 대체 요원을 투입하지 않았다.

그는 계단을 올라가 초인종을 눌렀다.

그녀는 내가 자기를 체포하러 돌아온 줄 알았다. 살인범이 다시 찾아왔다고 생각하는 것보다 그쪽이 더 이치에 맞는 추측이었다. 그녀는 다이앤이 어떤 식으로 죽었는지 셸비에게 들은 이야기가 잠깐 생각났지만, 하얀 가운을 두르고 문을 열러 나갔다.

그 무렵 내가 월도의 비밀을 알아차렸다. 아파트를 아무리 뒤져도 총이 보이지 않았다. 그가 남은 BB탄을 장전한 총을 몸에 감춰 들고 다녔던 것이다. 총 대신 내가 발견한 것은 미완의 미출간 원고 더미였다. 나는 아파트에서 기다리다 그가 들어오면 대놓고 공격을 감행해 그의 반응을 살필 작정이었기 때문에 원고를 읽어 보았다. 「그대 아버지의 귓바퀴」라는 제목이 달린 작품에 이런 글귀가 있었다.

> 교양 있는 사람의 경우, 음흉하게 정체를 감춘 악의라는 무기가 유용함이라는 옷을 입고 재치라는 가면을 번쩍이거나 미모라는 장식을 뽐내기 마련이다.

골동품 반지 안에 감추어진 독극물, 지팡이 속에 든 칼, 낡은 기도서 안에 숨겨진 총기를 다룬 작품이었다.

나는 그가 들고 다닌 게 전장포였다는 사실을 삼 분쯤 뒤에 알아차렸다. 간밤에 골든 리저드에서 나오기 직전에 내가 그의 지팡이를 구경하려고 한 적이 있었다. 그러자 그가 홱 낚아채며 내가 지팡이가 필요한 처지가 되면 끝에 고무가 달린 걸로 사 주겠다는 둥 했을 때 탁 하는 소리가 났었다. 장전이 되는 소리였다. 나는 그 말에 발끈하는 바람에 더 이상 아무것도 묻지 못했다. 월도에게 소지품은 사람이나 다름없었다. 그는 내 불결한 손길로부터 소중한 지팡이를 보호하고 싶었기 때문에 재치나 미모라는 장식을 배제한 채 유감없이 악의를 드러냈다. 나폴레옹 잔으로 커피를 마시는 것과 비슷하게 희한한 고집을 부리는 줄 알았는데.

이제 그가 왜 지팡이를 들여다보지 못하게 했는지 알 것 같았다. 그는 권위가 실리기 때문에 지팡이를 들고 다닌다고 했다. 그 안에 그의 능력이 숨겨져 있었던 것이다. 그는 로라의 문 앞에 서서 비밀 무기를 동원할 준비를 하며 아마 빙그레 웃었을 것이다. 두 번째도 첫 번째와 다를 바 없었다. 고장 난 머릿속이 워낙 뒤죽박죽이라 오리지널이고 재연이고 할 게 없었다.

문손잡이가 돌아가는 순간 그가 조준을 했다. 로라의 키가 어느 정도인지, 달걀 모양의 얼굴이 어느 지점에서 어둠을 가르고 나올지 그는 알고 있었다. 문이 열렸을 때 방아쇠를 당겼다.

와장창 하고 소름 끼치는 소리가 들렸다. 고개를 돌린 로라 앞에 수많은 빛의 조각들이 펼쳐졌다. 총알이 손톱만큼 빗나가 유리그릇을 맞힌 것이다. 유리 조각들이 까만 카펫 위에서 반짝거렸다.

그의 총알이 빗맞은 이유는 방아쇠를 당기는 순간, 누군가가 뒤에서 다리를 잡아당겼기 때문이었다. 나는 총이 어디 숨겨져 있는지 알아차리자마자, 그의 질투심을 자극하려 일부러 애정 행각을 펼쳤던 게 생각나자마자 그의 아파트에서 뛰쳐 나갔다. 내가 1층 출입문을 열었을 때 그는 3층 층계참에서 초인종을 누르고 있었다.

고풍스러운 복도에는 희미한 불빛밖에 없었다. 층계참에 달린 침침한 전구가 전부였다. 월도는 얼굴도 안 보이는 적과 사투를 벌였다. 나는 젊은데다 몸 상태도 좋고 싸움을 하는 법도 알고 있었다. 하지만 그에게는 필사적이라는 장점이 있었다. 게다가 총도 들고 있었다.

내가 다리를 홱 잡아당기는 바람에 그가 내 위로 넘어졌다. 로라가 문 밖으로 나와 어둠 속에서 몸싸움을 벌이는 우리를 내려다보곤 정체를 확인하기 위해 눈에 힘을 주었다. 우리는 계단 밑으로 데굴데굴 굴렀다.

2층 층계참에 달린 전구가 그의 얼굴을 비추었다. 안경이 벗겨졌는데, 밝은색 눈동자를 들어 먼 곳을 응시하는 듯한 표정이었다. 그가 말했다.

"온 도시가 살인범을 찾는 동안 나, 월도 라이데커는 세련미 넘치는 도시인답게 법질서를 구현했지."

그가 웃음을 터뜨렸다. 등줄기에 소름이 돋았다. 나는 미치광이를 상대하고 있었다. 그의 얼굴은 일그러졌고, 입술은 뒤틀렸고, 서슬이 시퍼런 눈동자는 당장이라도 튀어나올 기세였다. 그가 내 손에 붙들린 팔을 비틀어 빼더니 총을 들고 지휘봉처럼 흔들었다.

"들어가요! 여기 있지 말고 들어가요!"

나는 로라를 향해 외쳤다.

그의 살이 물렁살이기는 해도 몸무게가 백십 킬로그램이 넘었다. 팔을 홱 하니 잡아당기자 살덩이가 내 위로 쓰러졌다. 그는 눈을 번뜩이며 나를 알아보았고, 그 순간 정신이 돌아오며 증오도 되살아났다. 그의 입가에 부글부글 흰 거품이 맺혔다. 로라가 큰 소리로 조심하라고 외쳤지만, 더 가까운 데서 그가 신음 소리를 냈다. 나는 그의 두툼한 뱃살 밑에 깔려 있던 무릎을 간신히 세워 그를 난간 기둥 쪽으로 밀쳤다. 그가 총을 휘두르더니 아무 데나 대고 방아쇠를 당겼다. 로라가 비명을 질렀다.

총성을 끝으로 그의 기운이 다했다. 눈동자가 얼어붙었고, 팔다리가 뻣뻣해졌다. 하지만 방심할 수는 없었다. 나는 난간 기둥에 대고 그의 머리를 찧었다. 3층 층계참에 서 있던 로라까지 머리가 기둥에 부딪히면서 뼈에 금이 가는 소리를 들었다.

구급차에 실려 병원으로 향하는 내내 그는 쉴 새 없이 입을 놀렸다. 계속 삼인칭 시점으로 자기 이야기를 했다. 월도 라이데커는 들것에 누워 죽어 가는 뚱보가 아니라 어떤 소년의 존경을 독차지한 영웅이었다. 무슨 뜻인지 알 수 없는 말을 횡설수설 몇 번이고 반복하는데, 법정 자백이라도 하는 양 진지하기 짝이 없었다.

상황에 어울리는 맛을 기가 막히게 매치할 줄 아는 미식가답게 월도 라이데커는 1914년산을 선택했는데…….

체사레 보르자•가 어느 날 오후, 떳떳하지 못한 아이를 잉태하는 것으로 심심함을 달랬던 것처럼 월도 라이데커도 독서와 창작이라

• **체사레 보르자** _ 교황 알렉산드르 6세의 서자. 마키아벨리가 '군주'의 새로운 본보기로 인용한 대상이다.

는 교양 있는 취미 생활로 초조한 시간을 보냈으니…….

유언장은 이렇게 비석처럼 똑바른 자세로 써야 하는 법이듯 월도 라이데커도 자단 책상에 앉아 그의 유산으로 남을 수필을 쓰고 있노니…….

그 여인은 그를 실망시켰다. 월도 라이데커는 남몰래 홀로 무기력한 죽음을 자축하노라. 버섯의 향과 맛이 섞인 씁쓸한 약초. 수프는 회한의 빛깔…….

월도 라이데커는 그날 밤 그녀의 배신을 알리는 불빛이 보이는 창문 앞을 습관처럼 지나갔고…….

침착하고 차분하게 서서, 도도하게 손가락을 들어 초인종을 눌렀는데…….

숨을 거두는 순간까지 그가 로라의 손을 어찌나 세게 움켜쥐고 있었던지 의사가 나서서 손가락을 하나씩 떼어 주어야 했을 정도였다.

"가엾어서 어떡해요."

그녀가 말했다.

"당신을 두 번이나 죽이려고 했는걸요."

내가 그녀의 기억을 일깨워 주었다.

"내가 자기를 사랑한다고 그 정도로 믿고 싶었던 거예요."

나는 그녀의 얼굴을 쳐다보았다. 그녀는 오랜 친구의 죽음을 진심으로 슬퍼하고 있었다. 악에 받쳤던 모습은 그의 죽음과 함께 사라지고, 친절했던 기억만 남은 것이다. 월도도 말했던 것처럼 푸른 월계수처럼 번창하게 되어 있는 것은 악의가 아니라 너그러운 마음씨다.

그는 이제 죽었으니 최후의 발언을 할 수 있는 기회를 주도록 하자. 책상에 놓인 미완의 원고 중에, 음반은 전축 위에서 기다리고, 포도주는 냉장고 안에서 차갑게 식어 가고, 로베르토는 버섯을 요리하던 그때 그가 남긴 마지막 유산이 있었다.

거기에 그는 이렇게 적었다.

마지막으로 반론을 펼치자면 딱딱한 진흙으로 빚어진 작품이 허락하는 한도 내에서 그녀가 그를 최대한 완벽한 남자로 만든 것만큼은 사실이다. 그런데 빈약한 남성성이 위태로운 지경에 이르고, 그녀의 여성스러움이 그가 감당할 수 있는 수준을 넘어서자 그는 악독하게 그녀를 없앨 방법을 찾기에 이른다. 하지만 그녀는 아담의 갈비뼈로 만들어져 전설처럼 파괴할 수 없는 존재, 그 어떤 남자가 그녀를 향해 독기를 발산하더라도 그녀를 멸하지 못하리라.

출처

1) 『도둑 같은 시간아』, 월도 라이데커, 1938.

2) 상동.

3) 「레버넌의 콘래드」, 『2월, 외로운 그때』, 월도 라이데커, 1936.

4) 『2월, 외로운 그때』, 월도 라이데커, 1936.

작가
정보

●

비라 캐스퍼리

Vera Caspary

본격적으로 하드보일드와 누아르 범죄 소설의 세계가 확장되었던 1940년대, 비라 캐스퍼리는 대실 해밋이나 레이먼드 챈들러가 지배한 남성적인 하드보일드를 벗어나 당시까지 주변 인물에 불과했던 여성에 초점을 맞춘 선구적인 하드보일드를 쓴 작가다.

1899년 시카고에서 태어난 캐스퍼리는 뉴욕과 할리우드에서 대부분의 삶을 보냈다. 격변하는 도시 속에서 분투하며 유명 인사로 단단히 뿌리내린 캐스퍼리의 작품에는 사회에서 여성으로서 인정받고자 애썼던 경험이 가감 없이 담겨 있다. 비라 캐스퍼리는 여성의 독립성과 살인 사건을 함께 다루는 뛰어난 작가로, 오늘날 여성 중심의 하드보일드를 만들어 낸 인물로 평가받는다.

작가로 성공하기까지

비라 캐스퍼리는 어려운 환경을 뚫고 작가로서 명성을 굳힌 입지전적인 인물이다. 어릴 적 비라 캐스퍼리는 친구의 작가 고모를 알게 된 뒤부터 작가의 꿈을 키웠다. 가정 형편이 어려운 것치고 드물게 캐스퍼리는 부모의 사랑을 듬뿍 받으며 응석받이로 자랐는데, 사실 부모님의 애정 외에는 작가가 되기에 좋은 여건을 가지고 있지 않았다.

무엇보다 글에 집중할 수 있는 시간을 가질 여유가 없었다. 성인이 되자마자 바로 생계를 위해 일을 하기 시작한 캐스퍼리는 속기사와 광고 카피라이터와 잡지 필진 등 온갖 직업을 거친다. 집념을 발휘해 최대한 글과 가까운 직업으로 이직을 해 나가, 1929년 드디어 『숙녀와 신사Ladies and Gents』라는 첫 소설을 발표할 수 있었던 것은 순전히 캐스퍼리 자신의 노력 덕으로 봐도 과언이 아니다.

비라 캐스퍼리는 글을 쓰기 위해 직장을 그만두는 모험을 여러 번 감행했다. 현대에조차 어느 정도 나이에 이른 여성들이 사회생활을 지속하는 데 어려움을 느끼는 것을 고려하면, 당시에는 더더욱 과감한 결단이었다. 하지만 글솜씨를 인정받으며 작가로 발을 내딛는 데는 성공했으나 이후에는 순탄치 못했다.

십여 년이나 계속된 대공황 시기 그녀는 파산을 반복하다 할리우드에 영화 트리트먼트나 영화화할 수 있을 법한 단편들을 써서 팔며 기적적으로 영화 시나리오 작가로 입지를 굳혔다. 그러나 소설을 잊은 것은 아니었다. 비라 캐스퍼리는 어려움 속에서 끝없이 도전해야 했던 경험과 일하는 여성을 좋지 않은 시각으로 보는 세상에 대한 마음을 밑거름 삼아 계속해서 작품 활동을 한 끝에, 1942년 드디어 결실을 맺었다.

기존 하드보일드와 궤를 달리하는 페미니스트 하드보일드 『나의 로라Laura』가 1942년 잡지에서 첫선을 보이자 세상은 캐스퍼리를 일약 유명인사가 된 여성 작가로 받아들였다. 하지만 세간의 인식과 달리 캐스퍼리는 반짝 등장했다 사라지는 작가가 아니었다.

캐스퍼리는 다양한 장르의 소설 및 상업 영화 시나리오와 연극 대본까지 폭넓은 작품 활동을 한 작가였다. 다채로운 창작 경험을 바탕으로 캐스퍼리는 계속해서 완성도 높은 소설을 내놓았다. 시나리오 작가로서의 명성도 헛되지 않아 그녀의 작품은 자주 영화 제작사들의 열띤 반응을 받았다. 캐스퍼리 평생의 걸작 『나의 로라』는 영화화된 후 오스카상 후보작에 올랐고 이후로도 그녀가 쓴 대부분의 소설이 영화화되며 굉장한 히트를 쳤다. 각본에도 뛰어나 조지프 L. 맨커위츠와 그녀가 공동 각색한 〈세 부인에게 온 편지A Letter to Three Wives〉은 아카데미상 각색상을 수상했다. 그러나 그녀가 지워지지 않을 족적을 남긴 것은 역시 범죄 소설에서였다.

범죄 소설과 비라 캐스퍼리

비라 캐스퍼리는 1942년 이전까지 범죄 소설을 발표한 작가가 아니었다. 한동안 소설을 쓰지 않았던데다 범죄 소실은 단 한 번도 쓴 바 없던 캐스퍼리가 굳이 범죄 소설을 쓰자고 생각한 데에는 1930년대부터 시작된 하드보일드 붐이 영향을 미친 것으로 보인다. 그녀가 자서전에서 범죄 소설에 빠졌다 밝힌 시기를 보면 특히 1940년 『안녕 내 사랑』(박현주 옮김, 북하우스, 2004)을 내놓은 레이먼드 챈들러의 영향을 받았을 것으로 추측된다.

거친 남성 인물로 대표되는 하드보일드 장르와 주로 '독립적인 삶을 추구하는 여성'을 다루는 캐스퍼리의 작품 세계가 마주쳐 만들어 낸 결과는 대단히 흥미롭다. 캐스퍼리는 섬세한 감정 묘사와 등장인물 간에 신경전이 오가는 연극적인 대화를 그리는 데 능한 작가다. 일견 보았을 때 이런 캐스퍼리의 작풍에 묵묵히 사건을 뒤쫓는 냉랭한 사립 탐정은 끼어들 여지가 없어 보인다.

영리하게도 비라 캐스퍼리는 기존 하드보일드 장르를 철저하게 남성이 지배하며 여성은 들러리일 뿐인 세계관으로 해석했다. 필연적으로 '여성'을 강조하는 캐스퍼리의 하드보일드는 기존의 하드보일드와 차별화될 수밖에 없다. 비라 캐스퍼리는 남성 우위의 세상을 지키려는 남성과 그 안에서 독립적인 삶을 쟁취하려는 여성 간의 대결 구도로 사건을 펼쳐 나간다. 이 과정에서 남성은 끊임없이 여성을 통제하려는 모습으로 나타나나, 비라 캐스퍼리는 남성의 집착이나 독점욕에 살인 사건의 서스펜스를 결합해 자신의 작품이 뻔한 신파극을 뛰어넘도록 만들었다.

캐스퍼리는 하드보일드 장르에 새로운 바람을 불어 넣었다. 여성은 일하지 않고, 일이 있더라도 결혼해 직장을 그만두고 남성에 기대어 살아가는 것이 당연했던 시대, '독립적인 삶을 추구하는 여성'에 끊임없이 초점을 맞추는 그녀의 작품들은 독자에게 새로운 방향으로 생각할 수 있는 길을 열어 보인다. 비밀 연애를 즐기다 살해된 여성의 삶을 추적하는 『에비Evvie』(1960), 죽은 뒤조차 아내를 지배하려 하는 남편의 이야기인 『아내를 사랑한 남자The Man Sho Loved His Wife』(1966) 등에 드러난 독특하고 강렬한 인물상과 사건 구성은 어째서 캐스퍼리가 위대한 범죄 소설 작가인지 말해 주고 있다.

나의 로라

비라 캐스퍼리의 첫 범죄 소설이자 대표작 중 하나인 『나의 로라』는 여러 가지로 세상을 떠들썩하게 만든 작품이다. 범죄 소설을 처음 쓴 작가가 여성이 중심에 놓인 누아르와 하드보일드 범죄 소설을 처음으로 시도해 성공한 것도 화제를 모았지만, 떠오른 이야기를 연극이나 영상의 토대로 만드는 데 탁월한 능력을 보인 작가답게 읽는 순간 장면이 떠오르는 자극적이고 아름다운 범죄 이야기였기 때문이다.

각각의 인물도 단선적이지 않으며 뛰어나다. 대공황의 그림자가 아직 미국을 뒤덮고 있던 시기에 발표된 『나의 로라』 안에서, 한 시대의 붕괴와 순수한 꿈의 추구를 상징하는 인물 월도 라이데커는 전 세계의 사랑을 받은 스콧 F. 피츠제럴드의 『위대한 개츠비』를 생각나게도 한다. 형사 맥퍼슨이 개츠비의 사랑의 라이벌이었던 찰스와 달리 더 순수하며 남자다운 인물로, 로라도 데이지와 달리 영리하고 생활력 있는 여성으로 표현되는 점은 여성의 위상이 좀 더 올라간 시대의 변화를 적절히 반영하는 듯하다.

『나의 로라』는 독자와 평론가 모두에게서 많은 호평을 받았고 판매도 좋았다. 이에 힘입어 불황을 딛고 만들어진 영화는 1944년 개봉하였고, 비라 캐스퍼리는 원작자로서 적당한 보수를 얻지는 못했을지언정 대단히 흥행한 이 작품 덕분에 죽을 때까지 할리우드의 사랑을 받는 작가가 되었다. 비라 캐스퍼리는 자서전 『어른의 비밀The Secrets of Grown-ups』(1979)에 이렇게 적고 있다.

"내 에이전트는 가장 최악의 계약이라고 손꼽을 만한 일을 저질렀어요. 난 조심스럽지 못하게 헐값 수표에다 서명을 했고요. 그때 레스토랑에다 주차장 풍경을 떠올리고 보면 한순간에 백만금을 날려 버린 셈이죠. 누가 생각했겠어요. 저예산이었던데다 잘 알려진 배우들이 캐스팅된 것도 아닌 영화가, 그렇게 우아하고 그렇게 흥행해서 할리우드의 전설이 될 줄을요?"

국내에는 『나의 로라』도, 비라 캐스퍼리의 이름도 잘 알려지지 않았다. 그러나 〈로라Laura〉라는 이름의 이 영화는 2008년 AFI가 선정한 10대 세계 고전 미스터리 영화로 꼽혔으며, 지금까지도 차가운 도시를 배경으로 한 누아르 영화의 고전으로 불린다.

하지만 원작을 절묘하게 살렸다는 평을 받은 이 영화조차 풍성한 의미와 세밀한 구성으로 짜인 소설 『나의 로라』를 넘어서지는 못했다. 지금

접했을 때 살짝 예스럽게 느껴지는 부분이 있는 것은 사실이지만, 『나의 로라』는 현대에도 누구나 공감할 수 있는 여성만의 고뇌와 초조함을 현실적으로 표현하여 말 그대로 시대의 변화에 영향을 받지 않는 '고전'의 지위를 획득하였다.

/

작품 목록

장편 소설

Ladies and Gents (1929)

The White Girl (1929)

Music in the street (1930)

Thicker than Water (1932)

Laura (1943) - 『나의 로라』(엘릭시르, 2013, 미스터리 책장 시리즈)

Bedelia (1945)

Stranger Than Truth (1946)

The Murder in the Stork Club (1946)

The Weeping And The Laughter (1950)

Thelma (1952)

False Face (1954)

The Husband (1957)

Evvie (1960)

Bachelor in Paradise (1961)

A Chosen Sparrow (1964)

The Man Who Loved His Wife (1966)

The Rosecrest Cell (1967)

Final Portrait (1971)

Ruth (1972)

Dreamers (1975)

Elizabeth X (1978)

극작품

Blind Mice (1930, 『Music in the street』를 위니프리드 레니핸과 공동 각색)

Geraniums in My Window; a Comedy in Three Acts (1934, 새뮤얼 오니츠와 공동 각본)

June 13; a Mystery-Drama in Three Acts (1940, 프랭크 브릴랜드와 공동 각본)

Wedding in Paris (1956, 서니 밀러와 함께 공동 각본)

Laura (1947, 『나의 로라』를 조지 스클러와 공동 각색)

비라 캐스퍼리가 참여한 영화

Working Girls (1931, 연극 〈Blind Mice〉 기반, 원작자)

The Night of June 13 (1932, 원작자)

Private Scandal, (1934, 원작자)

Such Women Are Dangerous, (1934, 원작자)

I'll Love You Always (1935, 각본가)

Easy Living, (1937, 스토리 작가)

Scandal Street, (1938, 원작자)

Laura (1944, 원작자)

Bedelia (1946, 원작자)

A Letter to Three Wives (1949, 조지프 맨커위츠와 공동 각색. 아카데미상 각색상 수상)

Three Husbands (1951, 영화 스토리 작가 및 각본가)

Give a Girl a Break (1953, 스토리 작가)

The Blue Gardenia (1953, 스토리 작가)

Les Girls (1957, 스토리 작가)

Bachelor in Paradise (1961, 스토리 작가)

해설

●
해설

팜파탈이라고 하면, 가장 먼저 떠오르는 건 폴 버호벤(파울 페르후번)의 〈원초적 본능Basic Instinct〉(1992)이다. 참고인으로 경찰서에 온 캐서린은 신문실에서, 남자 형사들의 시선을 한눈에 받으면서도 위축되지 않는다. 느긋하게 질문에 답을 하고, 천천히 다리를 꼬며 스커트 안에 아무것도 입지 않았음을 보여 준다. 닳고 닳은 거친 남자들이 숨을 멈추고, 시선을 돌리고, 헛기침을 한다. 그녀는 완벽하게 승리했다. 캐서린을 연기한 샤론 스톤은 좋아하는 유형의 여인이 전혀 아니었지만, 알 것 같았다. 그 순간, 그 자리에 내가 있었다면 반했을 것이다. 아니 그 순간은 분노와 당혹을 느꼈다 해도 곧 깨달았을 것이다. 그녀의 거미줄에서 도망칠 수 없다는 것을. 세상에 무서울 것 하나 없었던 형사 닉은 그녀에게 끌려 들어간다. 위험하다는 것을 감지했으면서도, 그녀의 유혹을 간파했으면서도 나락까지 떨어진다.

팜파탈이 한창 인기를 끌었던 1940년대의 필름 누아르 영화였다면 캐서린 역시 스스로 만든 덫에 빠졌을 것이다. 개인적 성공을 위해 성적 매력을 이용할 줄 알았던 팜파탈도 남자들의 체제를 무너뜨릴 수는 없었다. 결국은 자신이 저지른 범죄에 휘말려 자멸해 버린다. 그게 남자들의 욕망이었다. 제2차 세계 대전 동안 여성들은 남성의 자리를 대신했다. 남성 없이도 사회는 버젓이 돌아갔고, 여성의 책임감은 남성 못지않았다. 전쟁에서 돌아온 남자들은 당황했고 두려워했다. 그 공포가 스크린 속 팜파탈에게 투사되었다. 자신의 욕망을 위해 남자를 이용하는 요부. 하지만 남성의 규칙 안에서 움직이고, 결국은 의존할 수밖에 없는 여우 같은 여성들. 팜파탈은 반드시 자멸해야만 했다.

하지만 시간이 흘렀다. 〈원초적 본능〉의 캐서린은 자멸하지 않는다. 자멸은커녕 마지막 순간까지 닉을 가지고 논다. 아마도 그는 죽었을 것이다. 아주 비참하게. 〈보디 히트Body Heat〉(1981)의 매티 워커도 마지막 순간까지 패배하지 않는다. 끈적하고 후텁지근한 뉴올리언스의 거리. 매티는 네드를 유혹한다. 수많은 남자들 중에서 당신을 선택했음을 강조하며, 네드를 자신의 욕망 속으로 끌어들인다. 감옥 안에서 네드는 깨닫는다. 자신이 그토록 의심하고, 조심하면서도 결국은 지옥으로 걸어 들어갔음을. 모든 것은 매티가 계획했던 시나리오대로임을 알게 된다. 절대로 거역할 수 없는 팜파탈의 유혹. 더 이상 팜파탈은 자멸하지 않고, 마지막 순간까지 승리자로 남는다.

그런데 이상하다. 『나의 로라』를 읽으면서 나는, 〈원초적 본능〉의 캐서린을 떠올렸다. 그녀가 매혹한 수많은 남자들을 생각했다. 1943년에 출간된 『나의 로라』의 주인공 로라는 캐서린과 전혀 다르다. 로라는 남자를 옭아매고, 파멸시키고, 결국 승리하는 현대적인 팜파탈이 아니다. 그렇다고 해서 1940년대 필름 누아르 영화의 전형적인 팜파탈도 아니다. 『나의 로라』의 작가 비라 캐스퍼리는 '독립적인 삶을 추구하는 여성'의 이야기를 주로 썼고, 『나의 로라』 역시 남성을 유혹하는 팜파탈이 아니라 남성들의 세계에서 자신의 '독립'을 추구하는 강인한 여성의 캐릭터를 그려 낸다. 그런 점에서 『나의 로라』는 이미 1940년대에 현대적인 여성의 면모를 제시했던 것이다.
『나의 로라』에서 로라는 희생자로 출발한다. 소설이 시작되면 유명 작가인 월도 라이데커가 형사 마크 맥퍼슨을 만난다. 로라 헌트가 끔찍한 모습으로 살해당했기 때문이다. 이후 독자는 라이데커의 시선으로 되돌아보거나, 맥퍼슨의 시선으로 재구성되는 로라의 모습을 보게 된다. 그녀가 직접 자신에 대해 말하기까지, 우리는 단지 남자들의 시선으로 그녀가 누구인지 얼추 그려 볼 수밖에 없다.

> 현대 저널리즘이라는 흑마술의 가공을 거친 순간, 우아했던 아가씨는 파크 애버뉴와 보헤미아가 만나는 이 환상적인 동네에서 간계를 부린 위험한 요부로 둔갑했다. 베풀며 살았던 삶은 술, 욕정, 기만으로 점철된 향연으로 포장돼 대중의 호기심을 자극하고 신문사의 배

를 불렀다. (본문 53쪽)

마크 맥퍼슨이 로라를 보는 시선도 크게 다르지 않았다. '약혼자에게 거짓말하고 가장 오래된 친구를 속이면서 살인범과 은밀한 만남을 계획했던 어떤 천박한 여자'의 죽음을 추적한 것이다. 하지만 맥퍼슨은 그녀에게 빨려 들어간다. 죽은 그녀의 모든 것을 재구성하면서, 그녀의 진짜 얼굴이 무엇인지 알게 된 것이다. 광고 회사에서 일하다가 월도 라이데커를 만난 로라는 승승장구하게 된다. 월도는 로라를 사랑하고 그녀 주변의 수많은 남자를 질투하며 로라의 사랑을 방해했지만, 로라는 셸비 카펜터라는 잘생기고 근육질인 남자를 택하게 된다. 맥퍼슨의 눈에 보인 그녀는 분명 요부였다. 하지만 아이러니하게도 그 모든 사실을 알게 된 맥퍼슨은, 이미 죽은 그녀를 사랑하게 된다. 아니 사랑에 빠진다.
『요부, 그 이미지의 역사』(석기용 옮김, 이마고, 2005)에서 제인 빌링허스트는 말한다.

요부들이 정확히 어떤 모습으로 사람들에게 비치는가 하는 문제는, 이야기꾼들이 남성의 우월성에 얼마나 자신감을 갖고 있느냐에 전적으로 달려 있다. 남자들이 강하다고 느껴지면 요부들도 마음껏 육욕을 즐기는 쾌락적인 인생을 만끽한다. 반면에 남자들이 무력하다고 느껴지면, 요부들은 마음속이 온통 혼돈으로 가득 찬 냉혹한 약탈자의 모습으로 그려진다.

『나의 로라』의 남자들이 영락없이 그렇다. 과거를 돌이키며, 재구성하면서 라이데커와 맥퍼슨은 멋대로 로라의 이미지를 만들어 낸다. 희대의 요부에서 순진하고 감상적인 시골 처녀까지 한껏 롤러코스터를 태운다. 그렇다고 로라가 순진무구한 여인인 것은 아니다. '절대 마음을 다 주면 안 된다. 로라, 남자한테 마음을 다 주면 절대 안 돼……. 그래서 나는 뭐든 퍼 주면서 마음만큼은 주지 않았다. 여자는 마음을 주지 않고 곁만 허락할 수도 있다.' 어머니의 당부를 새기면서 로라는 남자들에게 다가갔다. 그리고 월도가 그녀에게 빠졌을 때 이렇게 감탄한다. '신기할 정도로 냉정한 이 남자에게 내 매력으로 불을 지른 데 자부심을 느꼈다. 사랑하는 법을 모르는 채로 태어난 남자의 사랑을 차지하다니 로라 헌트, 나야말로 얼마나 대단한 세이렌인가!'

1944년 오토 프레민저가 연출한 영화 〈로라Laura〉는 그녀를 더욱 팜파탈처럼 묘사한다. 소설에서는 월도의 회상을 통해 로라가 성공 가도를 달리는 과정을 간략하게 그렸지만, 영화에서는 세세하게 모든 것을 보여준다. 로라가 월도를 통해서 거물들을 만나 친분을 다지고, 파티에서 수많은 남자들의 시선을 모으는 모습들을. 월도의 장식품이었던 그녀가 스스로 빛을 발하는 여신이 되어 가는 과정이 영화에서 화려하게 펼쳐진다. 소설보다 훨씬 더 기둥서방 같은 캐릭터로 그려진 약혼자 셸비 카펜터를 만나는 과정도 있다.

여기에 중요한 일화가 있다. 당시 영화를 찍을 때 오토 프레민저와 비라 캐스퍼리는 심각한 의견 충돌을 보였다. 오토 프레민저는 로라에 대해 '성적인 매력 없이는 아무것도 아닌 여자'라고 말했고, 캐스퍼리는 화를 내며 '그럼 로라가 남자 없이는 돈을 못 버는 여자로 보이느냐, 로라는 단지 상황 판단이 빨랐을 뿐이며, 사랑하는 법을 아는 여자로서 남자들의 구애를 즐길 줄 아는 여자였다'라고 반박했다. 일화에서 보이듯 영화 〈로라〉는 오토 프레민저, 남자의 시선이 투영된 팜파탈로서 로라를 묘사한다. 하지만 그렇게 남자들의 시선이 덧붙여진 영화 〈로라〉에서조차도, 그녀는 단순한 팜파탈의 자리에 머무르지 않는다. 남자를 이용하여 파멸에 빠뜨리는 것이 아니라, 로라는 자신이 무엇을 위해 어떤 행동을 하는지 정확하게 인식하면서 자신의 길을 걸어갔던 것이다.

소설에서 로라는 이렇게 말한다.

> 잘못한 쪽은 셸비가 아니라 나였다. 내가 완벽한 생활을 완성하는 도구로 그를 이용했고, 허영심을 채우기 위해 사랑 놀음을 벌였고, 물주의 존재를 온 세상에 알리려고 은색 여우 털 재킷을 입고 다니는 잘나가는 창녀처럼 보란 듯 그를 옆구리에 끼고 다녔다. (본문 253쪽)

로라가 완벽하게 무고하다고 말할 수는 없다. 그렇다고 그녀가 자신의 욕망을 위해서 모든 것을 이용했다고 말할 수도 없다. 월도는 로라에게 반했고, 사랑했고, 모든 것을 걸었다. 로라는 받아들였을 뿐이다. 그건 일종의 거래였다. '월도가 갈망한 것은 애인이 아니라 사랑, 그 자체였다. 나는 이 뚱뚱하고 걸출한 인물과 함께하며 병약하고 예민한 아이 다루듯 인내하고 조심하는 법을 배웠다.' 그래서 로라는 월도에게 사랑을 주었고, 부와 명예를 얻을 수 있는 열쇠를 얻었다.

분명히 로라는 〈원초적 본능〉의 캐서린과 다르다. 자신의 욕망을 위해서 모든 것을 부숴 버릴 수 있는 캐서린과 달리 로라는 고전적인 여성이다. 남자들의 세상에서, 단지 자신이 쉴 수 있는 곳을 찾았던 여인. 하지만 셸비를 택해 결혼을 앞두고 홀로 여행을 떠난 로라의 모습에서, 그녀가 원한 것이 무엇인지 짐작할 수 있다. 그녀의 삶은 결혼으로 완성되는 것이 아니었고, 궁극적으로 로라는 셸비를 떠나며 '독립적인 여성'을 택한다. 현대의 여성과 크게 다를 바 없는.

> "제가 생각하는 자유는 달라요, 마크 형사님. 이해를 하실지 모르겠는데, 저에게 있어서 자유란 한심하고 쓰잘머리 없는 일상을 유지하고, 습관을 내 스스로 조절하며 주체적으로 사는 거예요." (본문 151쪽)

그녀는 머리가 좋았지만, 그걸 감출 수 있는 능력도 있었다. 월도의 사랑을 적당히 충족시켜 주면서도 자신의 길을 갈 수 있는 여인이었다. 그녀는 남자들을 파괴하는 캐서린 같은 팜파탈도, 남자들의 세계에서 자신의 욕망을 채우는 것에 만족한 '섹스 키튼'도 아니었다. 그런데도 그녀는 팜파탈로 보인다. 지금 21세기에는 그녀가 전혀 위험하지 않지만, 그 시절 남자들의 눈에는 너무나도 위험하고 때로 가혹하게 보였을 요부. 월도의 악담이지만 최상의 예찬이자 구원이었던 이 말처럼.

> 그녀는 아담의 갈비뼈로 만들어져 전설처럼 파괴할 수 없는 존재, 그 어떤 남자가 그녀를 향해 독기를 발산하더라도 그녀를 멸하지 못하리라. (본문 333쪽)

팜파탈은 영원하다. 그리고 영원히 매혹적이다.

김봉석(영화 평론가 및 '에이코믹스' 편집장)

나의 로라
Laura
/

초판 발행 2013년 10월 28일

지은이 비라 캐스퍼리 / **옮긴이** 이은선 / **펴낸이** 강병선

책임편집 김세화 / **편집** 임지호 지혜림 / **아트디렉팅** 이혜경 / **본문조판** 강혜림 / **그림** 성원
저작권 한문숙 박혜연 김지영 / **마케팅** 정민호 박보람 양서연 / **온라인마케팅** 김희숙 김상만 이원주 한수진
제작 김애진 김동욱 임현식 / **제작처** 영신사

펴낸곳 (주)문학동네 / **출판등록** 1993년 10월 22일 제406-2003-000045호 / **임프린트** 엘릭시르

주소 413-120 경기도 파주시 회동길 210
문의 031-955-2637(편집) 031-955-3576(마케팅) 031-955-8855(팩스)
전자우편 editor@elixirbooks.com / **홈페이지** www.elixirbooks.com

ISBN 978-89-546-2246-2 (03840)

엘릭시르는 출판그룹 문학동네의 임프린트입니다.